同じ星の下に

八重野統摩

幻冬舎

同じ星の下に

同じ星の下に＊目次

装画　しらこ
表紙ビジュアル　Adobe Stock
カバーデザイン　鈴木成一デザイン室

第一章　影の子

放課後が嫌いだ。終礼が終わった直後、教室にぱっと広がるざわめきのなかで、わたしはいつでも異物だった。

席に座ったまま、教室を眺める。今日は金曜日ということもあり、放課後の教室はいつもより三割増しで賑《にぎ》やかだ。友達と肩を並べて楽しげに帰り支度《じたく》をする子たちや、忙《せわ》しなく部活へと駆け出す子たちの姿は、まるで別世界の住人のようだ。

クラスメイトたちから目を逸《そ》らしたくて、席を立ち、誰とも別れの挨拶を交わすことなく教室を出る。部活には入っていない。どこかに寄り道することもない。学校を出たら、まっすぐ家に帰ることしかわたしには許されていない。

週末だし、せめて図書室で何冊か本を借りて帰ろうかと考えたけれど、やっぱり、それもやめておいた。明日のことを思うと、今日はとてもじゃないけど、本なんて読める気分ではなかった。

校舎を出ると、ちらちらと雪が降っていた。見上げれば、分厚い雲がどんよりと空を覆う。太陽は出ていないけれど、それほど寒くない。

曇《くも》りの日が暖かいのは、雲が暖かい空気を逃がさないからだと、小学校の頃に理科の授業で知った。それから、曇りの日があまり嫌いじゃなくなった。寒いのは、本当に辛い。たぶんわたしはクラスメイトの誰よりも、それをよく知っている。

家に帰りたくなかった。

学校からの帰り道は、いつも本当に憂鬱《ゆううつ》だ。

だから、今日もできるだけ時間をかけて帰る。降ったばかりの柔らかい雪を見つけては、わざと踏み固めて歩いたりしながら、のろのろと家路をたどる。

小野幌《このっぽろ》の街は、わたしが生まれた留米《るまい》よりは田舎じゃないけれど、都会では全然ない。コンビニとスーパーはなんとか歩いて行ける場所にあるけれど、本屋にもドラッグストアにも、車でないと行けない。陸屋根《りくやね》のサイコロみたいに四角い一軒家と、小さなマンションと、それより更に小さなアパートだけの住宅街で、どこもかしこも人の気配があんまりない。特に冬は、通りを歩く人に全然会わないときもあって、町の人たちが全員消えたのではと錯覚するほどだ。

ただ今日は珍しく、下校中に人の姿があった。

四十代くらいの男の人で、真っ黒のコートを着ている。随分と背が高いからか、丈の長いコートがよく似合う。遠目から見てもわかるほどに顔の彫りが深く、鼻筋も通っている。

その人は、路肩《ろかた》に停めた白い車のすぐ隣に立ったまま、わたしのほうをじっと見ていた。睨《にら》んでいるわけではないと思うけど、妙な威圧感がある。

声をかけられたりしたら嫌だと思って、歩調を速める。通り過ぎたら、そのまま走り去ってしまおう。

「――有乃《ありの》さん？」

なんてことを思っていたら、突然、名前を呼ばれた。

まさか名前を呼ばれるだなんて想像もしていなかったから、思わず「ひっ」と情けない声が出た。

「ああ、失礼。驚かせましたね」

男の人は丁寧な口調で言って、少し距離を取るように後ずさる。それからコートのポケットから小さな紙を取り出すと、こちらに差し出してきた。

それが名刺だとわかるのに、少し時間がかかった。本物の名刺を目にするのは、生まれて初めてだった。

「新さっぽろ児童相談所の、渡辺《わたなべ》と申します」

言われ、名刺を慌《あわ》てて確認する。確かにそこには〝新さっぽろ児童相談所　児童福祉司《ふくしし》　渡辺景吾《けいご》〟と書かれていた。

動揺しながら名刺を受け取ると、男の人は――渡辺さんは、目尻の皺《しわ》を少し深くして控えめに笑った。

「月曜日に、お電話をいただきましたね。少々遅くなってしまいましたが、その内容について詳しくお話を聞かせてもらいたくて、こちらでお待ちしていました」

「え」

突然の展開に、一瞬、言葉が出なかった。

「わたしのことを待っていたんですか？」

それはつまり、わたしがこの時間にここを通って家に帰ることが、この人にはわかっていたということだ。それは何だか、ちょっとだけ薄気味悪いと思った。

「ええ、そうです。本来であれば、こんな待ち伏せのような形ではなく、事前にご連絡を差し上げたかったのですが……」

わたしの考えがわかったのか、渡辺さんは表情を曇らせる。

「とはいえ、ご両親のいらっしゃるご自宅にこちらからお電話をかけるのは、有乃さんの相談内容を考えると、少々リスクがあるのかなと考えまして」

「──あ」

渡辺さんに言われて、想像して、背筋が凍《こお》った。

「よく考えてみれば、そうですね。ごめんなさい、そこまで気づきませんでした」

「いいえ、お気になさらないでください」

頭を下げると、渡辺さんは軽く首を横に振った。

「とりあえず、寒空の下で立ち話ともいきませんし、施設のほうでお話を聞かせてください」

渡辺さんが後部座席のドアを開けてくれたので、多少戸惑いながらも、車に乗り込む。知らない人の車に乗ってはいけない、というどこかで聞いたフレーズが脳裏《のうり》を一瞬かすめる。けれどわたしはその言葉より、手に持ったままの名刺に並ぶ〝新さっぽろ児童相談所　児童福祉司〟の文字を信じることにした。

「シートベルトをしてくださいね」

革製の高級なシートを手のひらで擦《こす》っていると、バックミラー越しに渡辺さんがこちらを見ながら言った。慌ててシートベルトを着ける。車なんて滅多《めった》に乗らないし、それにそもそも、後部座席でシートベルトを着ける習慣がわたしの家ではなかった。

わたしがベルトを着けたのを確認すると、渡辺さんは車を発進させた。車のことはよくわからないけど、わたしが知る車の走り出しよりもずっとなめらかで、優しい感じがした。

車の中は暖房がすごく利いていて、外の寒さが嘘みたいにとても暖かい。ぐるぐる巻きにした毛玉だらけのマフラーのせいで、汗をかきそうだ。

「これから、児童相談所の保護施設へ向かいます。二十分ほどかかりますが、お手洗いなど大丈夫ですか？」

「あ、はい、大丈夫です。ありがとうございます」

返しつつ、尋ねる。

「あの、保護施設ってなんですか」

「言葉通りですよ」

渡辺さんは、ミラー越しに目線を再びこちらに向けた。

「実は、児相《じそう》――つまり児童相談所のことですが、我々児相としましては、有乃さんさえよろしければ、一時的にではありますがあなたを保護させていただこうと思っております」

「本当ですか！」

驚きに、つい声が高くなる。

渡辺さんのその提案は、わたしにとって天からの救いの声に等しかった。

「じゃあつまり、わたし、今日は家に帰らなくてもいいんですか？」

「最終的な判断は、改めてお話を伺ってからになりますが、有乃さんが問題なければ、一時的にはそうなります」

「も、問題ないです！」

思わず、即答した。

「全然、問題ないです。嬉しいです、絶対そうしてほしいです！」

シートベルトに引っ張られながらも前のめりになって返すと、渡辺さんは反応に困ってか、眉尻を下げるように小さく笑っていた。渡辺さんのそんな表情を見て少し恥ずかしくなったけれど、でも、本当に涙が出そうなほどに嬉しかった。

正直、月曜日に児童相談所に電話したのは、ほとんど駄目で元々の気持ちだったのに。意外にも、大人はなんとかしてくれるものだ。

「あの、電話に出てくれたのは、渡辺さんでしたか？」

たぶん、電話をとった人は名前を言ってくれたと思うけれど、残念ながら誰だったかは忘れてしまった。声の感じも、正直あんまり覚えていない。

「ええ、私ですよ」

「あ、やっぱり、そうなんですね……あの、火曜日はすみませんでした」

謝ると、渡辺さんは怪訝《けげん》そうな声で言った。

「何のことでしょう？」

「あの、カウンセリング、すっぽかしてしまったので……」

月曜の電話の中で、渡辺さんは、ひとまず翌日の火曜日に児童相談所までカウンセリングを受けに来るようにと提案してくれていた。

「行こうとは思ったんですけど、学校が終わったあとで親に内緒で新さっぽろまで行くのが、やっぱり難しくて」

「ああ。そんなことは、全然気にしないでください」

「でも確か、お医者さんも一緒だって言ってましたよね。怒ってませんでしたか？」

「まさか」

渡辺さんは、ひときわ声を高くする。

「そんなことで怒りません。むしろ、カウンセリングに来るのが難しいことに気づけなかったのは、こちらの落ち度です。何にせよ、有乃さんが無事で本当によかった」

言って、渡辺さんはバックミラー越しにもう一度微笑《ほほえ》む。

鋭い目許《めもと》のせいか、無表情だとお世辞にも親しみやすいとは言えない顔だけれど、そうして笑うと、印象がだいぶ柔らかくなる人らしい。

相変わらず丁寧な運転のまま、車は小野幌市のすぐ隣にある厚別市《あつべつ》へと入った。

小野幌と比べて立派な家が多い住宅街をしばらく走ったあと、車は少し大きめの一軒家へと到着し、その門をくぐった。家の下半分は煉瓦《れんが》調で、上半分は白い外壁に柱や梁《はり》が埋め込まれている。ヨーロッパの田舎にある家みたいで、素敵だとは思うけれど。

「なんだか、普通の家ですね」

つい、そんな感想が出る。保護施設というからには、もっと大きい建物を勝手に想像していたが、どうやら違ったらしい。

「そうですね。市が保護施設として指定しただけで、実際は中もただの民家です」

別に普通の民家でも、全然いい。あの家に比べたら、どんなところだってきっと天国だ。

家の一階部分は車庫になっていて、渡辺さんは車をそこに停めたあと、先に運転席から降りて後部座席のドアを開けてくれた。

「車庫から直接、家の中に入れます。どうぞこちらへ」

言われるがままに、渡辺さんの背を追う。車庫の中にあった扉の先には、コンクリートの壁がむき出しの、物置のような空間が広がっている。ちゃんと動くか怪しい錆《さび》の浮いた自転車や、バケツや竹箒などが雑多に置かれているし、本当に物置なのかもしれない。

物置の一番奥には小さな三和土《たたき》があった。渡辺さんに倣《なら》ってそこで靴を脱ぎ、階段を上がると廊下に繋《つな》がり、そのまま室内へと出た。

そこは渡辺さんの言う通り、完全に普通の民家のようだった。

わたしの家とは比較にならないくらい広いけれど、やはり何かの施設には見えない。大きなテレビとソファのある居間があって、その居間の隣にはキッチンとダイニングがあって。居間もダイニングも整理整頓はされているけど、生活感はある。日々ここで誰かが暮らしているのは、間違いなさそうだ。

部屋の中は、妙に薄暗かった。ダイニングには多少の光が入っているけれど、居間はほとんど真っ暗だ。なんでだろうと思って居間をよく見ると、まだ陽も高いのに、全てのカーテンがきっちり閉めてあるからだとわかった。

嫌な予感がした。

けれどそのときには遅かった。

暗がりの中、わたしの肩を誰かが摑み、後ろへと強く引っ張った。同時に片足も払われる。反射的に踏ん張ったけれど、無駄だった。わたしはあっという間に体勢を崩し、なすすべなく背中から床へと倒れた。

痛いと声を上げるよりも早くに、口の中に異物を――たぶんタオルか何かで作られた猿轡《さるぐつわ》を押し込まれ、声も出せなくなる。

それから無理やりうつ伏せにされ、後ろ手に縛られる。足首も同じようにされる。何の音かはわからないが、ジャラジャラと金属同士が擦れる音も頻繁にする。抵抗しないといけないと頭ではわかっていた。でも恐怖と混乱のせいで、もはや身体をよじることすらできなかった。

「騒ぐな」

わたしの背中をすごい力で押さえながら、誰かがひどく低い声で言った。知らない男の人の声だと思った。知らない人であってほしかった。けれど残念ながら、乱暴にひっくり返されたわたしが暗闇の中で目にしたのは、確かに渡辺さんの姿だった。

「騒いだら、安全は保証しない。だが騒がなければ、これ以上の痛い想いはさせない」

なおもわたしを床に押し付けながら、渡辺さんは言う。それは、先ほどまでの優しげな声が嘘みたいに、抑揚《よくよう》のない、ぞっとする声だった。

「わかったか？　わかったなら、頷《うなず》きなさい」

言われて、必死に何度も頷く。これ以上、痛い想いなんてしたくなかった。

わたしが頷いたのを確認したあと、渡辺さんは少しずつわたしの身体にかけていた力を抜いていった。

ただ、渡辺さんが身体をどけても、わたしは床に横たわったままでまともに身動きができなかった。手錠《てじょう》でもされているのか、両手は後ろ手になったまま動かせない。両足も同じく足枷《あしかせ》のようなもので固定されたらしい。

状況をおおよそ理解すると、お腹の奥から恐怖が一気に広がるのがわかった。自分の意思とは関係なく身体がカタカタと震えて、涙が溢《あふ》れてきた。

そのうちなんだか息も苦しくなって、呼吸も変になる。

猿轡のせいでただでさえ呼吸がしづらいのに、いま息を吸えばいいのか、吐けばいいのかが、判断できない。涎《よだれ》も止まらない。鼻も詰まってきた気がする。なんとか酸素を取り込もうとするけど、全然息が楽にならない。このままだと死んでしまうかも。

「気を落ち着けなさい」

渡辺さんは暗闇の中でわたしを見下ろしていたが、こちらの異変に気づいたのか、その場に膝をついて静かな口調で言った。

「鼻からゆっくり深く息を吸って、布越《ぬのご》しに口から吐きなさい」

「ふっ、ぐ、うっ、ぶうう」

わけもわからず、ただ言われた通りにする。

「もっとゆっくり。吸って……吐いて……そう、もう一度。ゆっくり」

渡辺さんが指示するリズムの通りに、必死に呼吸を繰り返す。そのうちに段々と呼吸が楽になってきて、普通に息ができるようになった。

「もう一度言うが、騒がなければこれ以上、何も起きない。今から身体をソファに起こすから、じっとしてなさい」

渡辺さんはわたしの身体を簡単に抱きかかえると、居間とダイニングを仕切るように置かれていた大きなソファにわたしを座らせた。

渡辺さんが部屋の照明を点《つ》ける。

灯りに照らされ、はっきりと見えるようになった渡辺さんの顔つきは、先ほどまでとはまるで別人だった。車の中で見せていた愛想の良さは、その表情にはもう微塵《みじん》もない。落ち窪《くぼ》んだ目許には濃い影が落ち、その奥からわたしを見る瞳は、底なしの穴のように暗かった。

渡辺さんがコートを脱ぐ。コートの下は、普通の背広姿だった。渡辺さんはコートを椅子にかけると、わたしにゆっくりと近づいて言った。

「今から猿轡を外すが、大声で叫んだりはするな」

虚《うつ》ろな目でわたしを見下ろし、渡辺さんは続ける。

「この家は、全ての窓が二重で防音に優れている。隣の民家とも多少距離があるから、大声で助けを呼んでも誰かが来る可能性は低い。それにもし仮に、近隣住民の誰かに助けを求める声が届いても、助けに来た者が目にするのは、きみの生きた姿ではない。言っている意味が、わかるか？」

わかる。わかるからこそ、怖かった。

「大声は出さないな？」

問われ、何度も頷く。

わたしが頷いたのを確認すると、渡辺さんは猿轡を外した。途端、息苦しさと口の中の不快感がなくなって、新鮮な空気が口から一気に入ってくる。口の中に溜まっていた大量の涎が溢れて、マフラーとコートに垂れた。

「水は飲みたいか」

「……飲みたいです」

反射的に答えると、渡辺さんはキッチンの冷蔵庫からミネラルウォーターを取り出し、わたしの目の前でグラスに注いだ。どんな変なものが入っているかわからないから、本当は水道水のほうがよかった。でも、この状況で文句なんて言えるわけもなかった。

両手を身体の後ろで固定されているので、渡辺さんが持ったままのグラスからストローで水を飲む。大きなグラスの半分くらいを一気に飲んだ。

水を飲むと、身体中を巡っていた恐怖が少しマシになって、頭も多少回ってくる。

両手両足は完全に固定されているけれど、うさぎ跳《と》びの要領で動くことはできそうだ。けれど、見れば足枷からは鎖《くさり》が伸びていた。さっきから聞こえていた金属音は、この鎖と床が擦れる音だったようだ。鎖の先は、居間の大きな柱に括《くく》り付けられている。つまり、もし仮に渡辺さんの隙《すき》をついて咄嗟《とっさ》に逃げ出したとしても、この鎖がある限り、家の外まで出ることはできないらしい。

誘拐《ゆうかい》。

そんな現実味のない単語が、頭をよぎった。

「自分の置かれている状況は、理解できたか」

渡辺さんが、感情の読めない声で言う。

「……ゆ、誘拐なんですか、これは」

毅然《きぜん》とした態度で言ったつもりだったけれど、わたしの声は自分でもびっくりするくらい震えていた。

「そうだ」

渡辺さんが、短い頷きを返す。

「わたしを保護するというのは、嘘ですか」

「そうだ」

「児童相談所の人というのも、嘘ですか」

「そうだ」

短い返事が三度、繰り返される。だがそのシンプルな三度の肯定は、わたしを絶望の底へと叩き落とすには十分すぎた。

……ああ。

やっぱり、そうなんだ。

床に押し付けられた時点でわかっていたことなのに、改めてはっきりと言われると、何だか目の前がほんとに暗くなった気がした。

涙がどんどん溢れる。さっきは怖くて勝手に涙が出たけれど、今度は、ちゃんと悲しくて泣いている。ようやくわたしに差し伸べられたと思った救いの手は、どうやら偽物だったらしい。

ソファに座ったまま、涙を拭うことすら許されない状態でわたしは泣く。

その間、渡辺さんは背の低いテーブルを挟んで置かれた椅子に座ったまま、眉ひとつ動かさずわたしを見ていた。

「わたしなんかを誘拐して、どうするつもりなんですか」

しばらくして、泣き続けるのにもほとほと疲れたあと、わたしは恐る恐る訊《き》いた。

渡辺さんは、少しの間を置いてから言った。

「当然、身代金《みのしろきん》を要求する」

身代金。

その言葉を耳にして、そんな場合では絶対にないのに、笑ってしまいそうになった。

ついでに、確信もする。

目の前のこの人は、いよいよもって、児童相談所の人なんかではなかったのだと。

だって、もし渡辺さんが本当に児童相談所の人なのだとしたら、身代金目的でわたしを誘拐しようだなんて、考えるはずがない。

「わたしの親は、身代金なんて払ってくれないですよ」

だから、教えてあげることにする。

「だって、虐待《ぎゃくたい》されているんですから」

わたしの両親に身代金を要求することが、いかに馬鹿げたことなのかを。

「どれだけのお金を要求するつもりか知りませんけど、たぶん、わたしなんかのためには一万円、いや、千円だって出してくれないと思います」

残念でしたね、とまではさすがに言わなかったけれど、心の中でざまあみろと舌を出す。どうしてわたしを誘拐したのかは知らないけど、下調べ不足にも程がある。

けれど。

わたしがそんな反抗的なことを口にしても、渡辺さんは何も言葉を返さなかった。ただ薄い唇を結んだまま、わたしをじっと見ていた。

「着替えてくる」

そう告げる渡辺さんの口調は、今しがたのわたしの発言など、何ひとつとして耳に入っていないかのように、静かだった。

「逃げ出そうなどと考えないように。そのほうが、きみのためだ」

渡辺さんはそれだけ言うと、コートを片手に階段を静かに上がっていった。


五分もしないうちに、渡辺さんは戻ってきた。

戻ってきた渡辺さんの格好は、編目《あみめ》の細かい高級そうなセーターに、まっすぐ折り目がついたスラックスで、部屋着と呼ぶにはあまりにきっちりしたものだった。

対してわたしは、いまだに学校指定のダッフルコートの上にマフラーまで巻いている。部屋の中はすごく暖かいので、座っているだけで汗をかいて気持ちが悪い。コートもマフラーも脱ぎたかったけれど、後ろ手にされているせいでそうもいかない。せめてマフラーだけでもいいから外したい。

「暑そうだな」

わたしのそんな願望は、どうやら完全に顔に出ていたらしい。

「暴れないと約束するなら、手錠は外してもいい。足枷も、片足だけにしよう」

言われて、驚く。

まさか、そこまでの自由が許されるとは思っていなかった。

足枷が片足だけになっても、鎖が柱に繋がっているので逃げ出すことはできないが、手足を自由に動かせるなら素直にとても嬉しい。

「暴れません。約束します」

「そうか。スマートフォンはどこにある？」

急に尋ねられ、わたしは多少面食《めんく》らいつつも答える。

「持ってません」

クラスの女子の中で、わたしだけ。

わたしの返答に、渡辺さんは目を軽く見開いて驚いているようだった。何の意味もないけれど、相手を出し抜けた気になって少しだけ気分が良い。

「本当か？　普通の携帯電話も？」

「何も持ってないです。そんな贅沢《ぜいたく》なもの、買ってもらえない」

説明するも、渡辺さんは信用できないらしい。

「荷物を見ても構わないか」

「どうぞ」

すぐにそう返す。というか、この状況でわたしに拒否権なんてあるはずがない。

渡辺さんは、床に投げ出してあったわたしのリュックを拾って、その中身をひとつひとつ机の上に並べる。筆箱の中身やポーチの中身まで細かく見られるのはあまり良い気分ではなかったけれど、渡辺さんの手付きは、人のものをぞんざいに扱う感じではなかった。

「……ないな」

リュックの中身を全て確認し終えてもまだ信じられないのか、渡辺さんはむっつりとした顔をしている。

「申し訳ないが、着ているものも全て確認させてもらう。手錠を外すから、ゆっくりとコートを脱ぐんだ」

渡辺さんはスラックスのポケットから小さな鍵を取り出すと、わたしの背後に回って手錠を外した。

両手が使えるようになったからといって、いきなり飛びかかってやろうとは思わなかった。渡辺さんは、男の人の中でも身体の大きいほうだ。たぶん、今わたしの手にナイフがあったとしても、面と向かって戦っては、勝てないだろう。

自由になった手で、言われた通りにダッフルコートをゆっくりと脱ぎ、差し出す。

渡辺さんはコートを受け取ると、全てのポケットを確認したあとで、ちらとこちらを見た。

「制服のポケットも、裏返してみてくれないか」

これも、言われた通りにする。制服のポケットの中身なんて自分でも覚えていなかったけれど、使用済みのハンカチと、いつからあったのか全くわからない、へなへなの絆創膏《ばんそうこう》しか入っていなくて少し恥ずかしかった。

「なるほど」

ここまでやってようやく、渡辺さんは納得したらしい。

「本当に持っていないようだ」

だから、最初からないって言ってるのに。

学校で行われるものとは比べ物にならない厳重な持ち物検査を経て、ついにわたしの発言は信じてもらえた。

厳しい検査を終え、ついでに暑苦しいコートとマフラーを脱げたこともあってか力が抜け、無意識にソファに腰を下ろす。勝手に動いてよかったかと焦ったが、渡辺さんはわたしの行動などまるで気にしていないようだった。どうやら今のところは本当に、わたしが変に暴れたりしない限りは、ひどいことはされないみたいだ。

ほっとすると、今度は急にお手洗いに行きたくなった。少しくらい我慢しようと思ったけど、実は車の中から尿意《にょうい》を感じていたから、もう既にかなり限界が近かった。

「あの、お手洗いはどうしたら……」

「こっちだ」

恥と恐怖を忍んで訊くと、渡辺さんはすぐにお手洗いまで案内してくれた。足の鎖は大丈夫なのかと思ったけれど、お手洗いまではギリギリ届くようだ。

「悪いが、鍵はかけられない」

まあ、それはさすがに仕方がないけれど。

「扉は閉めてもいいんですか？」

「……当たり前だ」

静かに怒られる。当たり前かどうかなんて、わかるわけがない。

幸いにも足の鎖は扉の下の隙間をぴったり通る太さのようで、扉は問題なく閉めることができた。

お手洗いは広く、掃除も行き届いていてすごく綺麗《きれい》だった。小さな手洗い場まである。壁にはパネルヒーターもついていて、お手洗いの中すら全体がじんわり暖かい。当然、ウォシュレットもある。ちなみに、わたしの家のトイレにはヒーターもウォシュレットもついてない。座るたびに薄い便座カバー越しに冷たさが伝わる、悲しいトイレだ。

あんまりのんびりしていても不審に思われそうなので、可能な限り急いで用を済ませる。ただ、渡辺さんは別に扉の前でわたしを待ってなどはいなかった。キッチンにある電気ケトルの前に立って、お湯を沸《わ》かしている。

「そこに座りなさい」

テーブルを囲う椅子のひとつを目線で示され、大人しくそこに腰をかける。

わたしが座ると、渡辺さんも向かい合うように腰を下ろした。

「多少は落ち着いたか」

訊かれて、気づく。

確かに、先ほどと比べれば精神的にはかなり落ち着いた。床に押し倒されたときは、このまま殺されるのかもと思ったのに。

「そうですね、少しは」

　正直に答える。

「それはよかった」

　渡辺さんは短く頷いてから、伏し目がちに言った。

「手荒な真似をしたことは、申し訳なかった」

　……いや。

　申し訳なかったなんて、言われても。

　まさか、早々にそんなふうに謝罪されるとは思ってもみなかった。

「あの、本当に身代金なんて要求する気ですか？」

　絶対にやめておいたほうがいいと思いますよ、という多少の親切心を込めつつ訊く。

「当然だ」

　渡辺さんは、はっきりと頷く。

「明日の朝一番に、二千万円を身代金としてきみの両親に要求する」

「二千万？」

　あまりに予想外の金額に、声が裏返った。

　そんな大金、我が家の全財産を合わせても絶対にない。その十分の一どころか、下手すると百分の一もなさそうだ。そもそも、お父さんには結構な借金があるはずだ。

「もしも身代金が払えなかったら、わたしはどうなるんですか。代わりにどこかに売られたりするんですか」

自分で口にして、急に怖くなる。わたしの安全が、身代金を担保として保証されるものなのだとしたら、その安全は幻以外の何物でもない。

「きみが心配することではない」

渡辺さんが、起伏のない声で言う。

「きみはただ、この家で大人しくしていればいい。そうすれば、数日後には自由になれると約束しよう」

「生きたままですか？」

「当たり前だ」

真剣に訊いたつもりだったが、渡辺さんは呆《あき》れたように返す。

「逃げ出そうとしたり、助けを呼んだりしなければ、これ以上は何も起きない」

その言葉、どこまで信用していいのかは全くわからない。

でも、とにかく大人しくしていろというなら、少なくとも今はそうするしかなかった。不幸中の幸いにも、大人しくしておくのは、わたしの数少ない特技のひとつだった。

「家の中では、大声を出さない限り、自由にしていて構わない。ただ、きみが手の届きそうな範囲の窓は簡単には開かなくしてある。それに、もし私の姿がないからといって、悪さはしないほうがいい」

言いながら、渡辺さんは天井の隅のあたりを指差す。

指先を追うように視線を動かすと、そこには小さなカメラが取り付けてあった。

しかもそのカメラは、何か透明の板みたいなもので完全に覆われている。たぶん、カメラを保護するためだろう。あの板がある限り、もしカメラに向かって何かを投げつけたりしても、そう簡単に壊すことはできなそうだ。

「他にもカメラはいくつもある。簡単に見つかるものもあれば、まず間違いなく見つけられないよう隠しているものもある。そして全てのカメラの映像を、私は常に確認できる」

どうやら、監視は相当に厳重らしい。でもそれだけカメラを設置してあるということは、渡辺さんがこの家を離れるタイミングもあるのかもしれない。渡辺さんが二十四時間ここにいるなら、そもそもカメラなんて必要ないはずだし。

それなら、なんとか隙を見て逃げ出すことも、不可能ではなさそうだ。

「何か質問はあるか」

最後に、学校の先生みたいなことを急に言われて面食らう。少し考えてみたけれど、特に今のところ訊くべきことはなかった。無言で首を横に振る。

「食事はこちらで用意する。喉《のど》が渇いたときは、そこの冷蔵庫から好きなものを飲みなさい」

キッチンの隅にある大きな冷蔵庫に目を向けながら、渡辺さんが言う。

「ただ、温かいものが欲しいときは私に言いなさい。勝手に火を使われるのも、湯を沸かされるのも困る。紅茶でも珈琲《コーヒー》でも、飲みたいものがあれば遠慮なく言うといい」

どうやらこの家は、頼めば紅茶まで出てくるらしい。

ただ、それが本当のことなのか、渡辺さんのつまらない冗談なのか全然判断できなくて、わたしは生返事をするしかなかった。

珈琲を勧められたけれど、まだ飲めないと断ると立派な湯呑《ゆのみ》に入った緑茶が出てきた。お茶を淹《い》れるところはずっと見ていた。怪しげなものは、入っていなそうだった。

渡辺さんはわたしにお茶を渡したあと、自分の分の珈琲を淹れ、そのまま特に何も言わずに上の階に行ってしまった。

部屋に一人だけになり、気が緩《ゆる》む。

湯呑に入った緑茶を一口啜《すす》ると、ほうと息が出た。茶葉の良し悪しなんてわからないけど、なんだかとても美味《おい》しいお茶のような気がした。

足の鎖のせいで行動範囲は狭い。とはいえこのダイニングと、隣の居間と、それにお手洗いは自由に行き来ができる。

居間は角部屋らしく、大きな窓が二箇所あるが、どちらの窓も厚手のカーテンがきっちりと閉め切られている。カーテンには、鎖のせいで手は届かない。とはいえ、一メートルくらいの長さの棒でもあれば開けることはできそう。そんな都合の良い棒は、部屋のどこにもないけれど。

そもそも、そんなふうに外に助けを求める素振りを見せたら、今度こそ渡辺さんに本気で襲われたり、下手すれば殺されたりするかもしれない。脱出を諦めるわけではないけど、少なくとも、何の考えもなしに動くべきではなさそうだ。

居間には木製の時計がかけられている。時刻は、十七時前だった。

本当なら、今ごろとっくに家に帰って……帰って、何をしていただろう。

金曜はお母さんの帰りが遅いことが多いから、夕飯を作らされていたかな。ここ数カ月は回数が多少減った気がするけど、うちでは週の半分はわたしが夕飯を作らなくてはいけない。うちは共働きだからそんなものは当たり前だとお父さんは言う。でも、お父さんとお母さんが二人とも家にいるときでもわたしが作らされることも多いから、結局は親の都合だ。

湯呑を手にしたままダイニングを離れ、居間に向かう。

何度見ても、立派な居間だ。わたしの家の居間の三倍以上ある。

焦げ茶色のフローリングの上には、毛足が少し長い絨毯《じゅうたん》が敷かれている。大きなテレビ、三人がけのカウチソファ。背の低い横長の棚には、高そうなオーディオセットと、海外の画家の画集が品よく飾られている。

それに、部屋の隅にはクリスマスツリーまであるのだから驚きだ。わたしの背丈より高い、立派なやつが。飾り付けや電飾《でんしょく》だけでなく、ツリーの先端にはちゃんと大きな星まで載せられている。確かに再来週はクリスマスだけれど、それにしたって、誘拐犯の家にクリスマスツリーとは、あまりにも不釣り合いだ。

大金持ちの家、というと少し大げさだけれど、それでもこの家は、わたしの家よりもはるかに裕福《ゆうふく》なのは間違いない。

もしここが本当に渡辺さんの住む家なのだとしたら、この家とは比べ物にならないほど貧乏なわたしの家に身代金を要求するのは、なんだかもう、本当にむちゃくちゃだ。

部屋の観察を終え、再び時計を見る。時計は十七時十分を示していた。さっき時計を見たときから、十分しか経っていない。

なのに、やることがもう何もなかった。

テレビのリモコンは、机の上に置いてある。でも、勝手に見ていいかはわからない。自由にしていいと言われてはいるけど、たぶん、訊いてからのほうがいい。勝手なことをするなと言われて理不尽に叩かれるのは、嫌いだ。

仕方がないので、リュックから今日の分の宿題を出す。週末なので急いで終わらせる必要もないけど、やることは他になかった。

居間の机で数学のプリントをせっせと解いていると、しばらくして、廊下の先にある階段から誰かが降りてくる音がした。

「人質の身でも勉強熱心とは恐れ入る」

部屋にやってきた渡辺さんは、相変わらず無感動な顔つきだった。けれど、今の言葉は間違いなくからかう感じだった。少しむっとする。

「やることとないので」

「だろうな」

渡辺さんは素直に認める。

「とはいえ、そればかりは我慢してもらう他ない。テレビも自由に使ってくれていい。衛星放送にもネットにも、繋がっていないが」

「じゃあ、お言葉に甘えて」

　宿題を中断して、テレビのリモコンに手を伸ばす。自由にテレビが見られるのは、素直に嬉しい。家のテレビはお父さんが独占するから、わたしは見たい番組を見られないことがほとんどだ。

　ただ、夕方のテレビはあんまり面白くなかった。主婦向けの情報番組か、退屈なニュース番組ばっかりだ。わたしの誘拐に関するニュースは、さすがにどのチャンネルでも流れていなかった。まあ、この家に来てからまだ二時間も経っていないから、当たり前か。

　ニュースを見ていてもつまらないので、街のグルメを紹介する情報番組を眺める。札幌で話題の店が次々に紹介されるのを見るうちに、お腹が空いてくる。こんなときくらい多少は我慢してほしいが、わたしのお腹はそんなことおかまいなしに空腹を訴えた。

　これ以上、視覚から空腹を刺激されてなるものかとチャンネルを変えるが、無駄な抵抗だったらしい。空腹に耐えかねたわたしのお腹は、ついにわたしの意志を無視して、ぐるぐると大きな音を鳴らした。

　見れば、それなりに離れた距離にいたはずの渡辺さんが、軽く目を見開いてこちらを見ていた。テレビの音があるにも拘《かかわ》らず、わたしの腹の虫がしっかりと聞こえたのだろう。恥ずかしさよりも、こんな状況でも空腹に耐えられない自分が情けなかった。

「夕飯にするか」

お腹を押さえたまま固まるわたしをよそに、渡辺さんが独り言のように呟《つぶや》く。羞恥心《しゅうちしん》で何も言えないでいると、渡辺さんは立ち上がり、横目でこちらを見た。

「何か食べたいものがあるか。なんでも用意できるわけではないが」

渡辺さんは至極《しごく》当たり前のようにそう言ったが、すぐには理解できなかった。

「あの、わたしに訊いてますか？」

「他に誰がいるんだ？」

「いや、それはそうですけど……」

確かに、渡辺さんの言う通りではある。でも普通に考えて、誘拐犯が人質に食事のリクエストを尋ねるのは、おかしなことだ。

「何かあればだ。なければ、別に構わない」

「な、何でもいいんですか」

「常識の範囲内なら」

難しいことを言われる。

食べたいものを言えだなんて急に言われても、頭が上手く回らない。なんでもいいと答えるのは簡単だけど、折角なら、食べたいものを、食べたい。

家ではあまり食べられないような、美味しいものがいい。

なんだろう。たとえばそう、

「ハンバーグ」

とか。

その回答は、ほとんど無意識に近かった。口にしてから、ああ確かにいま自分はハンバーグが食べたいんだなと遅れて納得するような、変な感じだった。

「ハンバーグ？」

渡辺さんに繰り返され、わたしはまたも恥ずかしくなる。誘拐されている立場なのにハンバーグが食べたいだなんて、そんな、小学生の男の子みたいなことを言うのは、いくらなんでも馬鹿げている。

「あ、でも、やっぱり、なんでもいいです。カップ麺でも、食パンでも、なんでも。食べられたらなんでもいいです」

取り繕《つくろ》うように訂正する。

「いや、問題ない」

一方の渡辺さんは、恥ずかしがるわたしなど眼中にないようだった。

「ハンバーグならそれほど手間もかからないし、挽肉《ひきにく》も玉ねぎもあったはずだ」

……うん？

「渡辺さんが作るんですか？」

「他に誰が作るんだ」

渡辺さんは、何を馬鹿なことをと言わんばかりにこちらに一瞥《いちべつ》を向けてから、冷蔵庫に近づき、中から挽肉の入ったパックと玉ねぎを取り出した。

その後、渡辺さんは一度キッチンを離れると、手に包丁《ほうちょう》を持って戻ってきた。なんでわざわざ二階から包丁を持ってくるんだと一瞬思ったが、キッチンはわたしでも自由に行き来ができるから、悪用されないために事前に二階に移動させておいたのだろう。

というか、誘拐犯が包丁を片手に現れたのだから、本来であれば多少なりとも怯《おび》えなければいけない場面なのだろうけど、そんなまっとうな反応はできそうになかった。

「殺されたくなければ、私が包丁を持っているときはこちらに近づくな」

渡辺さんは包丁の先をこちらに軽く向けながら、厳しい表情で警告する。

それは、多少は誘拐犯らしい台詞《せりふ》かもしれなかったが、目の前に挽肉と玉ねぎを置いた状態でそんなことを言われても、こちらとしてはもはや困惑するしかなかった。


渡辺さんが料理をしているあいだ、わたしは後ろ姿を居間からずっと見ていた。

途中、渡辺さんが食材をひと通り切り終え、包丁を二階へ片付けたのを見計らってから、悩みに悩んだあげくに「何か手伝ったほうがいいですか」と訊いた。

キッチンに立つ渡辺さんは肩越しにわたしを見ると、わずかに思案顔を見せたものの、すぐにかぶりを振った。

結局、わたしは居間でじっとしているしかなかった。

遠巻きに見ているだけだったけれど、渡辺さんが普段からそれなりに料理をする人なのだとは、すぐにわかった。キッチンに立つ渡辺さんの所作《しょさ》には、ほんの少しの迷いも淀《よど》みもなかった。

調理開始から四十分ほどで、料理は完成した。渡辺さんはテーブルに全ての料理を並べ終えると、先に食卓に着いた。

その後、開いた片手を差し出し、対面の席を示した。

「座りなさい」

促《うなが》され、慌てて食卓に着く。ハンバーグを焼き始めてから、お肉の焼ける良い匂いが部屋中に漂っていて、正直空腹がもう限界だった。何か毒が入っていないかと心配する気持ちが全くないわけではないし、それに真正面に渡辺さんがいるのも少し、いや、かなり怖かったけど、この空腹を前にしては、もはやそんなことは気にしていられなかった。

それに、目の前に広がる食卓は、わたしの全く知らない世界のものだった。

「……すごい」

デミグラスソースのかかった艶々《つやつや》のハンバーグはふっくら丸くて、それだけでとても美味しそうなのに、ハンバーグの脇には人参とじゃがいもの付け合わせまである。しかもその野菜とは別に、たぶんこれはルッコラとか、他にも名前のよくわからない外国のオシャレな葉っぱたちによるサラダも用意されていた。それに、白いご飯にお味噌汁《みそしる》も。

それらの料理は全て、それぞれの料理に相応《ふさわ》しい食器の上に載せられている。ハンバーグは放射状の白い模様が入った深い藍色《あいいろ》のお皿に、サラダはアカシアで出来た可愛らしいサラダボウルに。どんな料理も薄汚《うすよご》れたお皿で出すしかないわたしの家では、考えられないことだ。

目の前の料理を舐《な》めるように見たあとでふと顔を上げると、渡辺さんは相変わらずの感情の読めない顔つきで、じっとこちらを見ていた。

その視線から逃れようと俯《うつむ》くと、静かな声がわたしの頭の先へと届いた。

「冷めないうちに、お上がりなさい」

「あ、はい。あの、ありがとうございます。じゃあ、いただきます……」

お上がりなさい、だなんて言われたのは初めてで脳が混乱したけど、わたしはなんとか、手を合わせることだけは忘れなかった。

誘拐犯と二人きりの食事は、とびきり静かなものだった。

緊張で味なんて何もわからないんじゃないかと思ったけれど、実際に食べてみるとそんなことは全然なかった。

渡辺さんの作ったハンバーグは柔らかくジューシィで、行儀悪く口いっぱいに頬張りたくなるほどに美味しかった。おかげで一口食べてからは、毒が入っているかもなんてこと、これっぽっちも考えなかった。

「あの、美味しいです、すごく」

沈黙の合間を縫《ぬ》うように、勇気を出して伝える。

対して渡辺さんは視線を少し下げると、無表情のまま、独り言かと思うほど小さな声でぼそりと呟いた。

「それはよかった」

そのあとは、お互いもう何も話さなかった。

食器と箸《はし》がぶつかる控えめな高い音が時折響いては、暖められた部屋の空気の中に溶け消えていく。本当に、静かな食事だった。


夕食を終えて洗い物も済ませたあと、渡辺さんはわたしに再び温かい緑茶を淹れ、さっさと二階へと上がってしまった。上の階で何かすることがあるのか、もしくは単にわたしと二人きりでいることが嫌なのかはわからない。どちらにせよ、わたしのことはカメラなりできっと今も監視しているのだろう。

とはいえ、少なくとも今はカメラの存在なんて正直どうでもよかった。何故《なぜ》なら、渡辺さんの目を盗んで寒空の下に飛び出すには、あまりにもお腹がいっぱいだった。おかげでひとまず今日のところは、このまま大人しくしておいてやろうという気持ちになっていた。

宿題の続きをしたり、大して面白くもないバラエティ番組を見たり、あるいは部屋にあるカメラをそれとなく探したりするうちに、いつしか時刻は二十一時を過ぎていた。

廊下の先、階段の軋《きし》むかすかな音がして、渡辺さんが居間に姿を現す。

渡辺さんの手には、ひと抱えほどの大きさの紙袋が提げられていた。渡辺さんはこちらに近づくと、妙に緩慢な動きで紙袋を差し出した。

「必要なら、夜はこれに着替えるといい」

差し出されるままに、紙袋を受け取る。

袋を確認すると、中にはスウェットやパジャマ、Tシャツなどが何着か入っていた。どれもこれも新品で、しかも、ちゃんとレディースサイズだった。それによく見たら歯ブラシや歯磨き粉もある。完全にお泊まりセットだ。

「制服のままがいいのなら、それも構わない」

「いえ。その、助かります。ありがとうございます」

渡辺さんはわたしに紙袋を渡すと再び二階へと上がり、今度は布団《ふとん》を持ってきた。布団はテレビの前に敷かれた。わたしがいつも寝ている布団よりも分厚いし、それに見るからにシーツもパリッとしていて、清潔そうだった。

「きみはここで寝なさい。多少窮屈《きゅうくつ》だろうが、着替えも布団の中でするといい」

どうしてわざわざ布団の中でと思い、しかしすぐに理解する。確かに、家中に監視カメラがあるのだから、適当に着替えては映像に残る。あまりにも誘拐犯らしからぬ配慮だと思ったけれど、正直とてもありがたかった。

「あとは風呂だが……」

お風呂！

顔に出すことこそなんとか我慢したが、その単語を耳にしただけで内心ものすごくそわそわした。

「入りたいだろう」

「入りたいです、すごく」

意思確認するように言われ、わたしは何度も頷く。

「最悪、シャワーだけでもいいので」

言ってから、しかしふと気づく。

「あ、でも、もしカメラがないと駄目なら……それなら、我慢します」

なんとしてでもお風呂には入りたいが、もしも風呂場にもカメラがあって監視されるのであれば、それは話が全然別だ。それなら、たとえ一週間だろうが二週間だろうが、薄汚れたままでいたほうがいい。

ただ、それは幸いにも杞憂《きゆう》だったらしい。

「風呂場にも脱衣所にも、カメラはつけていない。気になるなら、気が済むまで探してみてから入るといい。納得できなければ、入らなくても別に構わない。全て、きみの自由だ」

いきなり、選択を委ねられる。

渡辺さんのことを信頼するわけではないし、勿論《もちろん》、警戒していないわけでもない。

でも、少なくともこの人は、子どもの裸を見たいがためにわたしをこの場所に連れ込んだのではないとも、思うのだ。男の人に性的な目で見られているときは、なんとなくわかる。その目つきには、ナメクジが身体の上を登ってくるような不快感がある。でも、渡辺さんがわたしを見る目つきからは、そんなものは微塵も感じない。だからたぶん、大丈夫だ。自分にそう、言い聞かせることにした。

脱衣所に向かうには鎖の長さが足りないようで、渡辺さんは居間の柱に固定してあった鎖の反対側を外して、その端を手に持った。これが足枷ではなく首輪だったら犬の散歩と変わらないなと考えると、ちょっと嫌な気持ちになった。

「入浴中、私はここにいる」

脱衣所から少し離れた場所にある、上の階へと繋がる階段に腰かけて、渡辺さんは言った。

「気になるだろうが、そこは我慢してもらうしかない」

「扉は」

「閉めていい。むしろ閉めなさい」

食い気味に言われてしまった。

足枷をつけたまま、一人脱衣所に入る。脱衣所の引き戸は鎖のせいで完全には閉まらなかったけど、これくらいは我慢しよう。

脱衣所は、わたしの家のものよりも四倍くらい広かった。

備え付けの棚には、綺麗に畳まれたバスタオルやハンドタオルもたくさんある。しかも全てが几帳面にベージュで統一されている。高級ホテルみたいだ。高級ホテルなんて泊まったことないけど。

見たところ、渡辺さんが言っていた通り、カメラらしきものは見当たらない。壁やコンセントに怪しいレンズがないかも数分ほど真剣に調べたけど、それも見つからなかった。これなら絶対安心とまでは言わないが、いつまでもびくびくしていても仕方がないので、わたしは腹をくくり、気合を入れて服を脱いだ。

ただ、そこで問題が発生した。

というのも、片足から鎖が伸びていてもスカートは上半身から脱ぐことができたのだが、パンツはそうもいかなかった。諦めてパンツだけ鎖を通した状態で脱衣所に置いておこうと思ったけれど、それもなんかこう、ひどく間抜けな感じがして嫌だ。運動会のときによく見る、紐《ひも》にぶら下げた国旗みたいになってしまう。

「あの、パンツが脱げないので、一瞬だけ足の鎖を外してもらうことはできませんか」

シャツとスカートを着直してから、脱衣所の扉を少し開けて訊く。

渡辺さんは、階段に腰かけたままの体勢で、こちらを一目して言った。

「普通に脱いで、足枷の輪の内側に布を全て通してみなさい」

「輪の中に？」

脱衣所の扉を閉めてから、指示された通りに足枷の輪の中に脱いだパンツを通すと、鎖に邪《じゃ》魔《ま》されることなくするりと脱げてびっくりした。

「わ、すごい。手品みたい」

「何ひとつすごくない」

扉の向こうから、冷ややかな声が届く。

「身体を冷やすから、早く入りなさい」

「はい、ごめんなさい。すぐに入ります、急ぎます」

「いいや、ゆっくり入りなさい」

早く入れと言われたあとに、今度はゆっくり入れと言われる。

もちろん、意味はわかる。でも、どうしてそこまで気を遣ってくれるのかまでは、全然わからなかった。

浴室へと入る前に、扉の隙間から顔だけ覗いて、浴室にカメラがないことを一応確認する。

居間や脱衣所と比べて、浴室にはカメラを隠せる場所はほとんどない。見た限りでは、それらしいものは全くなかった。

ただ、そんなふうにカメラを探しながらも、わたしの心はもはや目の前のお風呂に奪われかけていた。

脱衣所の様子から予想はしていたけれど、お風呂もなんと広いこと、綺麗なこと！

浴槽《よくそう》も、足を伸ばせるどころか、わたしの身長なら横になれそうな大きさだ。今すぐにでも入りたくなるけれど、まずはとにかく身体の汗を流したかった。

家では、シャワーを使っているところをお父さんに勘付《かんづ》かれると、金がもったいないと怒られる。だから家で頭を洗うときは、シャワーの音が外に漏《も》れないよう、お湯の量をものすごく絞って使わなくてはいけない。

でも、たぶん渡辺さんはお父さんと違って、そんなことで怒ったりしないと思う。わたしがシャワーのお湯をたくさん使っても、いきなり扉を開けて怒鳴ったり、湯沸かしを切ったり、コップに入れた冷たい水を背中にかけてきたりはしないはずだ。

栓《せん》をひねると、シャワーヘッドから粒の細かなお湯が勢い良く飛び出す。適温であることを確認して、頭からお湯をかぶる。途端、温かい水滴が身体にあたる感覚があまりに心地よくて、身体中から全ての力が抜けた。

ひとしきりお湯が肌に当たる感触を楽しんだあと、シャンプーを探す。

備え付けの棚には、男性用のシャンプーとリンスがあったけれど、その隣にはわたしが使ってもおかしくない普通の――という表現も何か変だけど、どこのスーパーや薬局にでも売ってそうなシャンプーとリンスが置いてあった。この家には、渡辺さん以外にも誰か住人がいて、このお風呂場を日頃から使っていたりするのだろうか。でも、シャンプーもリンスも、ボトルごと手に持ってみると中身がいっぱいだった。たぶん、新品だ。

わざわざ用意したのかな。さっきもらった部屋着と同じく、人質であるわたしのために。

何だかもう、ありがたがればいいのか、気味悪がればいいのか、判断に困る。とはいえ、あるものはありがたく使わせてもらおう。

足枷とそこから伸びる鎖が何かと邪魔くさくはあったけれど、頭と顔と身体を丁寧に洗ったあと、満を持して浴槽に浸かった。

「……だ、あぁあ」

つい、腑《ふぬ》抜けた声が出た。お湯の温かさと柔らかさに包まれて、そのままわたしまでお湯になってとろけてしまいそう。

思いきり足を伸ばすと、浴槽と足枷の鎖が擦れてカツンカツンと少しうるさい。

鎖の先、脱衣所のさらに向こうには、渡辺さんが今もいるはずだ。

脱衣所の扉にも、風呂場の扉にも鍵なんてかかっていないし、それどころか鎖のせいで扉が完全に閉まっていない。渡辺さんがその気になれば、三秒でこの場所に入ってくることができるのだ。誘拐犯の家で堂々とお風呂に入るなんて、いくらなんでも油断しすぎだっただろうか。

ただ、そんなわたしの心配をよそに、どれだけ耳を澄ませてもお風呂の外からは物音ひとつしなかった。意図してそうしてくれたのかはわからないけど、おかげで入浴中に渡辺さんの気配に怯えなくてよかったのは、正直なところ、かなりありがたかった。


カラスの行水よりは多少マシだろうという程度で、お風呂から上がった。

真新しいタオルで身体を拭いてから、用意された服に着替えようと思ったけれど、新品とはいえ見ず知らずの男の人が用意した下着を身につけるのはちょっと——いや、かなりの抵抗があった。

でも、折角《せっかく》こんなにもさっぱりした気分なのに、一日中穿《は》いていた下着を再び身につけるのも、それはそれで気持ち悪い。

結局、両者の気持ち悪さを天秤《てんびん》にかけた末に、断腸《だんちょう》の思いで新品の下着を選んだ。サイズはちょっと大きめだったけど、そこまで求めるのは贅沢だろう。パジャマはワンピースだったので、足の鎖を気にせず着ることができた。

洗面台のドライヤーが目についたけれど、暢気《のんき》に髪の毛を乾かしてこれ以上渡辺さんを待たせるのもよくないかと考え、脱衣所の引き戸を開けた。

渡辺さんは、お風呂に入る前と変わらず鎖を手にしたまま階段に腰をかけていたが、わたしを見るなり緩やかにかぶりを振った。

「風邪《かぜ》を引くから、髪の毛を乾かしなさい」

誘拐犯に、風邪の心配をされる。良かれと思って早く出てきたのに。

髪を乾かしてから居間に戻ると、二十二時を過ぎていた。

「あとはゆっくり過ごすといい。とはいえ、あまり夜更《よふか》しはしないように」

鎖を柱に繋ぎ直したあと、渡辺さんは林間学校の引率の先生みたいなことを言ってから、しばらくわたしを見ていた。

何か言いたいことでもあるのかと思って黙っていたけれど、結局渡辺さんは特に何も口にしないまま、二階へと上がっていった。

ほんと、何者なんだろう。

どこかで会った記憶は、全然ない。完全に初対面のはずだ。

物心つく前に会った可能性はあるけれど、それは考えてもわからない。

お父さんかお母さんの知り合いという線も、なくはないか。と言っても、お父さんとお母さんの交友関係なんて何ひとつ知らないから、たとえそうだとしても、わたしにはやっぱり何もわからない。

そう言えば、お父さんとお母さんは今ごろどうしているだろう。家に帰らないわたしのことを、心配しているだろうか。

たぶん、していない。

心配どころか、めちゃくちゃ怒っていそうな気がする。もし今、無事に家に帰ったとしても、きっと何度か殴られる。お父さんは、何か気に食わないことがあるとわたしのことを簡単に叩く。平手打ちで済む場合もあれば、拳《こぶし》のときもある。

ちなみにお父さんがそうして暴力を振るうとき、お母さんはわたしが見えなくなる。自分には関係ないことだと主張するように、全て無視する。お母さんに殴られるのは痛いから普通に嫌だけど、お母さんに無視されるのもそれと同じくらい嫌だった。人間として扱われていない点では、どっちも似たようなものだ。

それを考えると、今のところは渡辺さんのほうがまだわたしを人間として扱ってくれている気がする。誘拐されて、床に押し付けられて、足には鎖がついているけれど。

でも、それだけだ。

それ以外は、本当に、気持ち悪いほど丁重《ていちょう》に扱ってくれている。

美味しい食事に、暖かな部屋、清潔な衣服と寝具。どれもこれも、わたしの家には存在しないものだ。おかげでどうしても緊張感を持ちにくくなる。夜寝ている間に、渡辺さんが何かしてこない保証なんてどこにもないのに。

万が一のことを考えて、武器になりそうなものがないか目線だけで探してみる。部屋にはいくつか戸棚があるけど、カメラのことを考えると、堂々と物色するのはまずそうだ。

そうなると、武器になりそうなものは机の上のリモコンくらいしかない。でもリモコンって角ばってはいるけれど、軽いからこれで殴られてもあんまり痛くない。重ためのグラスの底で殴られるほうが、はるかに痛い。

なので、ダイニングの戸棚にあった、一番大きくて重たいグラスを枕元に置いておくことにした。水を入れておけば、カムフラージュにもなるだろう。お守り程度の武器だけど、ないよりはいい。

「寝よう」

自分に言い聞かせる。

安全を考えれば電気は点けっぱなしがいいのだろうけど、それだと上手く眠れなそうなので、居間の入口にあるスイッチを操作して常夜灯《じょうやとう》に切り替えた。

部屋が暗くなって、初めて気づく。

部屋の隅を見れば、クリスマスツリーのイルミネーションが、ゆったりとしたリズムで点滅していた。お風呂に入る前は光っていなかったはずだ。渡辺さんがわざわざ電源を入れたのだろうか。

本当に、どうして誘拐犯の家にこんな立派なクリスマスツリーがあるんだろう。もし仮に渡辺さんが自分一人のためにこのツリーを用意したのだとしたら、それは何やら、若干不気味《ぶきみ》な気もする。

……まあでも、綺麗だな。

暗闇の中、様々な色に光り輝くツリーを、ぼんやりと眺める。わたしの家ではクリスマスツリーが飾られたことは一度もない。

ただ、こんなにも綺麗に輝くクリスマスツリーには少し申し訳ないけれど、わたしは、クリスマスがあんまり好きじゃない。

クリスマスなんて、何も楽しいことがない。

わたしの家では平日と変わらないどころか、平日以下だ。

普通の子どもは、クリスマスは美味しい料理やケーキをたくさん食べたりプレゼントを貰えたりするらしい。わたしの家には、そのどちらも存在しない。

幸せな子どもは、より幸せに。

幸せじゃない子どもは、より惨《みじ》めに。

ツリーの頂点にある星の輝きは、全ての子どもたちを平等に照らすわけじゃない。サンタクロースが決して立ち寄ることのない家だって、世の中にはたくさんある。その惨めさは、当事者以外には絶対に理解できない。だからわたしは、クリスマスは好きじゃない。

心がこれ以上ささくれ立たないよう、ツリーに背を向けて布団に潜り込む。

シーツも毛布も洗いたてなのか、ほのかに洗剤の匂いがする。ちゃんと眠れるか心配していたけれど、布団に潜り込んだ途端に目蓋《まぶた》が重たくなるのだから、わたしはこれで結構、肝が据わっているのかも。

「……部屋があったかいって、いいなあ」

布団に顔を埋めながら、ひとりごちる。この時期、わたしの部屋では布団と毛布を身体に巻き込むようにしないと寒さで眠れない。それと比べてこの部屋は、下手したらタオルケット一枚でも寒くなさそうだ。

家はあったかいし、布団はふかふかだし、美味しいものは食べられるし、お風呂は広い。

何より、お父さんとお母さんに怯えなくていい。

……いいな、ここは。

いや。

違うか、よくないか。

だって、あまりにも心地よすぎるせいで、よくないことを考えそうになる。

もしここがわたしの本当の家で、渡辺さんもいなくて、その代わりに普通の優しいお父さんとお母さんがいたら、ここは紛《まぎ》れもなく天国なのにな、なんて、そんな虚しいことを。

ほんと、どうしてだろうな。

なんで、わたしだけいつもこんなひどい目に遭《あ》わないといけないのかな。

わたしが何をしたっていうんだろう。

悪いことなんて、何もしてこなかったと思うんだけどな。

そんなことを考えては、布団を頭からかぶって、少しだけ泣く。

布団の中で泣くのは、いつものことだ。

いつものように、悲しい。

第二章　親心

遠くで、聞き覚えのある小さな音がした。不快な音ではなかった。音の正体を、眠りと目覚めの狭間で考える。たぶん、辞書のページみたいな薄い紙同士が擦れる音だと気づいたところで、自然と目が覚めた。

布団に包まれたまま目蓋を開けると、ちょうど視線の先、ダイニングの椅子に渡辺さんが座っていた。手元には、何か分厚い本を広げてある。けれど、渡辺さんはその本を熱心に読んでいるわけではなさそうだった。

渡辺さんは、目を閉じていた。テーブルの上で両手の指を組みながら。

わたしは、寝ぼけた頭でその姿を十秒ほど眺めて、ようやく、それがお祈りの姿なのだと気づいた。

渡辺さんの頭上には、白い光が斜《なな》めに差し込んでいた。照明の灯りではない。どうやらこの時間は、ダイニングにある天窓からちょうど陽が入るらしい。降り注ぐ光の中でお祈りをする大柄な男の人の姿を眺めていると、何だかまだ奇妙な夢でも見ているような気分だった。

お祈りの邪魔をしないよう、布団に横になったまま息を潜《ひそ》める。

三分くらい、そうしていただろうか。

お祈りを終えたらしい渡辺さんが、ゆっくりと目蓋を開く。わたしが起きていることには気づいていたようで、渡辺さんはこちらを見ても少しも驚いていなかった。

「おはよう」

「おはようございます」

わたしが布団から起き上がると、渡辺さんは開いていた本を片手に姿を消した。けれど十秒もしないうちに戻ってきて、もう手には何も持っていなかった。

少し迷ったけど、訊いてみる。

「今のは、朝のお祈りですか？」

「そうだ」

はぐらかされるかと思ったけれど、素直に答えてもらえた。

「正確にはディボーションというが、まあ、朝の祈りで間違いない」

ディボーション。聞き慣れない言葉だ。

「渡辺さんは、キリスト教徒なんですか」

誘拐犯なのに、とは言わない。

「ああ、クリスチャンだ」

へえ。

だから、クリスマスツリーとか真面目《まじめ》に飾っているのかな。

「朝食にするから、顔を洗ってきなさい。鎖の長さを調整したから、脱衣所の洗面台までならぎりぎり行けるはずだ」

いつの間に。いや、わたしが寝ている間にだろうけど、全く気がつかなかった。

なかば半信半疑だったけれど、移動してみると確かに鎖は脱衣所まで届くようになっていた。一人で使うにはあまりにも広々とした洗面台で顔を洗って、歯を磨いて、髪を手ぐしで梳《す》いて、部屋に戻る。

キッチンでは、渡辺さんが朝食の準備をしていた。プロの料理人が使いそうな銅製の卵焼き器を使って、慣れた手付きで卵焼きを巻いている。それとグリルで魚でも焼いているのか、部屋中に香ばしい良い匂いがする。

「何か手伝うことありますか」

ただ突っ立ったままなのも手持ち無沙汰《ぶさた》なので、とりあえず訊く。

渡辺さんは菜箸《さいばし》を手にしたまま、目の端でわたしを見た。

「では、冷蔵庫から納豆とたくあんを出してくれ。それと、食べたければヨーグルトも。手伝いはそれで十分だ」

言われた通り、冷蔵庫から納豆のパックと、カップのヨーグルトを出して食卓に並べる。タッパーに入っていたたくあんは、小皿に数枚ずつ並べた。テーブルには、空のお茶碗がそれぞれの席に既に並べてあったので、置く場所には迷わなかった。

そうこうするうち、渡辺さんが卵焼きを持ってくる。卵焼きは好きだ。大好物だと言っても過言ではない。自分でもたまに作るけれど、渡辺さんの焼いた卵焼きは、わたしが普段作るものとは美しさが段違いだった。色が均一で、断面を見ても卵の層がほとんどわからない。

焼き魚もすぐに出てくる。皮についた焼き目が綺麗な、白い切り身の焼き魚。何の魚だろう。鮭《さけ》じゃないのだけは確かだ。家ではほとんど食べないので、魚には詳しくない。カレイ？　鮃《ひらめ》？　鯖《さば》？

「鰆《さわら》だ」

わたしの心の中を読んだかのように、渡辺さんが教えてくれる。鰆。知ってる。漢字だけ。食べたことはない。でも美味しそうだ。

最後にお味噌汁と白いご飯と、それにほうれん草の胡麻和《ごまあ》えまで出てくる。自分の前にあるお皿と小鉢の数にびっくりする。数えてみたら、全部で八品もあった。

渡辺さんが席に着いたのを確認してから、わたしも座る。

「さあ、温かいうちにお上がりなさい」

「はい、いただきます」

昨日と同じように言われて、わたしは手を合わせる。

ふと見れば、渡辺さんは両手の指を組み、目を閉じていた。食事の前のお祈りかな。もしかして、昨日の夕飯のときもしていたのだろうか。だとすると、ハンバーグに夢中で気づかなかったのかもしれない。真似したほうがいいだろうか。

しかし、そうして悩む暇もなくお祈りは終わったらしく、目を開いた渡辺さんとばっちり視線がぶつかってしまった。

気まずさのあまり急いで目を逸らすと、渡辺さんは箸を手にとり、ぼそりと言った。

「真似する必要はない。ただの習慣だ」

わたしの考えなど、渡辺さんには全てお見通しらしい。こんなことでは、この家から逃げ出すのは至難《しなん》の業だ。

今朝も、昨夜と同様に静かな食卓だった。

お味噌汁を啜る音や、たくあんを齧《かじ》る音をこんなに意識したのは初めてだ。

でも、とにかく音を立てずに食べなきゃいけない、みたいな緊張感はなかった。心地よい静けさで、まさにこういうのを静寂だなんて表現したりするのかなと、ぼんやりと思った。

大好物の卵焼きは当然すごく美味しかったけど、鰆なる魚も予想よりずっと美味しくてびっくりした。焼き魚って、こんなに美味しいんだ。給食の冷めきったやつくらいしか食べたことがなかったから、知らなかった。

「今日は、仕事で夕方まで外に出る」

朝食も間もなく終わりという頃、渡辺さんが切り出した。

「昨日も言ったが、きみの手が届く範囲の窓は全て鍵がかけてある。それに、外にいる間もカメラを通じて常に監視している。何かあれば、すぐにでも戻ってこられる。だから――」

「だから、大人しくしていたらいいんですよね」

渡辺さんの言葉に先んじるよう、わたしは言った。

「逃げ出しませんし、大声を出したりもしません」

言ってから、生意気な態度だっただろうかと、ちょっと後悔する。ただ、わたしのそんな態度を前にしても、渡辺さんは微動《びどう》だにしなかった。

「わかっているのなら、いい」

渡辺さんはそれだけ言って、大きな身体にはどうにも似合わない、蜂蜜をかけたヨーグルトを黙々と口に運んでいた。


媚《こび》を売るつもりも尻尾《しっぽ》を振るつもりも別にないけど、朝ごはんで使った食器の洗いものだけは自ら買って出た。

家事の手伝いをしたかったというより、ごはんを食べたあと何もしないでいるのが単に気持ちが悪かった。渡辺さんもそんなわたしの気持ちを多少は汲《く》んでくれたのか、わたしの申し出を拒みはしなかった。

皿洗いを終えた頃に、背広姿に着替えた渡辺さんが二階から降りてくる。手提げの鞄を片手に背広を纏《まと》った渡辺さんは、どこにでもいる普通の、いや、仕事のできそうなサラリーマンにしか見えない。

そもそも、仕事ってなんの仕事だろう。児童福祉司の仕事かな。でも渡辺さんは児童相談所の人間じゃないと言っていた。それすらも嘘の可能性もあるけど。

「何事もなければ、十八時には戻る」

手にしていた厚手のロングコートを羽織ってから、渡辺さんはお皿を拭いていたわたしに声をかける。

「昼食は電子レンジの中に弁当を置いてある。味噌汁も鍋に残っているから、温めて飲むといい。火の扱いには、くれぐれも注意するように」

「コンロ、使ってもいいんですか？」

「構わない」

いいんだ。

昨日は、勝手にお湯を沸かしては駄目だと言っていたはずだけど、どうやら多少は信用してくれて……と表現するのが正しいのかはわからないけれど、とにかくわたしが火を使って悪さをするとは思っていないらしい。わたしも別に、この家を火事にしてまで助けを呼ぼうとは思わない。自由に家から出られない状況でそんなことをしたら、下手したらそのまま死にそうだし。

「では、いい子で留守番をしているように」

去り際、渡辺さんはそんな冗談なのか判断に困る言葉を口にして、車庫へと繋がる階段を降りて姿を消した。わたしも対抗して「いってらっしゃい」とでも言ってやろうかと思ったが、なんとか飲み込んだ。

居間は相変わらずカーテンが全て閉め切られており外の様子を知ることはできないが、じっと耳を澄ますと、車庫からエンジン音が聞こえ、それもすぐに遠のいていった。どうやら渡辺さんは、本当にわたしを残して出かけたようだ。

つまり、行動を起こすなら今が絶好のタイミング。

渡辺さんは今もわたしを監視しているらしいが、車に乗って出かけたのであれば、こちらの異変に気づいてもすぐには戻ってこられないと思う。渡辺さんが戻ってくるまでに十分……いや、短めに見ても、五分以上かかるんじゃないか。

鎖のせいで外には出られない。切断できるとも思えない。となると、外に助けを求めるのが最も現実的な策だ。

行動範囲の中で助けを求められそうな場所は、居間の窓しかない。

なんとかしてカーテンを開けることができれば、当然、外が見える。外が見えたら、通りすがりの誰かがわたしに気づいてくれ……ないだろうな。

この部屋に来るとき、わたしは車庫から階段を上った。それほど長い階段ではなかったけれど、それでも、ここが一階ではないのは確かだ。それを考えると、窓に指先すら届かないこの距離にわたしがいる限り、道行く人がこの家を不意《ふい》に見上げたとしても、わたしの姿なんてほとんど見えないはずだ。

それにだ。

仮に、ものすごい奇跡が起きて通りすがりの人がわたしに気づき、無事に助け出してもらえたとしても、結局はあの冷たく薄暗い家に戻るだけだ。それを考えると、この家にいるほうがよっぽどマシというものだ。

ここから逃げ出すにせよ何にせよ、少なくともそれは、今日ではないはずだ。

拭き終えた皿を全て戸棚に片付けたあと、居間のテレビを点けてみる。

土曜の朝のテレビは、あんまり楽しいものがない。今週は、日経平均株価が大きく上がったらしい。ニューヨークダウなるものも上がったらしい。どちらも今のわたしの人生には、一ミリも関係のない情報だ。

今、このテレビ局に電話をかけて、知らない男の家に誘拐されているので助けに来てほしいと伝えたら番組は大騒ぎだろうか。そんな想像をして、少し愉快な気持ちになる。

特に見るものがないテレビを点けっぱなしにしたまま、リュックから勉強道具を出す。宿題のプリントは、幸いにもまだ残っている。

勉強は嫌いじゃない。

いや、嘘だ。嫌いじゃないどころか、すごく好きだ。

勉強はやったらやったぶん結果になって、わたしのことを褒めてくれる。テストで良い点数を取ると、そこに書いてある点数が「よく頑張った」とわたしを褒めたり、励ましたりしてくれているみたいで、それがすごく嬉しい。

それに、家では勉強だけが唯一、やっていても怒られないことなのも大きかった。

ただ、それも小学生までのことで、中学に上がってからはそうではなくなった。

今でもよく覚えている。

去年の秋、二学期の中間テストを数日後に控えていた頃のこと。

その日、わたしは学校から帰ると、いつも通り家事を終えてから自分の部屋で試験勉強をしていたのだが、その最中に、居間とわたしの部屋とを仕切っていた襖《ふすま》が勢いよく開いた。

肩越しに振り返ると、開いた襖の先に、赤ら顔のお父さんが立っていた。

「家事が終わったら、すぐに勉強か」

もしもこれが普通の家なら、ノックもしないで勝手に扉を開けないでよと騒いだりするところだろう。でも、この家で万が一そんなことを口にしようものなら、返ってくるのは謝罪の言葉ではなく暴力だ。

「お前は毎日毎日、勉強ばっかりして立派だなあ？」

妙に調子の外れたその声ひとつで、今日も昼間から相当に酔っているのだとすぐにわかった。

「ほう、数学か」

わたしが何か言葉を返す前にお父さんは部屋へと足を踏み入れ、わたしの真横に座った。触れ合った肩越しに伝わる高い体温が、たまらなく不快だった。

お父さんは、卓袱台《ちゃぶだい》の上に広げていた教科書を取り上げると、ぱらぱらとページをめくりながら嫌味っぽく笑った。

「今どきの中学生は難しいことをしている。何か問題を出してやろうか？」

「いいよ、そんなことしなくて」

「馬鹿が。冗談にきまってるだろう」

嘲《あざけ》りとともに、お父さんは教科書を卓袱台に放り投げる。

「沙耶《さや》。お前、成績は良いんだってな。クラスで何番くらいなんだ」

言いながら、お父さんが顔を近づける。紅潮《こうちょう》した頬と鼻、焦点の定まらない目、きついアルコールの臭い。どれもこれも、わたしにとっては嫌悪と恐怖の対象でしかない。

「……そこそこだよ」

「何番なんだって訊いてるんだ。はっきり言え」

「十番目とか、それくらい」

本当は、三番目以内のことが多い。ただ、本当のことを言ってもお父さんの機嫌を損ねるだけだと思ったので、嘘をつく。

「まあ、公立だからな」

わたしの返答が面白くないのか、お父さんは嫌味っぽく鼻を鳴らす。

「お前程度でもそれくらいはいくんだろうよ。本当に頭のいいやつは私立に行く」

もっともらしいことを言うけれど、お父さんは単に公立中学校という存在を丸ごと馬鹿にして、わたしを貶《おとし》めたいだけだ。

「ああ、そうだ」

お父さんは、わたしの腰に手を回しながら、思い出したように言う。

大きな虫が身体を這《は》うのにも似た不快感にじっと耐えていると、お父さんは何故か妙に愉快そうな顔を浮かべながら言った。

「いい機会だから言っておくが、うちにお前を高校に行かせる余裕はないからな。中学を出たら、働けよ」

お父さんの言葉なんてできるだけ聞き流そうと思っていたけれど、さも当然のように発せられたその言葉は、いくらなんでも聞き捨てならなかった。

私立の高校に行かせる余裕がない、という話ならまだ理解できなくもなかったが、今しがたのお父さんの発言は、たぶんそういうことではない。

「公立高校なら、学費はかからないけど」

ウチみたいに貧乏な家なら、とはさすがに言わなかった。

「そういう問題じゃねぇよ。高校なんて行かなくていい。俺も沙都子《さとこ》も、中卒で働いてんだ」

それは、ただ単にお父さんもお母さんも高校を中退したからじゃないか。

詳しい理由までは知らないし、知りたくもないけれど、家族を養うために働かなければいけなかったとか、そんな止《や》むに止まれぬ事情があったわけではなかったはずだ。

「なんだその目は、文句でもあるのか」

至近距離からこちらを覗き込むお父さんの赤い顔が、ひどく不愉快そうに歪む。別に、睨みつけてなんていないのに。自分にやましいことがあるから、きっとわたしの目がそんなふうに見えるのだろう。

「別に文句なんてないよ。ただ、中学を出たあとのことは自分で――」

ちゃんと考えてあるから、と言い切ることはできなかった。

腰に回されていたはずの手が、いつの間にかわたしの背中を強く叩いていた。

「だから、中学出たら働けって言ってんだ!」

叫びながら、お父さんはわたしの背中をもう一度殴りつける。

「誰のおかげで今日まで暮らせてると思ってんだ。働けるようになったら家に金入れるなんてのは当たり前なんだよ。どうしても高校に行きたいなら、定時制でもなんでも、自分で稼ぎながら行くんだな」

まくし立てつつ、お父さんはわたしを畳の上に押し倒して馬乗りになる。

「勉強なんて別にしなくていいんだよ。お前がこれから生きていくうえで必要なことは、俺が何度でも教えてやる」

獣《けもの》じみた笑みを唇に浮かべながら、お父さんはわたしの髪を撫《な》でる。指が触れたところから、髪の毛が穢《けが》れて腐って、次々に抜け落ちていく気さえする。

抵抗なんて何の意味もないことは、嫌というほどに知っている。だからわたしにできることは、一秒でも早く、身体と意識を切り離すだけ。

やり方は簡単だ。自分はもう、死体なんだとイメージすればいい。

大切なのは、自分が死体になるまでのシチュエーションだ。最近は、何かとんでもない大戦争が起きて、小野幌の街も戦場になって、たくさんの人が死ぬという想像をよくする。わたしも必死に逃げ惑うのだけど、最後には流れ弾が頭に当たって死んでしまう。死に方は、理不尽であればあるほどよい。

想像の中で無事に死体になれると、幽体離脱《ゆうたいりだつ》のように身体から意識だけが離れる。あとは、新しく生まれ変わった、わたしではないわたしになって、人が住める惑星を探して長い宇宙の旅に出たり、森で覆われた古代の空中都市で図書館の司書になったり、人里離れた洞窟《どうくつ》に住む魔女のもとで魔術を学んだりとか、何でも好きなように想像する。

何もかも終わったら、お母さんが帰って来る前にさっさとシャワーを浴びる。死体ごっこはそれで終わり。全てが元通り。

昔は、虐待を受ける理由を色々と考えたりもした。

わたしの出来が悪いから、頭が悪いから、顔が可愛くないから、叩かれたり蹴《け》られたり、ひどいことをされるのだと本気で思っていた。もっと小さい頃は、よくお父さんとお母さんに土下座をしたりもしていた。これからはもっと良い子にするから、もう叩かないでくださいと本気で懇願《こんがん》したこともあった。

でも、成長するうちに自然と――まあ、成長といってもまだどう考えても子どもだとは思うけど、わたしが悪いわけではないのだと、なんとなく理解するようになった。

わたしの両親がわたしのことを嫌いなのは、わたしのせいじゃない。

無知だったんだ。

お父さんも、お母さんも。ただ単に、知らなかったんだ。子どもが出来て、産んだら、親にならなくちゃいけないことを。

親になったら、子どもを育てる責任があることを。たとえその子に、どうしても愛情を抱けないのだとしても。

きっとあの人たちは、なんだかよく知らないうちに子どもが出来て、そのままぼーっとしている間に勝手に子どもがお腹から出てきて、強制的に親にならされたとでも思っているのだろう。そのせいで子どもの面倒を見なくてはいけなくなって、自分たちの自由が奪われて、元々少なかったお金も更になくなって、そのことにいつもどこか腹を立てている。

これはわたしの勝手な想像だけど、お父さんもお母さんも四十代前半なのに、自分たちはまだ若くて、二十代くらいの頃と何も変わらないと思っている節がある。

あと十年で五十代、あと二十年で六十代になると、たぶん本気で理解できていない。

あの冷たくて狭い家に自分たちが住んでいるのは、たまたまちょっと運が悪いだけで、未来はこれから勝手によくなると、心のどこかで信じている。

何の努力もしなくても。一生懸命に生きなくても。いつかそうなると、本気で。

……ぞっとする。

わたしは、そんなお父さんとお母さんの姿を見てはいつもぞっとして、心底恐ろしくなって、学校ではとにかく必死に、家では隠れてでも勉強をする。

勉強さえすれば確実に未来が明るくなるわけではない。でも、ただの中学生であるわたしにとって、いま明確に未来に繋がるものは、勉強しかなかった。

十八時を過ぎた頃に、渡辺さんが帰ってきた。両手にスーパーの袋をぶら下げて。シックなコートを着た背の高い男の人が、食材が詰まったスーパーの袋を二つも持っているのは、何だかアンバランスでちょっとおかしかった。

「あの、冷蔵庫に入れるの手伝います」

おかえりなさい、と声をかけるのは憚《はばか》られたので代わりにそう伝えると、渡辺さんは二つの袋をテーブルの上に置きながら頷いた。

「では、お願いしよう」

渡辺さんが二階に上がっている間に、冷蔵庫と戸棚に食材をどんどんしまう。見ると、どれもこれも結構いい値段のものだ。食料品の買い出しは強制的に行かされるから、ものの値段は一般的な中学生よりもはるかに知っているはずだ。百グラムで二百円もする鶏もも肉なんて初めて見た。わたしの家の近所のスーパーだと、底値で五十八円とかなのに。

食材を全てしまい、レジ袋を無駄に三角形に折りたたみ終えたところで渡辺さんが二階から戻ってきた。背広姿ではなく、昨日と同じくセーターとスラックス姿だった。

「今朝、ドウケイ宛に投函した」

渡辺さんは電気ケトルのスイッチを入れながら、静かな声で言った。

「ドウケイって、なんですか」

「北海道警察だ」

「ああ」

「明朝には、警察の手元に犯行声明が届く。それからおそらくきみの両親に連絡が入り、きみの行方がわからなくなっていることが明るみに出るはずだ。とはいえ、きみの両親が昨日今日で既に捜索願――最近ではどうやら行方不明者届と呼ぶようだが、その届けを出している可能性も、なくはないが」

それはどうだろう。

たかだか一日二日いなくなっただけで、あの人たちが警察に駆け込むとはとても思えない。ああ……でも、ひょっとしたらいよいよわたしが家から逃げ出したんだと思って、今ごろ慌てているかもな。だとしたら本当にいい気味だ。

「あの、犯行声明ってやっぱり、娘を返してほしければ身代金二千万円を払え、みたいな感じですか」

「そうだ」

渡辺さんは短く頷く。

「受け渡しの日取りは追って連絡するとも伝えた。両親に金を工面する時間を与える意味でも数日は空ける」

「あの、昨日も言いましたけど、二千万円なんて絶対に用意できないと思いますよ」

渡辺さんに犯行を諦めてほしくて言っているわけではなく、紛れもない事実として、伝える。

「家にも、売れるものなんて何もないですし、お金を貸してくれそうな親戚もいません。借金するにしたって、その人の信用がいるんですよね？　うちのお父さん、一応働いてるけど正社員じゃないから、お金だってあまり借りられないと思います。それどころか今でも結構な額の借金があって、支払いに追われているはずです」

お湯の沸いた電気ケトルを手にしたまま、渡辺さんは無感動な表情でわたしを見ている。わたしの言葉を多少は信じてくれたのか、それとも人質の苦し紛れの戯言《たわごと》だろうと無視しようとしているのか、全く判断できない。

暖かな部屋に、沈黙が降りる。

だが、それも長くは続かなかった。

「ココアは嫌いかな？」

渡辺さんが、何の脈絡もないことを言う。

確かに戸棚には、つい今しがたわたしがスーパーの袋から出して仕舞ったココアパウダーがあるけど、この状況で、ココアって。

「いえ、嫌いじゃないですけど……」

いきなりの質問に動揺しつつも、なんとか答える。

「そうか」

渡辺さんは短く返事をすると、冷蔵庫から牛乳を、それとシンクの下から赤くて小ぶりなホーロー鍋をそれぞれ取り出した。

渡辺さんはそのホーロー鍋に牛乳を注ぎ、火にかけ始める。

「今、お湯を沸かしていたんじゃあ」

そこにパウダーを溶かせばいいのにと思ったが、渡辺さんは首を横に振った。

「ココアは、鍋で牛乳を温めて作るものだ」

渡辺さんが温まった鍋にパウダーを入れると、ココアの甘い香りが、部屋中に溢れた。

しばらく木べらで鍋を混ぜたあと、渡辺さんは鍋を火から上げ、茶漉《ちゃこ》しをセットしたマグカップにゆっくりとココアを注いだ。

完成したココアが、目の前に音もなく置かれる。

「熱いから、火傷《やけど》しないように」

渡辺さんも自分のココアを手にしたまま、わたしの前に座った。

「あ、ありがとうございます。いただきます」

感謝を口にすると、渡辺さんは言葉を返す代わりにひとつだけ頷いた。

ココアの表面に何度も息を吹きかけてから、注意された通り火傷しないよう気をつけ慎重にココアを啜る。

途端、舌の上と鼻の奥に、牛乳とココアの優しい甘さがじんわりと広がる。

「……甘い」

甘くて、とびきり美味しい。

わたしが家でたまに飲むココアとは、全然違う。舌触りがとても滑《なめ》らかで、少しも粉っぽくない。それに鍋で温めたせいか、ココアの風味に負けないほど牛乳の良い香りがするのが不思議だ。

「美味しいです、すごく」

何だか少し泣きそうになりながら、マグカップの中で揺れるココアを見つめたまま、それだけ伝える。

渡辺さんは無言で頷きを返すと、わたしと同じくココアの入ったカップを見つめながら、ぽつりと言った。

「心配しなくていい」

「え？」

「金のことは、きみは心配しなくていい」

繰り返す声は、静かだが力強かった。

何故、そう言い切れるのか知りたかった。回収できる可能性が極めて低い身代金に、どんな意味があるのか教えてほしかった。

けれど、心配するなと二度も言われてなお、それでもと食い下がる気概は、ココアの甘さで緩んだわたしには、もう残っていなかった。

＊

三週間前に札幌市内で発生した脅迫事件の報告書の提出が、明日までだった。

大学生同士の恋愛トラブルが拗《こじ》れて男が病的なストーカーとなり、女側の対応の雑さと遅さも相俟《あいま》って殺人未遂にまで発展した事件だ。しかし幸いにも既に犯人の男は拘束されており、報告書さえ出してしまえばひとまず私の手を離れる。最近は、警察でも個人情報の取り扱いが非常に厳しい。そのため、捜査終了後の形式的な報告書の作成であっても自宅での作業は認められず、休日出勤を余儀なくされていた。

土日祝の概念などないに等しい刑事部ではあるが、とはいえ日曜日ともなれば多少は閑散とする。

特に私が所属する捜査一課特殊犯捜査係の面々は、今は緊急性が高い事件の捜査に関わっている者もおらず、休日返上で出勤している者は、私の他には若手の相良《さがら》巡査部長だけだった。その彼女も抱えていた事件――北海道を拠点に活躍するアーティストへの殺害予告の件が一段落したという第一報を、先日受けた。今は、私と同様に捜査報告書を作成中なのだろう。ただ、その報告書の提出は週明けで構わないと伝えたはずだ。もしかすると何か勘違いしているのかもしれない。

珈琲を淹れるついでに、デスクに向かっていた彼女に声をかけてみる。

「相良君」

「例のアーティストの件の報告書を作っているのかな？」

「ええ、そうです」

相良はキーボードを打つ手を止めると、肩上で切りそろえた黒髪を揺らしながらこちらを振り返った。

「それ、明日で構わないよ」

「承知しています」

凛とした声とともに、相良は頷く。

「ただ、捜査が終了している報告書の作成を週明けにするのも気持ちが悪かったので、今日のうちに終わらせてしまいたかったのです。幸い、今日は特に予定もありませんでしたので」

相良は、三十手前の若い刑事だ。

しかも、二十人ほどが所属する特殊犯捜査係でも三人しかいない女性刑事の一人である。

部下の休日の過ごし方に口を挟むつもりはないが、とはいえ予定がないからと日曜日に好きこのんで報告書を作りにくるのは、なかなかの変わり者がすることだ。

「休めるときに休むのも大切なことだよ。あまり遅くまで残らないように」

「はい、わかりました」

一分《いちぶ》の隙もない生真面目な相良の声に、これは強制的に休みを取らせないと駄目だなと肩を竦《すく》めると、彼女のデスクの内線が鳴った。

「はい、特捜の相良です」

ワンコールが鳴り終わる前に、相良が素早く電話を取る。私には到底真似できない反射神経と勤務態度だ。

「ええ……ええ、いらっしゃいます。すぐに代わります」

「私かな？」

本来出勤予定のなかった私に宛てた内線とは、おかしなことがあるものだ。果たしてどこの誰がと相良に目線で尋ねると、彼女は手にした受話器を差し出しながら言った。

「鑑識《かんしき》課の石崎《いしざき》さんです」

「石崎さんから?」

「緊急だそうです」

その一言で、一気に目が覚めた。鑑識からの緊急の内線となると、捜査が停滞している事件に関する何らかの物的証拠が見つかった可能性がある。

「代わりました、進藤《しんどう》です」

「ああ、進藤係長、いてくれて本当によかった。日曜までご苦労様です」

手にした受話器から、鑑識の石崎のいかにも好々爺《こうこうや》然《ぜん》とした声が届いた。

石崎は道警においてもかなり歴の長い鑑識官で、私も若手の頃から何度となく世話になっている。今となっては階級こそ私のほうが上になったが、目上の相手として今でも常に敬意を払い続けている。

「どうなさいましたか」

「いやね、実はつい先ほど事務から連絡があって、差出人不明の封筒が届いたもんだからちょっと確認してほしいと言われてね。危険物かもわからんからね。幸い単なる手紙だったんだけど、どうも見た感じ、誘拐の犯行声明みたいでねえ」

「誘拐」

口にした瞬間に、相良が形の良い目を剝《む》くようにしてこちらを見た。それも当然の反応で、私たち特殊犯捜査係が担当する事件の中で、誘拐は飛び抜けて重要度が高く、なおかつ極めて急を要する。

「今どちらにいらっしゃいますか」

「第三鑑識室ですわ」

「わかりました、すぐ行きます」

電話を切る。呼びかける前に、相良は既に立ち上がっていた。

「誘拐ですか」

「まだわからない。犯行声明が来たみたいだ。事実なら、今日から事件解決までまともに寝られなくなるな」

相良を連れて、早足で第三鑑識室へと向かう。

道警本部にある鑑識室の中でも特に手狭で、薬品と物と書類で溢れた第三鑑識室にたどり着くと、石崎が棚の隙間から顔をぬっと出し私たちを手招きした。

「ああ、こっちです」

石崎のもとへと向かうと、彼のデスクの上には透明のビニールに入れられたＡ４サイズの用紙と封筒が置かれていた。

「指紋の採取がまだですんで、中には触れないでください。とにかく、内容が内容なんで、まずは急いで特捜さんに知らせたほうがいいかなと思いましてね」

「ええ、大変助かります」

礼を言いつつ、すぐさまビニールの中の手紙に目を向ける。

三つ折りにしていたのか、折り目の筋が二本ほど残る紙面には、パソコンで打ち出された短めの文章が六行ほど並んでいた。


小野幌市立高坂《こうさか》東中学校　二年　有乃沙耶を誘拐した。

身代金として金二千万円を要求する。

金が準備できない場合、有乃沙耶は殺害する。

偽の身代金を準備した場合も、同様に殺害する。

数日中に、必ず両親に金を工面させよ。

受け渡し場所・日付は、追って連絡する。


文面を二度確認したあとに裏面も見る。そちらには何も書かれていなかった。

手紙と同じくビニール袋に保存されている封筒の消印を見る限り、昨日のうちに札幌市内から投函され、速達で届いたものであることがわかる。悪戯《いたずら》だとすればなかなか手が込んでいるが、残念ながら警察の目に触れてしまった以上、もはや冗談では済まされない。

何よりこれが事実であるなら、今すぐにでも一課どころか刑事部総出で動かなければならない。ある意味、道警の威信をかけて事件解決に臨むレベルの事件となる。

直属の上司である高木《たかぎ》捜査一課長とは幸いにもすぐに連絡が取れ、何よりもまず急いで事実確認に向かえと指示を受けた。所轄《しょかつ》の小野幌署に連絡するのは、少女の不在が事実であると判明してからで良いとのことだった。

道警本部を飛び出して、相良の運転する車で国道十二号を東へと向かう。

札幌市に隣接する小野幌市にある高坂東中学までは、カーナビの案内を信じるなら三十分ほどかかるようだ。サイレンを鳴らすべきか相良に訊かれたが、少なくとも現段階で一分一秒を争う状況ではないと判断し、止めておいた。

「係長は、本物の誘拐事件だと思いますか」

ハンドルを握ったまま、相良が目の端でこちらを見る。

「なんとも言えないな。確率としては、単なる悪戯の可能性のほうがはるかに高い」

警察に対する悪戯は、所轄を含めれば北海道内だけでも毎日のように起きている。

大抵は迷惑電話程度のものだが、公務執行妨害で即刻逮捕となる悪質なものも、別に珍しい話ではない。

「身代金の二千万というのも、正直なところひっかかる額ではある。実に中途半端だ」

「中途半端、ですか」

相良の声に、私は頷く。

「たとえば、警察に連絡した場合は人質を即刻殺害するなどと脅迫し、警察の介入を一切拒否するタイプの誘拐であれば、身代金二千万はあまりに高い。この手の誘拐であれば、身代金の額はせいぜい数百万、下手すれば数十万ということもある。いかに短時間で身代金を手に入れ逃走できるかが、犯人としては特に重要になるからね」

「なるほど」

「一方で、今回のように端《はな》から警察を事件に巻き込むことを前提にした誘拐であれば、二千万という額は、私には安く思える。五千万、一億なんて額でもおかしくはない。言い方は悪いが、その程度の大金が手に入らないとやる価値がない」

元より誘拐は、金を手に入れる手段としてはリスク・リターンのバランスが非常によくない。誘拐事件には、身代金の交渉やその受け渡しなど、犯人確保のチャンスが絶対に存在する。そのため、単なる殺人事件と比べて犯人の検挙率は極めて高く、かつ未成年誘拐となれば殺人と同等とまでは言わないものの、非常に重い量刑を科されることがほとんどだ。

「そもそも、警察に直接犯行声明を送るのも妙な話だ。普通なら、誘拐した人間の両親なりに送るはずだろう。何らかの意図があるのか、あるいは、本当にただ単に警察を馬鹿にしたいだけの、悪質な悪戯か」

「悪質な悪戯だといいですね」

相良がさらりと言う。奇妙な日本語だが、確かに彼女の言う通りだった。

どれほどタチの悪い悪戯であったとしても、実際に未成年誘拐が発生するよりは、そのほうがはるかにマシだ。

カーナビが示した通り、三十分ほどで目的の高坂東中学校に到着した。

高坂東中学校は、小野幌市内にある市立中学校で、全校生徒が四百人以上のそれなりに大きな中学校だ。

学校へは、道中で事前に電話連絡を入れた。日曜だけあって校長も副校長も休みだったらしく、電話に出たのは職員室に偶然居合わせたらしい若い女性教員だった。その彼女は、電話の相手が刑事だとわかると困惑していたが、もう二十分程度でそちらに到着すると告げると更に輪をかけて困惑していたようだった。

我々の来訪を見越してかはわからないが、正門は日曜日にも拘らず開かれており、車でそのまま敷地内へと乗り入れることができた。

校舎の前では白髪交じりの男が立っており、我々が車から降りると慌てた様子でこちらに近づいてきた。

「あなた方が、先ほどお電話くださった刑事さんですか？」

「ええ、そうです。北海道警察捜査一課の進藤警部と申します」

「同じく捜査一課の相良です」

「なんと、捜査一課の刑事さんですか！」

警察手帳を提示しながら名乗ると、男は驚きの目でまじまじと手帳を見つめてから、妙に恭《うやうや》しく頭を下げた。

「私は校長の北田《きただ》と申します」

「ああ、校長先生でしたか」

先ほど電話したときは休みだと聞いていたが、とこちらが伝えるまでもなく、北田はすぐに言葉を継いだ。

「いや、電話を受けた者から緊急の連絡がありまして、飛んでまいりました。幸い、自宅はこのすぐ近くなものですから」

「なるほど、そうでしたか。お休みの日に、わざわざご足労おかけして申し訳ないです」

「いえいえ、そんなことは全然、構わんのですが……ひとまず、応接室にご案内致しますので、どうぞこちらへ」

北田の背を追って、校舎を歩く。休日は暖房をかなり抑えてあるのか、廊下は室内であってもやや肌寒い。生徒の姿は、どこにも見当たらない。中学の部活動というのは、日曜日は基本的に休みだっただろうか。そんなこともないと思うのだが。

「どうぞ、そちらにおかけください」

案内された応接室にて、相良と共にソファに腰を下ろす。

北田も向かい合うように座ると、ひどく落ち着かない様子で切り出した。

「まさか、警察の方が急にいらっしゃるだなんて……それで一体、何事ですか。うちの生徒が何か、良からぬことをしましたかね」

「いえ、生徒さんが何か凶悪犯罪を起こしたわけではありませんので、そこはひとまずご安心ください」

動揺する北田を宥《なだ》めつつ、私は単刀直入に切り出す。

「ただ、事は少しばかり急を要します。ですので、まずはこの学校に有乃沙耶さんという生徒さんが在籍しているか、すぐに確認していただいてよろしいでしょうか。また在籍されているようでしたら、住所と連絡先も教えてください」

「わかりました、すぐにお調べします。アリノサヤ、でしたか。どのような字を書きます？」

その問いには、傍らに座っていた相良が素早く手帳を破り〝有乃沙耶〟と書き記して北田へと渡した。書き殴りのはずなのに、私なんかよりもよほど達筆だった。

「全校生徒の名前くらい、校長なら覚えていないものでしょうか」

北田が応接室を離れたあと、相良はその表情に多少の呆れを浮かべて言った。

「たかだか、三百人か四百人程度でしょうに」

彼女の言わんとすることもわからなくはないが、北田は見たところ定年もそう遠くなさそうな年齢のようだし、そこまで求めるのは酷なことだ。私も四十も半ばを過ぎ、最近とみに記憶力が衰えてきた。

幸いにも在籍確認にそれほど時間はかからなかったようで、北田は十分と経たずに応接室に戻ってきた。

「いや、お待たせしました」

「どうでしたか？」

「ええ、うちに在籍しておりますようでした」

妙に不本意そうに言いながら、北田はメモ用紙を寄越した。

「有乃沙耶。二年三組です。自宅の住所と電話番号も控えとります」

「ありがとうございます、非常に助かります」

礼を言いつつ、急ぎ席を立つ。

「では、今から有乃さんの自宅に向かいます。大変申し訳ないですが、北田校長はもうしばらく学校で待機していてください。詳細が判明次第、こちらから改めてご連絡します」

「はあ、それは構いませんが、この子が一体どうしたんです。何か厄介な事件にでも巻き込まれとるんですか？」

その、生徒の身を案ずるというより、どこか責めるような口ぶりに相良がわずかに表情を厳しくしたのを察して、私は彼女が口を開く前にできるだけ柔らかな口調で告げた。

「今からそれを、確認しに参ります」

公立中学の校区内ということもあり、沙耶の自宅までは車で十分とかからなかった。

北田に渡されたメモを頼りにたどり着いた場所には、かなり年季の入ったアパートが二棟ほど建っていた。

二棟あるアパートはどちらも二階建ての小さなもので、外壁は鈍い青に塗られている。見たところ、築三十年……いや、四十年でも済まなそうだ。

建物の造り自体も、非常に簡素に見える。この地域は戸建てであれ集合住宅であれ、普通ならば冬場の冷たい外気を遮断するため扉や窓は二重になっている。ただ、目の前のアパートにそうした防寒対策は見られない。二階に上がるための鉄製の外階段には屋根すらなく、雪が容《よう》赦《しゃ》なく降り積もっている。あれを上り下りするのは、転倒に相当注意する必要があるだろう。人様の住居にケチをつけるのは品がないが、経済的に余裕のある人間が暮らす場所ではないのは、まず間違いなかった。

相良と共に、沙耶の自宅である一〇三号室へと向かう。

玄関横に腰窓《こしまど》があるが、カーテンを完全に閉め切ってあり中の様子は一切見えない。一見しただけでは、人の気配も感じない。留守でないことを祈りたいが。

呼び鈴は、カメラがついていない古いタイプのものだった。

相良に一瞥を向けると、彼女は自分の顔を指差した。自分が呼び鈴を押すべきか、という問いだろう。

私はその無言の問いに軽くかぶりを振ってから、自ら呼び鈴を鳴らした。

一度目では反応がなかった。続けざまにもう一度押すと、扉の向こうでかすかな気配がして、扉の覗き窓から差していたわずかな光が消えた。覗き窓からこちらを確認しているのだろう。ただ、扉は開かなかった。

「ごめんください。北海道警察の進藤と申します」

ジャケットから警察手帳を取り出して、覗き窓の高さまで掲げる。

「大変申し訳ありませんが、有乃沙耶さんのことでお伺いしたいことがありまして」

正面切って告げる。

これでも扉が開かなかった場合は多少面倒になると思ったが、杞憂だったようで、施錠が外される音がした。

警戒するようにゆっくりと開いた扉の隙間から、女性が顔を覗かせる。

歳の頃は、私と同じく四十代半ばくらいだろうか。歳の割には、多少派手な髪色だ。眉は、化粧でそのほとんどを補うことを前提とするためか、極端に短く薄い。顔立ちは整っているほうだが、肌の張りと目尻の皺には、長い年月をかけて染み付いた不摂生と疲労が感じられた。

夜の商売を長くしていたか、あるいは今もしているか。職業柄、この手の女性を昼間に目にする機会は多い。化粧を施し夜の闇に溶けると印象も様変わりするのだろうが、陽の光の下では、薄すぎる眉のせいでみすぼらしさすら感じた。

「申し訳ありません、突然お伺いして。北海道警察捜査一課の進藤と申しますが、有乃沙耶さんのお母様でお間違いないでしょうか」

「え、ええ。沙耶の母親の沙都子ですけれど……え、警察？　本物？」

目の前の女性は――沙都子は、明らかに我々の来訪に困惑している。既に行方不明者届なりを警察に出してあるのであれば、こんな反応にはならないだろう。

「あの、沙耶に何かありましたか」

娘の安否確認というよりは、状況の把握を求めて沙都子が尋ねる。

「娘さんはご在宅でしょうか」

「いえ、今はちょっと、出かけているみたいで」

「どちらにお出かけかご存知でしょうか？」

「すみません、わかりません。金曜から帰ってきてないので……たぶん、どこかで遊んでいるんじゃないかと」

他人事《ひとごと》のような口ぶりだ。

「なるほど、ちなみに沙耶さんからの連絡などは？」

「いえ、連絡は特にないです」

その発言に私は内心で驚き、また呆れ果てる。

真冬の北海道で、中学生の娘が何の連絡もなしに二日も帰ってこないにも拘らずこれほど平然としていられるのは、決して普通の感覚ではない。

「そうですか。実は沙耶さんのことでお伺いしたいことがございますので、大変申し訳ありませんが、少し上がらせていただいてもよろしいですか」

確認の形を取りつつも、有無を言わさぬつもりでわずかに詰め寄る。

「今ですか？　あ、あの、少々お待ちください。ちょっと、夫にも確認しますので」

圧をかけると、沙都子は開けた扉をそのままに家の奥へと戻っていった。

沙都子が室内へと引っ込んでいるうちに、私と相良は、だいの大人二人がぎりぎり立てる広さの三和土の中へと素早く入り込んだ。

「――警察だぁ？」

それからほとんど間を置かずに、男の粗暴な声が部屋の奥から玄関先まで響いた。

ほどなく、家の奥から男が現れる。

年齢は沙都子と同年代か、少し上だろうか。乱雑な茶髪、清潔感のない無精ひげ、上下くたびれたスウェット。見た目の印象は良くない。身長はやや低く肉付きもいいが、弛《ゆる》み切った体《たい》躯《く》でもなさそうだ。何か、肉体的な力仕事をしているのだろう。

男は警戒と威《い》嚇《かく》の目つきで私と相良を、特に彼女をじろじろと品定めするように睨んだ。

「あんたたちが警察だって？　本物か？」

訝《いぶか》しむ眼差《まなざ》し。制服警官を想像していたのかもしれない。私と相良は、同時に警察手帳を取り出して開く。

「北海道警察捜査一課の進藤警部です」

「同じく一課の、相良巡査部長です」

「捜査一課？」

声を高くして、男が動揺を見せる。どうやら、捜査一課の刑事が姿を現すことが、些《さ》事《じ》でないことくらいは理解できるようだ。

「沙耶さんのお父様でお間違いないでしょうか」

「あ、ああ。まあ、一応はそうだけど」

「お名前をお伺いしても？」

「名前？　徹人《てつと》だよ。有乃徹人」

有乃徹人。

記憶を軽く浚《さら》うが、その名前に覚えはない。

「それで、沙耶がどうかしたんですか。金曜に学校に行ったきり家には帰ってきてないんで、俺たちは何も知りませんよ」

そんな、あまりに無責任な発言を聞いて苦笑しそうになったが、なんとか堪える。

「実は、単刀直入に申し上げますと、今朝警察に誘拐の犯行声明が届きまして」

「はあ？　犯行声明？」

徹人は声を裏返しつつ、目を丸くする。

「あいつ、まさか誘拐されたんですか？」

「まだわかりません。単なる悪戯の可能性もあります。ただ、誘拐を仄《ほの》めかす手紙が届いたのは事実です。もし本物の誘拐事件であるなら、一刻も早く捜査を開始し、犯人を見つけ出さなくてはなりません」

矢継《やつ》ぎ早に口にしたあと、私は明確に告げた。

「沙耶さんの生命に関わることです、ご協力ください」

徹人と沙都子の二人はひどく困惑した様子で顔を見合わせていたが、特に拒むことも取り乱すこともなく、我々を家の奥へと招き入れた。

有乃の家は、突然の来訪であることを差し引いてもひどく雑然としていた。

居間は六、七畳程度とやや手狭で、そこかしこがもので溢れている。ものといっても、人によってはゴミと呼ぶかもしれない。部屋の広さのわりには置かれている机やソファ、テレビなどが妙に大きく、しかも統一感がないため、より窮屈で雑多な印象を受ける。染み付いた煙草《タバコ》の匂いもきつい。徹人か沙都子のどちらか、あるいは両方が喫煙者なのだろう。

四人がけの机に私と相良が隣り合って席につき、対面に徹人と沙都子もそれぞれ腰を下ろした。

いらぬ反感を買わない程度に、目の前の二人の表情を観察する。

沙都子はその顔に明らかな戸惑いを浮かべているが、一方の徹人に関しては、はっきりと不機嫌と敵意がある。沙都子に関してはなんとも言えないが、少なくとも徹人の顔つきは、娘の安否を不安に思う父親のものでは、全くない。

「沙耶が誘拐だなんて、本当なんですかね？」

それを裏付けるように、徹人の口ぶりはひどく疑念に満ちていた。

「これまで、沙耶さんが丸一日以上家に戻らなかったことはありますか？」

「……いえ、これが初めてです」

わずかに間を開けつつ、沙都子が答えた。

「学校が終わったら、寄り道せずにまっすぐ家に帰るように言っているので」

「部活動は？」

「していないと思います」

「思います？」

追及すると、沙都子は多少たじろぎつつもすぐ返した。

「入ってないはずです。私たちに隠れて、どこかの部に入っていなければ」

「うちは共働きなんでね、沙耶には家事を手伝ってもらってるんですよ」

徹人が言葉を引き継ぐ。

「なるほど。失礼ですが、お二人のご職業をお教えいただいても？」

訊けば、徹人は小野幌市内にある足場の設営を主とする会社の派遣社員で、沙都子は近所のスーパーでパートをしていることがわかった。住まいの様子からわかっていたことではあるが、共働きとはいえ、生活は楽ではなさそうだ。

「沙耶さんが戻らないことを、警察には連絡しなかったのですか？」

やや険《けん》のある声で、相良が尋ねる。

「そりゃ心配はしていましたけどねえ」

徹人が、反発するように返した。

「でも週末ですし、外で遊んでるだけかもしれないじゃないですか。それですぐさま警察にっていうのも、ちょっと大げさでしょうよ。年頃の娘なんて、そんなもんじゃないですか」

納得しかねるのか、相良は軽く眉根《まゆね》を寄せた。私も、相良と同じ気持ちではある。

ただ、常識非常識のラインというものは、本当に人それぞれだ。徹人のように、たとえ我が子が二、三日家に帰らずともさほど心配しない者もいれば、世の中にはその逆もいる。

私の知る限りでも、中学生の娘と放課後にほんの二時間ほど電話が繋がらないだけで、顔面《がんめん》蒼白《そうはく》になって交番に駆け込んだ親も過去にはいた。ちなみに蓋を開ければ、その娘さんは躾の厳しい親に内緒で、友人とハンバーガーを食べていただけだった。

「ただ明日は月曜で学校ですし、今日中に戻ってこなかったら、いくらなんでも警察に連絡するつもりでしたよ。どこかで悪さをして、人様に迷惑をかけていないとも限りませんし」

徹人はそう言うが、もはやそんなふうに暢気にしていられる状況ではない。

「沙耶さんの行方が金曜からわからなくなっており、なおかつ既に犯行声明が出ている以上、警察はすぐにでも本件の捜査を開始しなくてはなりません」

そう伝えると、徹人もようやく事の重大さを理解したのか、焦りと動揺をない交ぜにしたような表情を浮かべた。

「そうなんですか。それはその、娘がご迷惑をおかけしてすみませんね」

この期《ご》に及んでなお、的外れなことを言うものだと呆れていると、沙都子が不安げな様子で尋ねてくる。

「誘拐犯は、何か要求しているんでしょうか。たとえばその……身代金とか」

「はい」

短く頷く。

「身代金として、二千万円をお二人に要求しています」

「二千万っ？」

途端、徹人が声を荒らげる。

「そんな大金、どうやったって用意できないですよ。二千万どころか、二百万……いや、二十万でも、そんなすぐには」

「期日こそまだ指定されていませんが、身代金を用意できない場合、沙耶さんの命の保証はしないと言っています」

「いやあ、そんなこと言われても、ないものはないからなぁ……」

あまりに緩んだ声に、内心で驚く。金を用意しなければ娘の命は保証しないと言われているのに、どうしてこの男は、こんなにも落ち着き払っていられるのか。

「あの、こういう場合、警察がお金を用意してくれたりするんですよね。たとえば偽札《にせさつ》とか」

そう口にする沙都子も、徹人ほどあからさまではないものの、娘の生命が脅《おびや》かされていると聞かされた母親の様子ではない。

「偽札は用意できませんが、フェイクの札束を用意することはあります。たとえば、札束の一番上と一番下だけに、本物の紙幣が使われているものだとか」

伝えると、沙都子は目に見えて安堵の表情を浮かべる。

「ああ、そうなんですね」

「ただ、犯人は声明文の中で、偽の身代金を用意した場合も沙耶さんの命の保証はしないとわざわざ明記しています。それを考えると、今回に限ってはフェイクの札束を用意することは、それなりにリスクがあります。

更に犯人はわざわざ両親に――つまりお二人に金を工面させろとも指示しています。ひょっとすると犯人は単純に大金を得たいだけではなく、お二人に損をさせたいという考えがあるのかもしれません」

「つまり、俺たちに恨みを持った人間が犯人ってことですか？」

「断定はできません。ただ、どうであれ犯人の指示を無視してフェイクの身代金を用意することは、かなりリスキーだとご理解いただければと思います」

「ご理解いただければって言われても、用意できないもんは、どうやったって用意できないぞ。それこそ、警察でなんとかできないのか」

半ば責任を押し付けるような調子で、徹人が言う。

「金融機関を紹介することはできますが、原則として警察が身代金を用意することはありません。警察が身代金を準備すれば、それを前提とした誘拐が起きないとも限りませんから」

「なんだそりゃあ」

徹人は声を上げ、不満を示すように両手を広げる。

「刑事さん、こっちの生活が楽じゃないことは、あんただって想像つくだろう。いくら警察が銀行を紹介してくれても、二千万なんて借りるつもりは微塵もねえよ。それにまだ、本当に誘拐かどうかわかんねえじゃねえか。沙耶が誰かとグルになって悪戯している可能性だってあるんだよな？」

「そうですね。確かに、それも十分にあり得ることです」

苛立《いらだ》ちを隠そうともしない徹人に、私は努めて穏やかに頷く。

そんな私の傍らでは、少しの緩みもなく背筋を伸ばし続ける相良が、腿《もも》の上に添えていた拳を密かに強く握ったのがわかった。どうやら苛立っているのは、徹人だけではないらしい。

「ちなみに沙耶さんの交友関係について、お二人は何かご存知でしょうか。たとえば、数日ほど匿《かくま》ってくれそうな親しいご友人など、心当たりはありませんか」

「さあな。俺は仕事で毎日忙しいから、あいつの友達のことなんて知らんよ」

徹人は鼻を鳴らす。

「お前なら知ってるんじゃないか？」

「私だって、あの子の友達なんて誰も知らないよ」

話を向けられた沙都子は、すぐに首を横に振った。

そんな聞くに堪えないやり取りを前に、溜息が出そうになる。

今しがたの発言だけで、この家族の信頼関係の希薄さが手に取るようにわかる。おそらくこの夫婦は、実の娘と良好な関係を全く築けていないのだろう。

ともあれ、犯行声明が届けられたうえで有乃沙耶の不在がはっきりしたのであれば、すぐにでも刑事部の全刑事を強制的に呼び出し、捜査を開始しなくてはならなかった。

＊

日曜日。

金曜の夕方に誘拐されてから、今日で三日目だ。ただ三日目といっても、正確にはまだここに来てから四十時間くらいしか経ってない。

昨日と同じく、今朝も渡辺さんはわたしを残して早くから家を出たので、わたしは静かな家で一人きりだ。

退屈しのぎに点けた日曜午前のテレビは、土曜日に比べればいくらかバラエティ寄りのものが多かったけれど、何時間も見ていられる面白さではなかった。家では、いつでも自由にテレビが見られたらどれだけ幸せだろうかと考えていたけれど、いざ許されてみると、想像していたほど楽しいものではなかった。

やることもないので、と始めた勉強も三時間もしないうちに集中の糸がぷっつりと切れた。

今では自宅で落ち着いて勉強できなくなったから、こうして静かに勉強できるのは本当に嬉しい。でも、試験前でもないのに何時間も必死になって教科書に向かうことは、やっぱりなかなか難しい。

「……暇だあ」

視線の先、居間の最奥でクリスマスツリーのイルミネーションがゆっくりと点滅するのを、机に突っ伏しながら眺める。誘拐されている身分で退屈を感じるのもどうなんだとは思う。でも、暇なものは暇なのだ。人質って暇なんだ。知らなかった。

昨日はまだ、見知らぬ場所に一人きりでいることに新鮮さと多少の緊張感があったけれど、三日目ともなるとそうした感覚もほぼなくなる。

あと何日この軟禁《なんきん》状態が続くのか知らないけれど、何か暇潰しが欲しかった。ネットがあればそれで解決だけれど、そんなことは許されるはずもない。

せめて、本の一冊でもあればいいのに。

読書は好きだ。

同世代の子は漫画以外の本はあんまり読まないみたいだけど、わたしはすごく好きだ。昔から、家での娯楽は読書だけだった。金曜の放課後、図書室に寄って本を借りなかったのは本当に失敗だった。こんなことになるなら、貸し出しの上限いっぱいまで本を借りればよかった。

居間の飾り棚には、海外の画家の画集や、綺麗な野鳥の写真集が何冊か飾ってある。一応、全て手に取ってぱらぱらと中身を眺めはしたけれど、文章は少ないうえにどれもこれも英文で、知らない単語も多く、意味はあまりわからなかった。

画集と写真集以外には、居間にもダイニングにも他に本は見当たらない。

渡辺さんなんて、いかにもたくさん本を持っていそうだけど、たぶん、ほとんど二階に置いてあるんだろうな。

けれどわたしは、もう一冊だけ、わたしの手の届く範囲に本があることを知っている。それはお手洗いへと向かう廊下に置かれた、木目の綺麗なチェストの中にある。

渡辺さんは、今朝もわたしが起きる頃には椅子に座って聖書を開いて、朝日に包まれながら静かにお祈りをしていた。そしてお祈りを終えると、廊下のチェストの引き出しの一番上に聖書を仕舞っていた。

立ち上がり、廊下のチェストへと向かう。

監視カメラの存在は気になったけれど、別に逃げ出そうというわけでもないし、たぶん大丈夫だろう。怒られたら、そのときは素直に謝ろう。

わたしの胸元くらいの高さの、焦げ茶色のチェスト。その引き出しについた真鍮《しんちゆう》製の取手をそっと引く。引き出しの滑りは良く、手応えは軽かった。

引き出しの中には、思っていた通り、ファスナーの付いた革製のカバーに覆われた、分厚い本が仕舞われていた。両手で取り出すと、ずっしりとした重みがある。こそこそするよりは、堂々とするほうがいいと思って、本を手にしたままダイニングへと向かい、渡辺さんが朝のお祈りのときに座っている椅子に腰を下ろした。

テーブルに本を置いて、改めて眺める。

深い煉瓦色をしたカバーは随分と古いもののようで、長い時の中で生まれたのであろう綺麗な艶がその表面に浮かんでいる。

カバーのファスナーを慎重に開く。中から、黒く分厚い本が出てくる。表紙にも裏表紙にも何も書かれていないけれど、背表紙には『聖書　新改訳』という金色の文字が書いてあった。何度も読み返されたせいか、本全体が膨らんでいる。

正直なところ、神様とか宗教とか、そういうものはあんまり好きじゃない。むしろ、嫌いだと言っていい。でも、誘拐犯である渡辺さんがあんなに熱心に信仰するものが、一体どんなものなのかは少し興味があった。

深呼吸をひとつしてから、奇妙な緊張感とともに聖書を開く。

「初めに、神は天と地を創造した」

最初の一文だけ口に出してみて、おかしくなる。

なんかもう、これぞまさしく聖書って感じ。

ただ、そうして読み始めた聖書の中身は、残念ながらわたしなんかには理解の及ばない、全くもってよくわからないものだった。

最初のうちは、神様がどうやってこの世界を作ったのかとか、アダムとイブとか、蛇とかエデンの園とか、ノアの箱舟とか、わりと有名な話がちらほら載っていたからなんとか読めた。でもそれは本当に最初のうちだけで、途中からは人の名前か地名かもわからないカタカナが次々に出てきて、もうちんぷんかんぷんだった。言い回しも古いし、文字もぎっちぎちで読みにくい。途中から、適当にページをめくってどこか面白そうなところはないか探したけれど、興味を惹《ひ》く箇所は見つからなかった。

結局、大した暇潰しにはならなかったな——などと、自分勝手な失望とともに本を閉じようとしたとき、ふと気づいた。

ファスナー付きのカバーと聖書の裏表紙の間に、何か硬い紙が挟まっている。

思わず手に取る。それは紙ではなく、写真だった。写真には、濃いグレーの半袖シャツを着た渡辺さんの姿が写っていた。

今よりも、かなり若い。十年は前の写真だと思う。

写真の中の渡辺さんは、ひどく疲れた顔で、けれどもどこか嬉しそうに微笑んでいる。ただ、その笑みはカメラには向けられておらず、腕に抱いた赤ちゃんへと向けられている。産着《うぶぎ》に包まれた赤ちゃんの手には、ピンク色のバンドがしてあった。たぶん、生まれたばかりの子どもの名前とか、お母さんの名前が書かれたやつだろう。場所も病院だと思う。渡辺さんの子どもかな。まあ、シチュエーション的にそれしか考えられないか。

……幸せな写真だ。

お手本のような、幸せな家族の写真。

今どき写真なんてデータで保存しておくのが当たり前だけど、こうしてわざわざプリントして手元に置いておきたくなる気持ちもよくわかる、そんな写真だった。

微笑ましい。でも、同時に少しだけ悲しい気持ちにもなる。

わたしも生まれたばかりの頃は、こうしてお父さんが嬉しそうに抱いてくれていたのかな。

そんな写真、見たことないけれど。

でも案外、抱いてくれたかもしれない。

あの考えなしのお父さんのことだ。新しい生命が誕生するというシチュエーションにだけ酔いしれて、適当に涙を流したりしてそうだ。

でもその熱があっという間に冷めて、赤ん坊なんてうるさいし面倒だし、手がかかるだけで、自分には不要な存在だとすぐに気づいたんだろうな。悲しいけど容易に想像できる。

そんな後ろ向きなことを考えながら、写真を裏返す。別に、何かを期待した行為ではなかった。ちょっとしたメッセージでも書いてないかなと、頭の片隅で考えた程度だった。

「――え？」

だから、そうして目にした写真の裏面に『2009.11.6』と書かれているのを目にしたときは、怖いくらいに心臓が跳ねた。

今から十四年前の、二〇〇九年十一月六日。

その日は、紛れもなくわたしが生まれた日だった。

「……どうして？」

写真の中の赤ちゃんを、もう一度よく見る。

そして気づく。

渡辺さんの腕に抱かれた赤ちゃんの右足には、何か文字が書かれていた。

目を凝《こ》らし、判読を試みる。小さな赤ちゃんの、更に小さな足に書かれた文字。決して鮮明ではない。とはいえ、その文字を読み解くのには、十秒もかからなかった。

赤ちゃんの足に書かれた文字は、二文字。

「有乃」という、わたしにはあまりにも見慣れた、二文字だけだった。

第三章　偽者

お父さんが、実は本当のお父さんではないのではと考えたことは、もちろん、一度や二度ではなかった。物心ついたときから虐待を受けていれば、ごく自然なことだと思う。この理不尽な暴力には、生まれに関する理由があるんじゃないのかなとは、ずっと考えていた。

そんな虚しい想像が、頭の片隅でいつもあったからだろうか。

小学六年生の頃、ある時期、お母さんが普段は気にもしないポストの郵便物を何度も確認するという妙な行動を数日続けていたとき、わたしはそれが、何かお父さんに見られたくないものを待っているんだと、すぐに察することができた。

幸運なことに、その郵便物はお父さんもお母さんもいないときに届いた。

普段は公共料金や年金の督促状《とくそくじょう》で溢れている我が家のポストに届いたのは、有乃沙都子に宛てたシンプルな茶封筒だった。差出人は知らない女の人だったが、わたしは届いた封筒を迷わず手に取ると、あとで綺麗に元に戻すことを想定して慎重に封を開いた。

封筒の中身は、予想の通り——といえるほど確信があったわけではないけれど、ＤＮＡ鑑定の調査結果だった。ちなみに後で調べてわかったことだが、差出人に書かれていた女の人の名前は、遺伝子解析センターの職員の個人名だった。カムフラージュのため、そういうシステムになっているらしい。

封筒に入っていた鑑定書は、A４用紙一枚だけのとても簡単なものだった。鑑定結果として冒頭に書かれていた短い一文は、今でも一字一句違《たが》えることなく、覚えている。


「有乃徹人」は「有乃沙耶」の生物学的父親と判定できない。


その結果を目の当たりにして、全く驚かなかったと言えば嘘になる。でも、どうにかなってしまうほどの衝撃だったかと言えば、そんなことはなかった。

信じられない、よりは「ああ、やっぱりそうなんだ」といった感想のほうが、よほど大きかった。もっと言えば、あんなろくでなしと血が繫がってなかったなんてむしろラッキーだと、自分に言い聞かせるくらいの余裕はあった。

だから、最初は何もかも知らないふりをしようとした。鑑定書に丁寧に封をし直して、ポストに戻したあと、わたしはお母さんにもお父さんにも、何も訊かなかった。盗み見たことがばれたら絶対に面倒なことになるし、全て自分の心の内にしまって、普段通りに生活しようと努力した。

でも、それも長くは続けられなかった。

気持ちが悪かったのだ。

お父さんが自分の父親ではないと知ったからではなく、お母さんの存在が、どうしても気持ち悪く感じられて、仕方がなかった。

結局、わたしはその不快感に耐えることができなかった。

「わたしの本当のお父さんって、誰なの」

鑑定書を見た数日後。わたしは、お父さんが家にいないタイミングを見計らって、何の前触れもなくお母さんにそう尋ねた。

直後、台所で夕飯の用意をしていたお母さんは、人参を切っていた手をぴたりと停止させた。包丁を手にしたまま肩越しに振り返ったお母さんの表情は、まるで幽霊でも前にしているかのようだった。

「あんた……見たのね。あれを、勝手に」

しらばっくれるかと思っていたけど、お母さんはわたしの言葉を否定しなかった。

お母さんは動揺した様子を見せつつも包丁を組板《まないた》の上に置くと、緩いウェーブのかかった長い髪を軽く掻きあげ、わたしを睨んだ。

「あんた、お父さんには言ってないでしょうね」

「言ってないよ」

返すと、お母さんは安堵の息を吐いた。

「よかった。絶対にお父さんに言うんじゃないよ。殺されるよ。私も、あんたも」

警告するお母さんの口ぶりは、真剣そのものだった。脅しではなく、お父さんにばれたら本当にわたしたちの命が危ないと考えているのだろう。そしてきっと、その予想は正しい。

お母さんは椅子に座ると、片手で顔を覆うように項垂《うなだ》れ、それから非難の目つきでわたしを見た。

「いつ見たの」

「ポストに届いてすぐ。家に誰もいなかったから」

「なんで見たの」

「だって、お母さんの様子がずっと変だったから、だから、何かあるのかなって」

「母親宛の郵便物を、勝手に見ていいと思ってるの」

「それは、悪かったと思うけど……」

力ない声で叱るお母さんと向かい合うように、わたしも腰を下ろす。

「ねえ、説明してよ。どういうことか」

「説明なんて」

投げやりな態度で言いつつ、お母さんは再び視線を落とす。

「あの人は、あんたの本当の父親じゃない。それだけよ」

「それだけって……じゃあ、本当のお父さんは誰なの」

もう一度そう尋ねると、お母さんは首を横に振った。

「わからない」

「嘘だ」

「この状況であんたに嘘ついて、どんなメリットがあるの。本当にわからないのよ」

お母さんは目を伏せたまま、続ける。

「あんたを妊娠した頃、留米のバーで仕事をしていたのは知っているでしょう？　ああいう田舎の小さな店ってね、お客さんも少ないから、常連さんとの付き合いが本当に大事なの。食事に誘われたら、お店の外で会うこともあった。それだけで済まないとわかっていても、付き合わないわけにはいかなかったのよ」

「つ、付き合いって……」

「あんたも、小六ならわかるでしょう。それとも、いちから丁寧に説明しないと駄目？」

あまりにも理解しがたい話を前に、わたしは何も言えなくなる。

「幸い、そのときから徹人とは一緒に暮らしていたから、妊娠したとわかったときも、あの人は自分の子だと信じてまるで疑っていないみたいだったけどね。私自身、徹人との間の子だろうとは思っていたし。それであの人が結婚しようと言って、あんたが生まれて……けど、心のどこかでずっと気になってはいたのよ。だってあんた、あの人に全然似てないんだもの」

思わず、自分の頬を触る。確かに、わたしとお父さんの顔のつくりは、お世辞にも似ているとは言えない。

「なんで、今になって調べたの」

「別に、特別な何かがあったわけじゃない。ただ、自分の中ではっきりさせたかっただけ。調べたところで、あの人に教えるつもりもなかった。まあ、あんたに知られたのは完全に予想外だったけど」

「だって、お母さんが変だったから……」

「だからって、人の隠し事を無理やり覗き見てどうすんのさ。世の中、知らないままでいたほうがいいことなんて、山程あるんだよ」

お母さんはそう言ってから、細い息を長く吐き出す。

「馬鹿だね、あんたは」

それは、侮蔑《ぶべつ》とも憐憫《れんびん》とも取れる声だった。

言葉が出なかった。

自分の感情が、よくわからない。

勿論、楽しくはないし、嬉しくもない。けれどこの感情は、悲しいとか悔しいとか、腹が立つとか気持ちが悪いとか、そういうわかりやすい単語ひとつで簡単に言い表せるものでは決してない。様々な感情が斑模様《まだらもよう》を作るみたいに滅茶苦茶に混ざり合って、得体の知れないものになっている。

「お母さんは、これから、どうするの」

「どうもしないよ、別に」

「本当のお父さんのこと、調べたりしないの？」

お母さんは射貫《いぬ》くような目でわたしを見た。

「あんた、間違ってもそんなことするんじゃないよ」

戒める声は、これ以上ないほどに鋭かった。

「冗談じゃなく殺されるよ。あの人に」

「……でも」

「でもじゃない。もし、どうしても調べたいって言うなら、そんなのは中学校を卒業して、この家を出ていってからにしな」

一瞬。

お母さんが何を話しているのか、まるで理解できなかった。

この家を出る？

中学校を卒業したら？　まだ、小学校すら卒業していないのに？

「出ていくんだよ」

戸惑うわたしに、お母さんは繰り返す。

「あの人だって、あんたがずっとこの家にいたら、いつかあんたが自分の子どもじゃないって気づくかもしれない。そうしたら、私たちは二人ともただじゃ済まない。それにあんただって、あの人といつまでも一緒に暮らしたくなんてないでしょう」

「それは、そうだけど……」

まさか、お母さんに面と向かってそんなことを言われるとは、少しも思っていなかった。

「中学さえ卒業すれば、案外、一人でも生きていけるものよ。住み込みの仕事でも何でも探して、自分で稼いで、生きていきなさい。私だってそうだった」

「自分で、稼いで」

「そう。大変だけどね。でも、この家で生きていくよりはきっとマシよ」

確かに、お父さんと同じ家で暮らさなくていいなら、たとえ自分でお金を稼がないといけないのだとしても、今の生活よりは遥かに良い。

でも、それだったら。

「お母さんも、一緒にここを出たらいいじゃん」

気づけば、そんな言葉が口を衝いていた。

「それともお母さんは、お父さんと一緒に暮らしたいの？」

あんな、まともな稼ぎもなければ、格好良くもなくて、性格も最悪で……それに、わたしに対してあらゆるひどいことをする、ろくでもない男と。

「まあ、それも悪くないけど」

「けど？」

「私までいなくなったら、きっとあの人は血眼《ちまなこ》になって私たちを捜し始めるよ。仮に上手く逃げ切れたとしても、一生、あの人の影に怯えて暮らすことになる」

それは、確かにお母さんの言う通りだと思うけれど。

「でも、それじゃあ、お母さんはいつまでもお父さんと……」

「あのね、沙耶」

わたしの言葉を遮るその声は、どこか諭すようだった。

「あんたには悪いけど、私は別に、あの人のことそこまで嫌いじゃないんだよ」

「――え」

予想だにしなかった一言に、声が詰まった。

「あんたには信じられないと思うけど、あの人もあんたが生まれるまではあんなじゃなかった。昔からどうしようもない馬鹿だったし、稼ぎは少ないのに金遣いは荒いしで、お世辞にも立派な人じゃなかったけど……それでも、どこにでもいる普通の人だったよ」

お母さんは、昔を懐《なつ》かしむ口ぶりで言いつつ、少し俯く。

「でも、あんたが生まれてから、あんなふうになってしまった。異常に暴力的になった。本人に自覚はないみたいだけどね」

「それは、わたしが本当の子どもじゃないから？　でも、お父さんは知らないよね？」

「そう。だから、実際のところはわからない。ただ単に親に向いてなかったのかもね、あの人も、それに私も」

「お母さんもなの？」

訊かれたお母さんは、口許の力をふっと抜いて、困ったように笑う。

同性のわたしですら魅力的に見える、控えめで、柔らかな笑み。自分も大人になればこんな表情が自然とできるのかなと、心のどこかで楽しみにするほど。

だからこそ。

「だって、私もあんたのこと、そんなに好きじゃない」

その綺麗な笑みと共に言われたこの言葉を、わたしは一生、忘れないと思う。


あの日。

お母さんは、中学を出るまではわたしの面倒を見ると約束した。代わりにわたしも、中学を卒業したら、一日でも早くこの家を出ると約束した。

お母さんは、知らないままでいたほうがいいことなんて山程あると言っていたけれど、でも、わたしは真実を知れて、やっぱりよかったと思った。

だって、おかげで確信できた。

この家には、まともな人間なんて一人もいないのだと。

ただ、そうしてお父さんが本当のお父さんじゃないと知ってからは、本当のお父さんが誰なのか、正直ずっと気になっていた。

お父さんとお母さんが家にいない間に、何か手がかりになるものが残っていないか調べたりもしたけれど、残念ながら、これといった情報は何も得られなかった。

わたしが赤ちゃんの頃の写真は家に何枚かあったが、そこに渡辺さんらしき人の姿はなかったはずだ。とはいえ、お母さんだって結婚前の浮気の証拠をいつまでも残すわけもないだろうし、当然と言えば、当然だった。

浮気。

でもそうか。

もし渡辺さんがわたしの本当のお父さんだとすると、渡辺さんは昔お母さんが働いていた店の常連で、しかもお母さんとそういう関係にあったことになる。でも、本当にそんなことがあり得るのだろうか。恋愛なんて何ひとつとして知らないわたしには、そのあたりの男女の話はよくわからないけれど。

聖書をチェストの引き出しに元あった通りに戻したあと、わたしは倒れ込むようにソファに横になっていた。

頭が痛かった。比喩《ひゆ》表現ではなく、本当に痛かった。

渡辺さんがわたしのお父さんなのかどうかは、わからない。

あの写真がわたしの誕生日に撮られたもので、しかも足にわたしの名前が書いてあったとしても、あの赤ちゃんが本当にわたしだと決まったわけじゃない。真実を知りたければ、渡辺さんに訊いてみるしかない。

でも、正直に答えてなどくれないだろう。

それどころか、聖書だけではなく、そこに挟んであった写真まで勝手に見たことに怒って、いよいよわたしにひどいことをするかもしれない。

そもそも渡辺さんが本当のお父さんだったら、一体どうなるんだ。

ソファに横になりながら、目を閉じて、痛む頭で考えてみる。

渡辺さんがもし本当のお父さんだったら、普通に考えれば、この誘拐はわたしをあの家から引き離すために行われた可能性が高い。渡辺さんが本当に児童相談所の人なのかはわからないけど、とにかく何らかの形でわたしが虐待を受けていると知って、それでいてもたってもいられなくなってわたしを誘拐した、とか。そんな感じかな。

それがもし、事実だとしたら。

そりゃあ、多少は嬉しい。

でも、わたしの記憶が確かなら、身代金目的での誘拐って殺人と比較されるくらいかなりの重い罪だったはずだ。

わたしが虐待の事実を訴えれば多少は罪が軽くなりそうだけど、きっとそれでも、何年も、下手すれば十年以上、刑務所に入ることになるんじゃないかな。

……そんなことになったら、嫌だな。

渡辺さんが本当のお父さんで、そういう理由でわたしを誘拐して、その結果として刑務所に入ることになるのは、嫌だな。そうならないためには、どうしたらいいんだろ。もちろん、まだ渡辺さんがお父さんだと決まったわけではないけれど。

ソファに横になったまま目を閉じて色々なことを考え込んでいたせいか、いつの間にか眠りに落ちていたらしい。

変な体勢で眠っていたのか、身体中がちょっと痛い。相変わらず頭も痛い。

脳に靄《もや》のかかったような気分のまま上体を起こすと、身体にかけられていたブランケットがずるりと床に落ちた。眠る前にこんなものを身体にかけた記憶はない。とはいえ、一体誰が、とは考えなかった。

ずり落ちたブランケットを拾いながら視線を巡らせると、ダイニングの椅子に座りながら、渡辺さんが本を読んでいた。タイトルはわからないが、聖書などではなく、普通の本だった。

渡辺さんはわたしに気づくと、開いた本をそのままにこちらを見た。

「よく寝ていた」

壁にかけられた時計を見ると、時刻は既に十七時を過ぎていた。何時から寝ていたのか正確には覚えていないけれど、でも十二時は回っていなかったはずだ。

「五時間も寝てた……」

普段、そんなに昼寝することなんて全くないのに。

「疲れが溜まっていたのだろう。私が言うことではないが、無理もないことだ」

そうかな。本当に疲れていたのかな。自宅に比べたらここはよほど快適だし、それほど疲労が溜まるはずもないのに。

「今日は早いんですね」

「ああ。とはいえ、本当に今しがた帰ったところだが」

渡辺さんが帰ってきたことにも、全然気がつかなかった。よっぽどぐっすりだったらしい。でもよく寝てすっきり爽快というよりは、寝すぎたせいか頭がぼうっとして、むしろちょっと気分が悪い。

よろよろとソファから立ち上がり、キッチンでグラスに水を汲んで、飲んで、ようやく意識がしっかりとしてくる。

「腹が減っているんじゃないか？　弁当を食べないまま寝ていただろう」

「あ」

そう言えば、そうだ。

渡辺さんは今日もわたしのためにわざわざお弁当を作ってくれていたのに、全く手をつけないまま眠ってしまった。正直、寝起きだからか全く空腹は感じていないが、折角作ってもらったものを食べずにいるのはよくないだろう。

「ごめんなさい。すぐに食べます」

「いや、待ちなさい。そんなつもりで言ったわけじゃない」

お弁当の入っている電子レンジに向かおうとすると、渡辺さんは少し慌てたように言った。

「昼用の弁当を、夕飯前にわざわざ食べなくてもいい。すぐに作るから、夕飯にしよう」

「でも……」

と、口にしたところで、強めの咳が二度三度と続けざまに出た。しかも空咳《からせき》ではなくて、たんが喉に絡んだ湿った咳だった。自分でもびっくりする。

「大丈夫か？」

ただ、目の前の渡辺さんはわたし以上に驚いたらしく、いつもは感情表現の役割を放棄している目を大きく見開いていた。

「あ、はい、大丈夫です。寝すぎて喉が乾燥しているだけです、たぶん」

「喉が乾燥しているのなら、むしろそんな咳は出ない」

渡辺さんは断言してから、わたしの前にやってきて少し屈《かが》む。

「ちょっと、口を開けて舌を出してみなさい」

「ええ？」

予想外の指示に、素《す》っ頓狂《とんきょう》な声が出る。

男の人の前で口を開けて、しかも舌を出すだなんてなんだか嫌だなと思ったけれど、拒否できる雰囲気でもなかったので、しぶしぶ言われた通りにする。

「もう少し大きく」

「……うえ」

言われるがまま、口を更に広げて舌を出し続ける。渡辺さんはズボンのポケットからスマホを取り出してライトを点けると、わたしの喉の奥を照らして中を覗いていた。

「扁桃腺《へんとうせん》がだいぶ腫れている。扁桃炎の始まりかもしれない」

「ヘントウセン？　ヘントウエン？」

「知らないか。ほとんど風邪みたいなものだ」

答えながら、渡辺さんはダイニングにあった戸棚の引き出しから体温計を取り出し、こちらに渡してくる。

「測ってみなさい。熱もありそうだ」

風邪。熱。

そうか。そう言われると、なんだか急にそんな気がしてきた。頭もまだ全然痛い。考えすぎによる頭痛かと思ったけれど、違ったのかも。

体温計を脇に挟んだまま、椅子に座って大人しくしていること数分、体温計が計測終了の電子音を鳴らした。

脇から取り出して、表示部の数値を読み上げる。

「三十七度七分」

結構ある。とはいえ、三十八度オーバーではなくてひとまず安心する。ただ、こうして熱があることを自覚すると、途端に身体もしんどくなってくるから不思議だ。

「吐き気はないか」

「ないです。少し熱っぽくて、頭と喉もちょっと痛いですけど、平気です。一晩寝たらきっと治ります」

「いいや、治らない」

と、渡辺さんはわたしの適当な予想をきっぱりと否定する。

「今は熱の上がり始めだ。軽く何か食べたら、今日はもう寝たほうがいい。食欲はあるか」

「あ、はい、少しなら」

「じゃあ、雑炊《ぞうすい》でも作ろう」

「そんな、悪いです。お弁当だって残ってるのに」

「弁当は私が夜に食べるから、気にしなくていい」

「でも」

「寒気がしないなら、今のうちにシャワーを浴びて汗を流してくるといい。これからもっと熱が上がってくる。そのときはもう、シャワーはあまり良くない」

確かに長時間昼寝していたせいか、身体は寝汗で気持ち悪かった。渡辺さんの言う通り夜になって熱が上がって更に汗をかいて、そのときにはもうお風呂に入る元気がないなんて事態は避けたい。

結局、それ以上は食い下がらず、大人しくシャワーを浴びることにした。

早々と汗を流し、けれど髪はしっかりと乾かしてから部屋へと戻ると、テーブルにはカセットコンロが用意されていた。コンロの上では土鍋に入った雑炊が煮込まれ、くつくつと音を立てている。完成間近のようだ。

「食べられそうか」

キッチンで青ネギを切っていた渡辺さんが、横目でこちらを見ながら尋ねてくる。

「はい、お腹空いてきました」

「それは何より。そこに座っていなさい。じきに出来る」

促されるまま席に着くと、渡辺さんは鍋の中に卵を溶き入れる。

卵が出汁《だし》を吸いながらふわっと膨らんだあと、渡辺さんは今しがた切ったばかりの青ネギをちらした。薄黄色と緑のコントラストがとっても綺麗だ。

「火傷しないよう、ゆっくり食べなさい。無理して全部食べる必要はない」

「はい、ありがとうございます。すみません、じゃあ、お先にいただきます」

雑炊を土鍋から器によそうと、鶏の出汁がほのかに香った。結構な猫舌なので慎重に冷ましてから、蓮華《れんげ》ですくった雑炊を口に入れる。

「――あつっ」

それでも出来たての雑炊は予想以上に熱々だった。たまらず、口の中で雑炊を右に左にと転がしてなんとか無理やり飲み込むと、喉が焼けるような熱さに襲われて涙が出た。

「だから、ゆっくり食べなさいと……」

渡辺さんは、ひどく呆れた様子で言う。

けれど、よくよく見ればその目許にはあるかなきかの笑みが浮かんでいて、わたしは喉に残った熱さに苦しみながらも、ちょっと驚いていた。

ただ、そんな表情の変化は気のせいだったかと思うくらい一瞬のことで、わたしがやっとの想いで口と喉の熱さを凌いだあとには、いつもどおりの無表情に変わってしまっていた。

「私がいたら落ち着かないだろう」

渡辺さんは立ち上がる。

「片付けはしなくていいから、食べ終わったらもう今日は休みなさい。水分もしっかりと摂って、暑くても布団は肩までかぶって、身体を冷やさないように」

「あ、はい」

「階段から呼びかければ聞こえるから。急に体調が悪くなったら遠慮なく呼びなさい」

「はい、その……ありがとうございます、ご迷惑をおかけしてすみません」

「気にすることはない」

渡辺さんは電子レンジの中に入れたままにしていたお弁当を手にすると、ダイニングから出て行く。

けれど、部屋を出てすぐのところで立ち止まると、背中越しに、一言。

「無理をさせて、すまないと思っている」

などと、ひどく申し訳なさそうな口ぶりで伝えると、わたしの返事を一切待つことなく静かに二階へと上がった。

部屋には、わたしと雑炊だけが残される。

しばらくして、時間差で何だか猛烈に腹が立ってくる。

そういうことを逃げるように言うのは、卑怯《ひきょう》だ。


その日の夜中。

眠っているのか起きているのかよくわからない朦朧《もうろう》とした意識のなかで、熱がどんどんと上がるのを感じていた。

翌朝目が覚めると、上体を起こすのもひと苦労なくらいに身体じゅうがだるかった。体温を測らなくても、熱がまるで下がっていないのがわかる。身体中、汗でびっしょりだった。幸い頭痛はおさまったけれど、喉の痛みと違和感がすごい。頻繁に風邪を引く人間ではないのだけれど、久しぶりに本格的な風邪みたいだ。

水が飲みたかった。

ふと枕元を見ると、漆塗《うるしぬ》りの丸いお盆の上に、体温計と、それにポカリスエットとミネラルウォーターのペットボトルが置かれていた。寝込んでいる間に、渡辺さんが用意してくれたのだろう。

勝手に飲んでいいか少し悩んだけど、口の中の粘《ねば》つきと喉の渇きが、遠慮に勝った。

ポカリスエットのペットボトルを開けて、ゆっくりと飲む。長い時間この場所に置かれていたせいか完全に常温だったけれど、特有の塩気と甘みが、喉の不快感をするりと拭い去ってくれた。

壁の時計を見る。時刻は、八時半を過ぎたところだった。

照明は点いていないし、カーテンも閉め切られているから相変わらず居間は薄暗い。朝の八時半なのか夜の八時半なのか、一瞬、判断に迷った。

ただ、ダイニングの窓から光が差していることにすぐ気づいた。あそこから差し込むのは、朝の光だ。

ソファに置いてあったブランケットを肩からかけて、ダイニングへと移動する。

昨夜、食べ終わったあとテーブルに放置していたはずの土鍋は、カセットコンロからキッチンのガスコンロの上に移動され、使った器や蓮華も全て綺麗に洗われていた。これだけのことが、何だかすごく嬉しい。我が家では、お父さんが寝る前に食べ散らかしたものは、わたしが朝片付けるのが当たり前になっている。嫌いな家族の使った食器や食べ残しを片付けることほど、心が磨《す》り減ることもなかなかない。

体温計を脇に挟んで、椅子に座る。あえて選んだわけではないが、渡辺さんがいつも朝のお祈りのときに座る場所だった。

差し込む朝日のおかげで、ダイニングは照明を点けなくても十分に明るい。相変わらず、部屋の中は暖かい。わたしが呼吸を止めると、冷蔵庫とパネルヒーターのかすかな稼働音以外には、何も聞こえなかった。

渡辺さんはもう、仕事に出かけたのだろうか。寝込んでいたとはいえ、一言、声をかけてくれてもよかったのに。

どこかに書き置きのメモでも残されていないかと思って周囲を見回すも、それらしきものはどこにも見つからなかった。

少し、がっかりする。

それから、一気に恥ずかしくなった。

どうして今、渡辺さんの言葉なんて探した？　相手は未成年誘拐犯で、極悪人なのに。風邪で身体が弱っているせいで、心まで弱っているに違いない。

日常じゃないか。

風邪を引いたときに一人で過ごすなんて、わたしにとっては当たり前のことだ。

小さい頃から、高熱が出ようが下痢《げり》や嘔吐《おうと》が続こうが、お父さんもお母さんも、わたしを病院に連れて行ったりしなかった。それどころか、家にいると面倒だからと無理やりにでも学校に行かせようとした。

だから、病気になったら自分一人で治すしかなかった。

ふらふらの身体で台所に立って自分でおじやを作ったり、本当は変形するから駄目なんだけどペットボトルにお湯を入れた湯たんぽを用意したり、持っている服を全部着込むくらい重ね着をしたりして、自力でなんとかしてきた。

あのときと比べたら、ここは二十四時間ずっと暖かくて、清潔で、食べ物も飲み物もたくさんあるんだから、本当に天国だ。心細くなるほうが、どうかしている。そもそも今は人質の身なのだし、一人ぼっちのほうがむしろ安全じゃないか。

だから、背後の階段から誰かが降りてくる気配がしたときも、別に嬉しくなんてなかった。急に振り返ったりも、絶対にしてやらなかった。

「おはよう、体調はどうかな」

背後から、もはや耳に馴染んでしまった平坦《へいたん》な声が届く。

その声が、いつもよりほんの少しだけ優しげに聞こえたのは、たぶん、風邪のせいで鼓膜の調子までおかしくなっているからだろう。

「今、熱を測っているところです」

肩越しに軽く振り返りながら、言う。そんなつもりはなかったけれど、何だかぶっきらぼうな答え方になった。

「そうか」

ただ、渡辺さんはそんなことはまるで意に介した様子もなく、電気ケトルに水を汲んでお湯を沸かし始めた。

見れば、渡辺さんはセーターとスラックスを着ていた。朝、仕事に行くときは、いつも背広姿なのに。

「お仕事は、今日はお休みなんですか？」

「いや、休みを取った」

渡辺さんは、何食わぬ顔で言った。

「いくら中学生とはいえ、病気の子どもを一人きりにはさせたくない。休みが取れる予定の日でよかった。とはいえ、私が四六時中家にいると、きみは気が休まらないかもしれないがね」

言って、渡辺さんは口許《くちもと》に皮肉めいた笑みを浮かべる。

本当に、その通りだ。

体調の悪いときに、誘拐犯がずっと家にいるなんて最低最悪だ。もし何かあっても、こんな状態ではまともに抵抗することもきっとできない。あまりにも危険すぎる。

「基本的には二階にいる。何かあれば遠慮なく呼んでくれれば――」

「別にいいです」

渡辺さんの発言に被せるように、誰かが言った。随分と、可愛げのない声だった。

「上の階にわざわざ行かなくても、いいです」

渡辺さんが今どんな表情をしているのかは、知らない。

何故なら、わたしがずっと俯いているから。

渡辺さんの顔を、まともに見られなかった。

……恥ずかしくて。

それと同じくらい、怖くて。

だって、どうすればいいか知らない。

誰かにそばにいてほしいとき、どんな顔をすればいいのか、どんな声を出せばいいのか、どんなふうにお願いすればいいのか、知らなかったから。

「そうか。では、ここにいることにしよう」

だから、渡辺さんがひどく穏やかにそう返してくれたときも、わたしは脇に挟んだ体温計を気にするように俯いたまま、何も言えなかった。


昼前になると、体温も三十八度五分まで上がった。

起き上がっているだけで辛くて、わたしは昨日の残りの雑炊をほんの少しだけ食べて、またすぐに布団に横になった。吐き気がないだけまだマシだけれど、相変わらず喉はものすごく痛いし、なかなかに辛い風邪だった。

「もしかして、風邪じゃなくてインフルエンザかな……」

布団の中で、わたしが譫言《うわごと》のように呟くと、すぐそばのソファに座って本を、たぶん海外の本を読んでいた渡辺さんが顔を上げた。

「関節が痛むか?」

訊かれて、身体の調子を確かめるよう布団の中でもぞもぞと動いてみる。

「身体は別に、どこも痛くないです」

「なら大丈夫だ。間違いなく扁桃炎だ。きみは若いし、たぶん今頃が熱のピークだろう」

「本当に?」

「ああ」

渡辺さんは言い切って、再び開いた本へと目を戻した。渡辺さんの言うことが本当に正しいかわからないけど、そこまではっきりと言い切られると、本当にそう思えて安心できた。

昨日からずっと寝てばかりいたせいで、布団に横になって目を閉じても、深い眠りに落ちることは難しかった。

家で風邪を引いたときは、眠れないことがたまらなく嫌だった。

眠らなければ治らないとわかっているのに、なかなか眠れない。

いつまでも眠れないでいると、どんどん風邪が悪化して、このまま死んでしまうのではないかと考えて怖くなった。それに布団の中でじっと起きていると、居間にいるお父さんの遠慮のない大声や、騒がしいテレビの音が容赦なく聞こえてきて、余計に辛かった。

でも、ここは違う。

あの家とこの家は、何もかも、全然違う。

暖かくて、穏やかで。

そして、びっくりするほど静か。

でも、無音なわけではない。いつの間にか枕元に設置された加湿器が、ぽこぽこと控えめにたてる音とか、壁のパネルヒーターが稼働する小さな音とか、それは確かに音なのに、同時に静けさでもあった。その小さな音たちは眠りの妨げにはならず、むしろ風邪を引いたわたしを守ってくれるみたいで、頼もしかった。

何より、すぐそばに渡辺さんがいる。

風邪を引いて寝込んでいるわたしを、たぶん――たぶんだけど、煩《わずら》わしくも、疎《うと》ましくも思わないで、何かあれば助けてくれる人がいる。そんな人がすぐ近くのソファで本を読んでいるだけで、何だか胸の奥が温かかった。うっかりすると、涙が出そうだった。

だからわたしは布団を目許までかぶって、今だけは何も考えずに、この静かな空間に身を委ねようと思った。

そうしているうちに、自然と眠りに落ちることができた。

＊

月曜の朝になっても、有乃沙耶は家に戻らなかった。

まだ悪戯の可能性は残るが、上層部も本件を誘拐事件と認めざるを得なくなり、道警本部内に指揮本部が置かれることとなった。

今朝からは、私の所属する特殊犯捜査係だけではなく、捜査一課の他の係からも大勢の人間が駆り出され、沙耶の行方を追っている。

マスコミには、まだ本件の情報は流れていない。ただ、いくら箝口令《かんこうれい》を敷こうとも、捜査が長引けばどこからともなく嗅ぎつけてくる。もはや時間の問題だ。そうなる前にマスコミを集めて、報道協定を締結しなければいけない。未成年の誘拐事件が世間に発覚し、仮にも犯人を取り逃がす事態になれば、道警の威信に関わる大問題になる。おかげで上層部の人間を始め、道警内は今朝からこれ以上ないほど殺気立っていた。

私と相良は昨日に引き続き、早朝から沙耶の自宅を訪れていた。とにかく今は、沙耶についてのあらゆる情報を集める必要があった。

沙耶の自宅には徹人と沙都子の他に、所轄の小野幌署の刑事も二人いた。

誘拐犯から、両親の携帯電話に連絡がある可能性は当然ながら高い。犯人から連絡があったにも拘らず、警察の人間が不在だったなどという状況は万が一にもあってはならない。そのため、誘拐事件発生から少なくとも数週間は、どうしても寝ずの番をする者が必要になる。

「お疲れ様です。道警一課特捜係、係長の進藤です」

先んじて名乗る。

三十代後半ほどであろう二人の刑事もすぐに立ち上がり、所属を名乗った。

「犯人からの連絡は？」

二人の刑事のどちらにともなく尋ねる。

「残念ながら、ありません」

二人のうち、階級の上の者がやや疲れの滲《にじ》む声で答えた。

「担当地域の郵便局にも緊急の連絡を入れましたが、本日中に届く予定の郵便物にも、犯人からと思《おぼ》しきものは届いていないようでした」

「そうですか、了解しました」

私はひとつ頷いてから、告げる。

「では、この場は我々が引き継ぎますので、署に戻っていただいて結構です。寝ずの番、大変だったでしょう。しっかり睡眠を取って、身体を休めてください」

二人の刑事は、面識もない道警本部の人間から労《ねぎら》いを受けるとは思ってもいなかったのか、わずかに驚いた顔をしたが、再度礼儀正しく敬礼をして出ていった。

所轄の刑事たちを見送ったあと、改めて徹人と沙都子に目を向ける。二人も、先の刑事たちほどではないものの、顔に疲労の色が浮かんでいた。

「おはようございます。昨晩は眠れましたか」

「ええ、まあ……」

居間のソファに座っていた二人のどちらにともなく尋ねると、徹人が気だるげに口を開いた。

「家に警察がいるのは、どうにも落ち着きませんよ」

どうやらその顔に疲れが滲んでいるのは、娘の身を案じて神経を磨り減らしていたというより、見知らぬ刑事二人が夜通し家にいたかららしい。

「沙耶の行方は、何かわかりましたか」

と、窺《うかが》う声は沙都子のものだ。彼女のほうはまだ、その声にも表情にも娘のことを心配する様子が多少は感じられる。

「今のところはまだ、何も。ただ、現在かなりの人数が捜査にあたっております。何かあればすぐにでも知らせが来ますので」

慰めにもならないことを口にする。

「はあ、そうですか」

しかし、それに対して沙都子が落胆しているふうには、特に見えなかった。

「警察にまで迷惑かけて、一体、どこで何やってるんだか」

一方の徹人に至っては、明らかに苛立った様子でそうぼやく。思わず傍らの相良と目を合わせると、彼女は無言のまま器用に瞳をぐるりと回した。そのジェスチャーの意味はおそらく「私には到底理解しかねます」あたりだろう。

この夫婦の、娘に対する愛情が相当に希薄であることは、もはや疑いようもない。沙耶が両親との間に何か大きなトラブルを抱えていた可能性も、十分にあるだろう。

ただ、そうした家庭内の事情について徹人と沙都子に面と向かって尋ねる前に、この家の中で調べるべき場所を、先に調べてしまいたかった。

「沙耶さんの部屋は、どちらですか」

「沙耶の部屋ならそこです」

尋ねると、沙都子が後ろを振り返りながら答えた。彼女の見つめる先には、閉め切られたままの襖がある。居間と隣接する形で部屋があるようだ。

「お部屋を拝見してもよろしいでしょうか。何か娘さんの行方がわかるものが、残されているかもしれませんので」

訊けば、沙都子は特に迷う様子もなく答えた。

「え？　ええ、それはもちろん、別に構いませんが……」

「ありがとうございます。では、失礼して」

居間を横切り、奥の襖を開ける。

瞬間、室内とは思えないほどに冷え切った空気が溢れてきて驚いた。その冷気は居間にいた徹人まで瞬時に届いたようで、背後で短く悪態をついたのが聞こえた。

沙耶の部屋は、四畳半の狭い和室だった。

少女の私室に対する感想としてはあまりに不適当だと思うが、正直、私は彼女の部屋を目にして真っ先に、独房という単語が頭をよぎった。

入口から入って右手に大きな腰窓があるものの、ほとんど陽は差し込んでおらず、どうにも薄暗い。

部屋にあるものは、年頃の子どもの部屋とは思えないほど少ない。

脚を折るタイプの小さな卓袱台に、畳まれてなおその薄さがわかる布団に毛布、三段のカラーボックス、小型のハロゲンヒーター、プラスチックのゴミ箱……それが全てだ。学習机すらない。

「女の子の部屋にしては、あまりにも殺風景だな」

居間にいる徹人と沙都子の耳に届かないよう声量を絞って言うと、相良は苦虫を噛み潰したような表情で言った。

「殺風景どころか、異常でしょう、これは」

部屋の角には、扉一枚分の小さな押入れもあった。

手応えの硬い外開きの扉を開くと、中は二段になっていて、下の段には家電製品の空き箱などが雑然としまわれていた。

上の段は突っ張り棒がつけてあり、簡易的なクローゼットとして使われている。

ただ、かけられている服の数は極めて少ない。シャツやニットだけでなく、スカートやズボンなどといった物を全て合わせても、両手で数え切れる数しかない。しかもそのどれもが、相当に着古されている。

感想を求めて無言で相良を見れば、彼女は私と目が合うなり、緩やかに頭を振ってからやはり苦々しい表情で言った。

「私も、ファッションには相当無頓着な中学時代を送りましたが、ここまでではありませんでした」

　まさか、中学生にしてミニマリストを目指しているわけでもないだろう。まともに買い与えられていないと見るのが、妥当か。

「あの、一応は年頃の娘の部屋なんで、あんまりガサガサしないでくださいね」

　不意に、咎《とが》めるような声が背後から届く。

　振り向き見れば、部屋の入口に徹人の姿があった。丁寧な口調ではあったが、どこか妙な圧が感じられた。

「心得ております」

　私は振り返ったまま、意識して微笑む。

「ただ、沙耶さんの行方を捜査するうえで極めて重要なことです。ご理解いただければと思います。なんでしたら、立ち会っていただいても結構です」

　相手からの威圧を払いのけると、徹人は「いやまあ、そこまでは」と曖昧《あいまい》な返事をして大人しく引き下がった。

　徹人が部屋から十分離れたのを確認してから、相良が囁《ささや》く。

「何か、見られたくないものでもあるのでしょうか」

「さて、どうだろう」

　もし、本当に見られたらまずいものがあるのなら、あそこまで簡単には引き下がらないとも思うが。

「ともかく、相良君はこの中を調べてくれ」

押入れは相良に任せて、私はカラーボックスの中を確かめる。

カラーボックスは三段になっており、上の二段には教科書やノート、プリントの入ったファイルなどがまとめられている。

見たところ、教科書やノートは科目ごとにきちんとまとめて並べられている。少なくとも大雑把な性格ではなさそうだ。目についた数学のノートを開いて見れば、板書の内容が丁寧な筆致で書き写されている。落書きは全くない。他の科目のノートも何冊か確認してみたが、全て同様だった。真面目な子なのだろう。

一番下の段は、学習に関係のない本でまとめている。合計で三十冊程度か。小説やノンフィクションの本が多い。ティーン向けの本や、流行《はや》りのコミックなどは見当たらなかった。

何冊か手にとってみるが、中古で購入したのか、そのほとんど全てに値札のシールが貼られてある。それも五十円や百円など、かなり安価に買ったものばかりだ。

残念ながら私は読書家と呼べるほど本を多く読んできた人間ではないので、目の前に並んでいる本の内容全てを、正確に把握してはいない。

しかしそれでも、中学二年生の少女の本棚に、カミュの『異邦人』や遠藤周作の『沈黙』、それに『アンネの日記』などが並んでいるのを目にすると、私がこの子の父親なら、何か生きるに辛いことがあるのではないかと、ひどく心配するだろう。

その後もカラーボックスの中にある教科書や本の中身をひと通り確認するも、事件に繋がりそうな情報は特に記されていなかった。親しい友人の名前や、あるいはそれこそ日記のひとつでもあればと思ったが、残念ながら空振りのようだ。

「それにしても寒いな」

指先の冷えに耐えかね、手のひらを強くこすり合わせる。

コートを着たままでもこの部屋の寒さはなかなかに耐え難い。部屋の中はおそらく五度もない。室内なのに、吐息《といき》が白く変わるのだから恐ろしい。

「暖房は、本当にこのハロゲンだけか？」

そのハロゲンヒーターも、見たところかなり古いもので、リサイクルショップで二千円もあれば買えそうだ。これは、まともに動くのか。そう案じて電源を入れると、幸い故障はしておらず、ハロゲンランプはすぐさま煌々《こうこう》と灯《とも》った。

だが、たとえ四畳半の部屋であっても、こんな小さな暖房器具ひとつではまともな暖など取れない。実際、手をかざして指先を温めるのがせいぜいだ。そもそも北海道において、この手のハロゲンヒーターは暖房器具として一般的ではない。補助として使うならわかるが、メインの暖房としてはあまりにも力不足だ。

「この時期、この部屋を使っていないだけだと信じたいが……」

小声でひとりごちていると、押入れの中身を検分していた相良が近づいてくる。

「係長、こんなものが」

見れば、彼女の手には長さ四十センチほどの手斧《ておの》が握られていた。ただ、斧と言っても刃にあたる部分は十センチもない。キャンプの薪割《まきわ》りなどで使われるものだ。

「押入れの奥のほうにありました」

手袋をはめてから、斧を受け取る。

斧の刃には、簡素なゴム製のカバーがついている。カバーを外して刃の様子を見るが、刃こぼれどころか、小さなキズひとつなかった。新品の可能性が高い。この手の斧は、ものによってはそれほど高くない。おそらくホームセンターで三千円も出せば買えるだろう。

「沙耶さんのものだろうか。最近では、中高生の間でもキャンプが流行っていると聞くが」

「キャンプ用品らしきものは、この斧の他には見当たりません」

「これから時間をかけて買い揃えるつもりなのか」

「だとしても、斧から買うでしょうか？」

まあ、まずないだろうな。

「押入れの奥にあったって？」

「はい、段ボール箱の陰に隠すように置かれていました。工具の入った箱などもなかったので、そうした場所から落ちたわけでもなさそうです」

「なるほど」

返しつつ、私は居間へと目を向ける。

「ただ、沙耶さんの部屋の押入れにあったからといって、必ずしも彼女のものであるとは限らない」

「訊いてきましょうか」

相良に問われ、手にした斧を眺めつつ、しばし考える。

女子中学生の持ち物にしてはあまりに不釣り合いなこの斧の存在を、考えもなしにあの両親に伝えることは、明確な理由があるわけではないが何やら妙に躊躇《ためら》われた。

「いや、今はやめておこう」

私は持っていた斧を、相良に手渡す。

「すぐに近隣のホームセンターや金物店を回って、これと同じ斧を扱う店がないか調べてくれ」

「わかりました。車をお借りしても？」

「ああ、大丈夫。何かわかればすぐに連絡してほしい」

「承知しました」

凛とした声で返し、相良は斧を手にしたまま矢のように家を飛び出していった。

居間へと戻ると、徹人と沙都子の二人が怪訝そうな顔でこちらを見ていた。

「何か、沙耶の居場所のわかるものが見つかりましたか？」

火の点いた煙草を片手に、徹人が危機感のない調子で尋ねてくる。もし部屋に何かよからぬものを隠していたのであれば、よほどの名役者でもない限りこんな暢気な声は出せないだろう。

「いえ、残念ながら。少々、調べ物が出来ただけです」

言いつつ、私はテーブルを囲う一席に着く。対面にはちょうど沙都子が座っていて、私が座ると、視線の置き場に困るのか目を泳がせていた。

「申し訳ありませんが、お二人にお話を伺いたいことがありますので、お父様もこちらに来ていただいてよろしいですか」

促すと、徹人はいかにも大儀《たいぎ》そうにこちらへ顔を向けた。彼は煙草を深く吸ってから灰皿に吸い殻を押し付けると、ソファから立ち上がり、沙都子の隣に座った。

「なんですか、訊きたいことって」

「そうですね、いくつかありますが」

私は頭の中で口にすべき言葉とその順番をしばし考えてから、できる限り穏やかな口ぶりで切り出す。

「まず、沙耶さんとお二人のご関係ですが……失礼を承知でお訊きしますが、親子関係は良好でしょうか」

尋ねると、徹人と沙都子は共に面食らったような表情を浮かべた。

「刑事さん、それはいくらなんでも失礼が過ぎるってもんでしょう」

斜向《はすむか》いの徹人が、ひどく不愉快そうな声を上げる。

「そんなこと、事件に何か関係があるんですか」

「無論です」

威圧的な徹人の態度に対して、私はそれに倍する毅然さで返す。

「被害者の家庭環境を詳しく知ることは、誘拐事件の捜査において極めて重要です。沙耶さんの行方を一秒でも早く突き止めるためには、彼女に関するあらゆる情報が必要なのです」

強く言い切る。

対して徹人はなおも物言いたげな顔をしていたが、刑事相手では弁も立たないと感じたのかそれ以上は何も言ってこなかった。

「それで、実際のところどうなのでしょう」

改めて追及すると、徹人と沙都子はお互いを見やる。その目配せにどんな意思疎通があるのかはわからない。

「あの、私も夫も、なかなか普段は仕事が忙しくて……」

先に答えたのは沙都子だった。

「その、それに沙耶も難しい年頃と言いますか、思春期なこともあって、コミュニケーションが上手く取れていなかった部分は、あったかもしれません」

「そうですか。具体的には、どのようなことが思い当たりますか？」

重ねて問いかける。

沙都子はたじろぎつつも、言葉を続ける。

「具体的にと言われると、なかなかすぐには思いつきませんけれど……ただ、最近は娘の反抗期もマシになったと思っていました。少し前のほうが、夫との言い争いも多かったと思います」

「言い争いですか」

繰り返すと、徹人が横から口を挟んだ。

「どこの家庭にもある話でしょう。刑事さん、あんただって子どもの一人二人はいるんじゃないのかい」

「ええ、高校生の娘がいます。こんな仕事ですから、なかなか家に帰れないことも多いもので、昔も今も私にはちっとも懐いていませんが」

「ほら、そうでしょう?」

我が意を得たりとばかりに、徹人は妙に声を高くする。

「うちだって似たようなもんです。言い争いって言ったって、やれ食べ終わった皿を下げてないだの、風呂が長いだの、ちゃんと勉強しろだのと、まあ可愛いもんです」

確かに私も、娘にその手の小言を口にしたことは数え切れないほどある。ときには反抗的な娘の態度を前にして、大人気なく声を荒らげてしまうこともあった。それを思えば、彼の言うことは十分理解できる。ただ、そのように理解してなお、徹人の口から発せられる言葉の数々はひどく軽薄に思え、また真実味を感じられなかった。

しばらくして、小野幌署から交代の刑事が二人やってきた。

私は電話番を彼らに任せて有乃の家を離れると、その足で高坂東中学校へと向かった。相良が車を使用中なので寒空の下を歩くことになったが、疲れを感じる距離ではなかった。

沙耶の担任から、話を聞く必要があった。

二度目の訪問も、校長の北田がすぐに対応し、応接室に通してくれた。

北田には、昨日のうちに沙耶が自宅に戻っていない旨は伝えていたが、今朝になってもまだ戻らないことを更に報告すると、彼は心底申し訳なさそうな顔つきで頭を深々と下げた。

「本当に申し訳ありません、うちの生徒がご迷惑をおかけして」

「いえ、校長先生に謝っていただくようなことではありません。それより、担任の先生は、今は授業中でしょうか？」

学校へと向かう道すがらで、中学校には電話で事前の連絡を入れていた。その際に、早急に担任の先生の話を伺いたいとも伝えてある。

「もうあと五分程度で二時間目の授業が終わります。終わり次第、すぐにこちらに来ると思いますので」

程なくして、二時間目の終了を知らせるチャイムが鳴った。

そのチャイムから三分と経たずに、応接室の扉がノックされる。

「ああ、来ました来ました」

北田校長の声に反応して振り向き見れば、扉に付けられた窓の向こうに若い女性が一人立っていた。北田は小走りで扉に近づき、女性を中へと招き入れる。

私がソファから立ち上がると、女性は状況をあまり把握できていないのか、困惑の表情を浮かべつつも丁寧に会釈《えしゃく》をした。

「こちらが有乃さんのクラスの担任の、仁科《にしな》先生です」

北田は、私と仁科の間に立って、双方の紹介をする。

「仁科先生。こちらは北海道警察の刑事さんの、進藤さんです」

「警察の方ですか?」

「いや、驚かせてすみません。北海道警察刑事部捜査一課の進藤と申します」

驚きに目を丸くする仁科に対して、小さく頭を下げる。

「実は、仁科先生のクラスの有乃沙耶さんについて、少々お訊きしたいことがありまして。どうぞ、ひとまずおかけになってください」

ここは学校の応接室なので、余所者《よそもの》の私がそう口にすることが適切かは定かではなかったが、私が促すと仁科と北田はソファに肩を並べて座った。

私も腰を下ろし、改めて仁科の姿を見る。比較的若い教師だ。三十半ばもいかないか。やや垂れ目がちな目許から、柔和《にゅうわ》な印象を受ける。

仁科は、私が警察の人間だと知って、いかにも緊張した面持ちを浮かべている。

とはいえ、彼女に何か疚《やま》しいことがあるわけではないだろう。刑事を、それも私みたいな年配の男性刑事を前にしては、硬くなるのも無理ないことだ。相良にも同行してもらうべきだったかと一瞬後悔したが、彼女も初対面の相手の緊張を器用に解《ほぐ》すタイプではないから、結局は同じことだったはずだ。

「あまり緊張しないでください。別に今から、先生に対する取り調べなどを行うわけではありませんから」

「す、すみません」

仁科は緊張を悟られたことを恥じてか、前髪を指先で撫でながらわずかに俯いた。

「お若い先生ですね。初対面の女性に対して大変失礼ではあるのですが、ご年齢をお伺いしてもよろしいでしょうか」

「あの、それほど若くもないです。今年で、三十二になりますので」

「三十二で若くないと口にするところが、まだまだ若い証拠です」

北田が、わずかにからかう調子で言う。そのくらいの年頃は、女性にとっては悩ましい年齢ではあるのだろうが、私も北田と同意見だ。

「それで、本日学校をお休みしている有乃沙耶さんについてなのですが」

北田の軽口で仁科の緊張も多少は解れたと信じて、私はなるべく深刻な口ぶりにならぬよう注意して切り出す。

「実は、先週の金曜日から自宅に戻っておらず、行方がわからなくなっています」

「え」

仁科が、短く声を上げる。

「家出をしているのですか？」

「そこまではわかりません。沙耶さんが自分の意思で戻っていないのか、あるいは何らかの理由で家に戻れない状況にあるのかは、現在捜査中です」

犯行声明が警察に届いたことは伏せる。その情報は、たとえ学校関係者であってもまだ漏らしたくはなかった。

「そうなんですか。有乃さん、無事だといいですが」

そう口にする仁科の様子は、沙耶のことを素直に心配しているように見える。とはいえ、極端に気が動転しているふうでもない。担任する生徒が数日家に帰っていないくらいでは、案外、こんなものだろうか。

「現在、沙耶さんの行方に繋がる情報を急ぎ集めております。何か心当たりがあれば、どんなことでも教えていただきたいのですが」

「うーん、そうですね……」

仁科は思案顔でかすかに俯く。

しかしそれも一瞬のことで、すぐに顔を上げると彼女は控えめに首を横に振った。

「申し訳ないのですが、これといって思い当たることは、何も。有乃さんはクラスでも大人しいほうなので、私も彼女の普段の生活には、それほど詳しくなくて」

「日頃から、あまり先生と会話をされることはなかったと？」

「そうですね。担任とはいえ、クラスの子との交流は授業中を除けば、朝礼と終礼くらいですので、クラスの子全員と毎日会話することは、なかなか難しくて。勿論、クラスの雰囲気に異変がないかなどは、常に気を配っているつもりですが……」

すぐ隣に北田がいるせいか、どうにも取り繕うような発言になっているようだ。

ただ、彼女の言わんとすることもよくわかる。

クラスのほぼ全教科を担当する小学校の教師ならまだしも、中学や高校の教師ともなれば、日々の中でクラスの生徒たちとの会話に割ける時間は、決して多くないだろう。

「では、仁科先生から見て沙耶さんの学校での普段の様子は、どのようなものでしょうか」

「真面目で、大人しい子です」

仁科はやはり北田の存在をやや気にする素振りを見せつつも、すぐに答えた。

「授業中など、自分から発言することは滅多にないです。でも授業は熱心に聞いていますし、成績もとても良いです。学年で十番とか」

「なるほど」

このあたりは、自宅で目にしたノートから受ける印象の通りのようだ。

「ご両親からは部活動には入っていないと聞いておりますが、間違いありませんか」

「そうですね、部活には入っていません。一度、その理由を尋ねたことがあるのですが、家に早く帰らないといけないからと言っていました」

「理由は訊かれましたか？」

「いえ、そこまでは。ただ、両親が共働きだから早く帰って家事をしなければいけないと言っていた、とはクラスの子から聞いたことはあります」

「それは、沙耶さんと仲の良いお友達から、ということでしょうか」

重ねて訊く。仁科は渋面を浮かべた。

「仲が良いお友達と言えるほどでは、ないかもしれません。有乃さんは、その、クラスではお友達が多いほうではないので……」

「仁科先生、それは大丈夫なんですか？」

北田の語勢は、少なからず仁科を責めるようだった。

「いじめなんかになってはおりませんか。そういう内気な子がいるのは仕方ありませんが、そうした子をフォローするのも、教師の立派な仕事ですよ」

「もちろんです。理解しております」

仁科は慌てて返しつつも、狼狽《うろた》えてはいなかった。

「クラスにいじめはありません。そこだけは、毎日ちゃんと気を配っていますので」

意外にも、芯のある強い声だった。

実際、彼女のクラスの中にいじめがあるかどうかは、私には到底判断できることではない。

ただ少なくとも今の発言は、私が聞く限りではその場しのぎの安易な言葉ではなさそうだった。

しかし、組織の長である北田がこうして真横に座っていては、仁科も何かと話しにくいだろう。今のような横槍《よこやり》を度々入れられては、こちらとしても面倒だ。

「北田校長、大変申し訳ございませんが、少しの間、仁科先生と二人だけにさせてもらってもよろしいでしょうか」

単刀直入に伝えると、北田はあまりにも予想外だったのか一瞬、呆然《ぼうぜん》としたが、すぐさま眉《み》間《けん》に皺を寄せた。

「生徒のことですから、校長として把握する義務があります」

当然の返答ではある。

「ご尤《もっと》もです」

とはいえ、校長の義務よりも優先すべきものなど、世の中にはいくらでもある。

「ですが、有乃さんの身体的なことに関して、仁科先生にお訊きしなければならないことがあるのです。生徒とはいえ、彼女にも人権があります。ましてや女の子のことですから。申し訳ございませんが、ここは一度、ご退席を」

反論の余地を与えることなく、告げる。

北田は、いかにも忌々しげにこちらを睨《ね》めつけていたが、とはいえ人権を盾にされてはどうにもならないようで、不承不承ながらも応接室から出ていった。

仁科は、困惑した様子で北田が出ていった扉に目を向けていたが、すぐにこちらへと向き直った。

「あの、有乃さんの身体的なことというのは」

「ええ、実は」

言葉を区切り、口の中で唇を湿らせる。

「沙耶さんは、家庭内で問題を抱えている可能性が高いと睨んでおります。そのことについて、何かご存知のことはありませんか」

虐待、という言葉はあえて使わなかった。不要な情報をこちらから提示することは、できるだけ避けたい。

「家庭内での問題、ですか」

繰り返しつつ、仁科は考え込むようにする。警察相手とはいえ、生徒の家庭の内情を教えるのは躊躇いもあるだろうと思ったが、幸いにも、返答は早かった。

「その、思い当たることは、あります」

「おお、本当ですか！」

「ですが、あの、学校には報告してないことですので、できれば学校のほうには……」

「大丈夫です。ご安心ください」

仁科の言葉に、私はすぐさま頷く。

「ここで何かをお教えいただいた結果として、先生の学校での立場が悪くなるような事態には絶対にさせません」

「はい、どうかお願いします」

そこまで約束してようやく仁科も口を開く覚悟ができたのか、彼女はひとつ深呼吸をしてから、ゆっくりとした口ぶりで話し始めた。

「今から三カ月ほど前の、九月頃の話ですが……実はクラスの子から、有乃さんの身体にいくつか痣《あざ》があると相談を受けたことがあります」

「痣、ですか」

「はい。体育の着替えのときに、たまたま見つけてしまったそうで。それで私も心配して有乃さん本人に痣のことを尋ねてみたのですが、家で転んだだけだと言われてしまって」

「先生は、実際にその痣は目にされましたか？」

「いいえ、私もできれば確認したかったのですが、見せてもらえませんでした」

「その痣を見たクラスの子の名前は?」

「宮前《みやまえ》さんという子です」

「その子は、今日も学校に来られてますか?」

「ええ、来てます」

「では、すぐにその宮前さんを呼んでいただいてもよろしいですか」

「今すぐですか?　授業中ですが……」

「それでもです。お願いします」

語気を強めて繰り返し頼むと、仁科は慌てて立ち上がり応接室を離れた。

幸いにも目的の生徒は簡単に摑まったのか、仁科は五分も経たないうちに一人の女子生徒を連れて応接室に戻ってきた。

仁科の背後にいた生徒――お洒落《しゃれ》というより幼さを感じるボブカットが特徴的な小柄な少女は、私と目が合うと少し怯えた表情をしながらも、小さくお辞儀をした。

「あなたが、宮前さんかな」

「あ、はい、そうです。宮前香菜《かな》です」

フルネームを名乗って、宮前はもう一度頭を下げる。

「私は北海道警察の進藤と言います」

「……警察の人?」

突然のことに目を丸くする宮前を、ひとまずソファに座らせる。

宮前は緊張している様子だが、とはいえ極端に身構えてはいない。その態度ひとつで、彼女が真面目な優等生であると想像がつく。素行不良の人間では、なかなかこうはいかない。そういった輩《やから》は、警察を前にすると大抵、自らの過去の行いを頭の中で振り返るような、妙な雰囲気を発するものだ。

「宮前さん、実はこうしてお呼び立てしたのは、クラスメイトの有乃さんについて、少々お訊きしたいことがありまして」

「有乃さんですか？」

宮前は、高い声で怪訝そうに言いつつも、すぐに言葉を継いだ。

「もしかして、有乃さんの身体の、痣のことですか？」

「ええ、その通りです。その痣について、是非ともお話を聞かせてください」

言われた宮前は、戸惑いの表情で傍らの仁科を見る。対して仁科が無言で頷きを返すと、彼女は再びこちらに向き直り、口を開いた。

「二学期が始まってすぐの頃、体育の授業の前に見えちゃったんです。その、着替えのときに……」

「なるほど、着替え」

「はい。有乃さん、体操服に着替えるとき、絶対にジャージを羽織《はお》りながら着替えるんです。そういう子、クラスに何人かいるんですけど、でも、有乃さんはものすごく徹底していて。私は有乃さんと席が近いから、その、有乃さんには悪いとは思っていたんですけど、何かあるのかなあってずっと気になってて……それで、その日はたまたま、体操服の裾《すそ》がめくれて、そのせいで腰のあたりがちょっと見えちゃって」

「そこに痣があったと?」

「そうです」

「大きさは覚えていますか?」

「えっと、これくらいです。赤紫色の痣でした」

宮前が、両手の親指と人差し指を使って直径五センチほどの円を作る。だいの大人が拳で人体を殴ると、大体その程度の痣が出来やすい。

「その痣について、有乃さんには何か訊きましたか?」

「いえ、ごめんなさい……そのときは、何も。有乃さんとは、その、まだ、あんまり仲良くなれていないので」

「いえ、いいんですよ。気にしないでください。宮前さんは、何も悪くありませんから」

フォローするように言うが、宮前の表情は晴れない。

「それで、痣を見たその日のうちに仁科先生に相談したんですか?」

「いえ、先生に相談したのは、二度目のときです」

二度目。

「それは、いつ頃でしょうか」

「えっと……確か、最初に痣を見たときから、一週間後くらいです。今度は、ちょうど二の腕の上のほう、半袖シャツの袖で隠れるところに同じような痣がありました。それで、迷ったんですけど、やっぱり心配だったから有乃さんに痣のこと訊いてみたんです。そしたら、ちょっと家で転んだだけだって」

「転んだだけ、ですか。そのとき、沙耶さんはどんな様子でしたか？」

「どんな様子……」

と、宮前はそのときのことを思い返すように首をかすかに捻《ひね》る。

「確か、笑ってました。なんでもないからって感じで。だから私もそのときは何も言えなかったんですけど、やっぱり心配だったから、その日の放課後に先生に相談をしたんです」

傍らの仁科が頷き、話を継ぐ。

「宮前さんから話を聞いた翌日に、宮前さんのことは伏せて、私が自分で痣に気づいたことにして有乃さんに直接訊きました。ですが私に対しても、家で転んだだけとしか言わなくて……そう言われてしまうと、こちらもなかなか、それ以上は無理に踏み込めなくて」

確かに本人がそう主張しては、学校も積極的な対応はしにくいだろう。

「その他には、痣を目にしたことは？」

宮前と仁科のどちらにともなく尋ねる。答えたのは、宮前だった。

「あの、私、その後も結構有乃さんの痣のこと気にしてたんですけど、たぶん、なかったと思います。少なくとも、目に見えるところには」

「では、宮前さんが痣を目にしたのは合計で二回ですね」

「はい、見落としがなければ……でも、なかったと思います」

最後に付け足されたその言葉は、控えめな声でありながらも、自信が感じられるものだった。

おそらく宮前は本当に、沙耶の痣のことをずっと気にかけていたのだろう。

とはいえ、当然、宮前の言葉の全てを信じることはしない。

九月——つまりは今から三カ月前に痣の存在を宮前に知られて以降、本当に痣が出来るような事態が起きなかったのか、あるいは沙耶がより慎重に痣を隠すようになっただけなのかは、現段階では判断できない。

ただ、クラスメイトが実際に目にしている以上、過去に沙耶の身体に他人が見てわかるほどの痣があったことは、紛れもない事実である。学校ではなく、家の中で出来た痣だと沙耶本人が口にしていたのも大きい。であれば、徹人と沙都子の二人にこの痣について尋ねてみる価値は、大いにあるだろう。

「あ、あの」

そんなふうに考えを巡らせているところ、不意に宮前が、吹けば消えてしまいそうな小さな声を投げかけてくる。

「有乃さん、今日は学校に来てないですけど、何かあったんでしょうか……?」

問いかける宮前の表情を見て、少し驚く。

彼女は、今にも泣き出してしまいそうな顔をしている。もしかすると、痣の第一発見者であるがゆえ何か責任を感じているのか。心優しい子なのだろう。その優しさは、誰もが持ち合わせるものではない。

「なに、心配しないでください。ちょっと、無断外泊が続いているだけです」

誘拐の可能性があるなどとは、当然、言わない。

「警察の捜査も始まっていますから、大丈夫です。すぐに見つかって、また学校に来られるようになると思いますよ」

「本当ですか？　だったら、よかった……」

宮前は自らの胸に両手を添えて、安堵の表情を見せる。こんな仕事に就いていると、どうしても嘘が上手くなる。

「でもどうして有乃さんは、無断外泊なんて」

「そればかりは、本人に訊かないとわかりませんね。いや、訊いたところで本当のところは、そう簡単にはわからないかもしれませんが」

私の悲観的な予想を耳にして、宮前は再び表情を曇らせ、俯いてしまう。

そんな彼女に向けて、私は努めて明るく告げる。

「だからそれは、有乃さんがまた学校に来たときに、宮前さんが訊いてあげてください」

「わ、私がですか……？」

よほど予想外の言葉だったのか、宮前は動揺で声を詰まらせる。

「宮前さん。これは私の勝手な想像でしかありませんが、きっと有乃さんには、信頼できる友人が必要です」

「ええ、そうです。そしてあなたなら、きっと有乃さんの素晴らしい友人になれる」

「信頼できる、友人」

彼女は先ほど会話の中で、沙耶とは「まだ」仲良くなれていないと言っていた。それは宮前に、沙耶との仲を深めようとする想いがあるという、何よりの証拠だ。元より、宮前にそうした想いがあったからこそ、彼女は沙耶の身体にあった痣に気づき、またそれを心配することができたのだ。

先ほど仁科は、沙耶はクラスでは友達が多いほうではないと言っていた。

だが、それは果たして事実だろうか。

多いほうではないとは、逆を言えばゼロではないということだ。三人か二人か、最悪一人でも友人がいれば、その表現は正しい。

ただ、私にはそうは思えない。

有乃沙耶という少女について知れば知るほど、彼女の孤独が浮き彫りになる。彼女は家庭内だけではなく、学校でも孤独だったのではないか。

孤独は、あらゆる犯罪を引き寄せる魔の要素だ。

犯罪に巻き込まれる確率を大きく上げ、また本人が犯罪に手を染めるきっかけにもなる。

我々警察は、犯罪者を捕まえ事件を解決することはできても、孤独の中にいる少女に手を差し伸べて救い出すことはできない。薄情だとは思うが、それは我々の仕事ではない。

「私はこれでも刑事です。人を見る目はそれなりにあります。宮前さんが有乃さんの痣を見つけることができたのは、ただ単に席が近かったからだけじゃない」

だからこそ、宮前のような少女は、本当になくてはならない存在なのだ。

「あなたが、とても優しい人だからだ」

言い切る。

束の間、宮前は呆《ほう》けたような顔をした。

けれど、彼女は中学生にしてはやや幼さの残る顔をすぐに精一杯引き締めると、黒目がちな瞳で私をはっきりと見つめながら、告げた。

「有乃さんのこと、絶対に見つけてあげてください」


中学校を離れ、手斧について調べている相良に確認の電話をすべきか考えていたところ、こちらの考えを見透かしたかのようなタイミングで手にしていたスマートフォンが震えた。

着信は相良からだった。

『今、お電話大丈夫でしょうか』

「ちょうど、こちらからかけようと思っていたところだ。それで、首尾《しゅび》はどうかな?」

『はい。近隣のホームセンターで、沙耶さんの部屋にあったものと同じ型番の手斧の取り扱いがありました。過去二カ月分まで販売データを遡《さかのぼ》ることができましたが、二本売れています』

「購入した人間の特定はできそうかい」

『いえ。それは正直、かなり難しそうで……』

電話の向こうから、相良の歯がゆそうな声が届く。

『レジ付近に設置された防犯カメラも、ストレージの容量の関係で、七十二時間ほどしか映像を遡れませんでした。クレジットカードなどでの支払いであれば、カード会社にデータが残るのですが、二本とも現金決済でした。そうなると、店側としては商品を販売した相手を特定する手段はないとのことです』

「そうか。残念だが、そればっかりは仕方ない」

そもそも、店側は商品を売った相手の個人情報など、できれば何ひとつとして残しておきたくないだろう。何事も首尾よくいけば苦労はしない。学校で痣のことを聞けただけでも、大きな収穫だったと考えよう。

相良に中学校まで車を回してもらい、合流する。

路肩に車を停めたまま、学校で聞いた話について彼女にも伝えた。

「虐待があったと見て、間違いなさそうですね」

全ての話を聞き終えたあと、運転席に座る相良が同意を求めるように言った。

「そうだな。有乃沙耶は、虐待の被害に遭っていた」

両親から言質《げんち》を取るまで百パーセントそうだとは言い切れないが、現状では虐待の存在を否定するほうが不自然だろう。

「遭っていた、ですか。遭っている、ではなく」

「今のところはだ」

やや不服そうな相良に対して、私は宥めるように言う。

「まあ、本人たちに直接訊いてみれば、はっきりする」

「そうですね。では、有乃の家に戻りますか」

「いや、その前に、新さっぽろ駅に向かってくれ」

気持ちとしては、今すぐにでも沙耶の痣について、徹人と沙都子から詳しく話を聞きたいところではある。ただ、彼らを問いただす前に、もう一箇所だけどうしても調べておきたい施設があった。


高坂東中学校から、車を走らせること約十五分。私と相良は、市営地下鉄新さっぽろ駅にほど近い小型のビルの中に存在する、新さっぽろ児童相談所を訪れていた。

札幌市には、地域最大の福祉施設である札幌市児童福祉総合センターがあり、そこには札幌市児童相談所が存在する。新さっぽろ児童相談所は、その札幌市児童相談所の負担を軽減するため、十年前に設立された新しい児童相談所だ。沙耶の住む小野幌市には児童相談所がないため、小野幌市内の児童相談の窓口は、この新さっぽろ児童相談所が担っている。

児童相談所には、子どもが直接悩みを話すことができる窓口が存在する。また、児童相談所に足を運ばずとも、チャイルドラインなど、電話で気軽に相談できる窓口も数多くある。

そして、どんな相談窓口を利用したとしても、その内容を地域の児童相談所が把握すべきと判断された場合は、情報は必ず現場まで降りてくる。つまり、もし沙耶が虐待に関して何かしらの窓口を利用したことがあるなら、新さっぽろ児童相談所がその情報を把握しているはずだ。

四階建てのビルの三階に構えられた新さっぽろ児童相談所は、役所と子ども向けのクリニックを足して二で割ったような妙な雰囲気だった。公共施設らしい堅さを残しつつも、表には可愛らしいイラストがあしらわれたポスター等を掲示し、様々な相談を常に受け付けていることをこれでもかとアピールしている。

車中からアポイントメントの電話を事前に入れていたので、受付へ向かうと児童相談所の所長がすぐに対応してくれた。

所長は村越《むらこし》という中年の女性で、目鼻立ちに力強さがあり、濃いめの化粧も相俟って驚くほど貫禄があった。偏見に近いが、いかにも女性ながら組織の長として辣腕《らつわん》を振るっていそうな印象を受けた。

「実は先週の金曜日から、小野幌市内の中学校に通う、ある少女の行方がわからなくなっておりまして、その情報を急ぎ集めております」

案内された所長室にて、私は早々に切り出す。

「またその少女は、実は家庭内にトラブルを抱えていた可能性がありまして……それで、こちらの児相に何かしら相談をしていたのではと考え、こうしてお話を伺いにきた次第です」

「なるほど、それは心配ですね」

村越は、言葉の通り心配そうな表情を浮かべながら頷く。

「お力になれるかわかりませんが、すぐにお調べしましょう。その女の子のお名前をお教えいただいてもよろしいでしょうか」

「有乃沙耶さん、という子です」

漢字も見せたほうが良いだろうと、手帳を求めてジャケットの内ポケットに手を伸ばした、その矢先のことだった。

「有乃沙耶さん？」

と、村越が曰《いわ》くありげな声で繰り返すものだから、思わずその手が止まった。

「覚えがありますか？」

まさかと思いつつ、尋ねる。村越は下唇に曲げた指先を当て、思案顔を見せている。

「先週、渡辺さんがちょうどそんな名前の子の相談を受けていたような……とにかく、確認してきますので少々お待ちくださいね」

言い残して、村越が足早に所長室を離れる。

「どんぴしゃり、でしょうか」

傍らで大人しく口を閉ざしていた相良が、ぼそりと言った。

「だとすれば、これほど有り難いこともない」

数分後、村越が所長室に戻ってくる。

見れば彼女一人ではなく、背広姿の男が、彼女の背を追うようについてきていた。

「すみません、お待たせ致しました」

こちらが誰何《すいか》するよりも早くに村越は半身を引くようにして、自身の後ろにいた男性を我々に紹介した。

「彼は、児童福祉司の渡辺です。うちの児相では、一番のベテランです」

「初めまして、渡辺です」

渡辺と名乗った男は、後頭部に片手を添え、人当たりの良さそうな笑みを浮かべながら二度三度と会釈した。歳の頃は、四十前後だろうか。丸みを帯びた顔つきと、細いフレームの丸眼鏡の組み合わせはどこか愛嬌《あいきょう》がある。

少々、背の低い男だった。


互いの自己紹介が済むと、村越はすぐに告げた。

「有乃沙耶さんですが、やはり、彼が相談の電話を先週受けていました」

「本当ですか！」

所長の言葉を聞いて、思わず声を張った。真実なら、これほど大きな捜査の進展もない。

斜向いに座る渡辺に目を向ける。

「渡辺さん、詳しくお話を聞かせていただいてもよろしいでしょうか。子どもの命に関わりかねないことですので」

「ええ、勿論です」

渡辺は丸眼鏡越しにこちらを見つめて、神妙な様子で頷きを返した。

「先週、沙耶さんから電話での相談があったとのことですが、それは何曜日の、何時頃のことでしょうか」

「ちょうど一週間前、月曜の十六時過ぎですね。私たちの児童相談所には、直接子どもたちが電話で相談できる回線があるのですが、電話が鳴った際に手が空いていた私が取りました」

「児童福祉司の方が直接電話に出られるのですね」

「電話相談員もおりますが、別件に対応中の場合もありますので。その場合、手の空いている者であれば誰でも、それこそ所長であっても電話を取ることはあります」

「そうですか。ちなみに、音声は録音されてますか？」

「大変申し訳ないのですが、プライバシー保護の観点から録音はしておりません。相談内容をまとめた報告書はあります。今、お持ちしましょうか？」

「ありがとうございます。ですが、後ほどで構いません。まずは渡辺さんご自身からお話をお伺いしたいと思います。文章でまとめられたものを先に目にすると、どうしてもその内容を踏まえたうえで、話を聞いてしまいますので」

「なるほど、そういうものですか」

渡辺は納得した様子で返しつつも、わずかに眉根を寄せる。

「ですが実のところ、口頭で上手く説明できるかどうか……有乃さんの相談は、その、なかなか要領を得ないといいますか、判断に悩むものでしたので」

何やら気になる表現だが、いちいち反応しないのが得策だろう。

「まずは、渡辺さんの思う通りに、ご存知のことをお話しください。その上で、こちらもわからないことがあれば都度質問しますので」

「わかりました。では、お話しします」

言って、渡辺は頭の中で話の内容を組み立てるかのように少しの間を置いてから、ゆっくりとした口調で話し始めた。

「最初は、匿名希望での相談でした。家族のことで困っているから相談したいと。相談の内容としては、三カ月ほど前から両親の虐待が急になくなって恐ろしい、というものでした」

「虐待がなくなって？」

まずは渡辺の話をじっくり聞こうと思っていた矢先に、思いもよらないワードが出てきてつい声が出た。

「はい。有乃さん曰く――といっても、最初のうちは匿名でしたのでお名前はわかりませんでしたが、とにかく彼女曰く、物心ついたときから家庭内で暴力があったのに、九月の半ば頃からそれがパタッとなくなったと言っていました。

最初のうちこそその変化を純粋に喜んでいたようですが、とはいえ何か特別なきっかけがあったわけでもないため、次第に恐ろしくなっていったそうです」

「なるほど……」

確かに、奇妙な話ではある。

しかし、全く理解できない話ではない。

沙耶が日常的に虐待を受けていて、それが止んだとなれば無論喜ぶべきことではある。しかしその理由にまるで見当がつかないともなれば、暴力によって与えられるものとはまた別の、得体の知れない恐怖が彼女に生まれただろう。

「純粋に両親が改心したとは、考えなかったのでしょうか？」

「私も同じことを尋ねましたが、そういった話を両親から聞いてはいない、とのことでした。元より、虐待がなくなったことに関して、おいそれと自分から両親に訊いたりもできないとも言っていました」

それはそうだろう。どうして最近は虐待をしなくなったの、だなんてこと、虐待をしていた本人に直接訊けるわけがない。

「その両親の変化が原因で、沙耶さんは児相に保護を求めたのでしょうか。つまりはその、虐待がなくなって恐ろしいから」

自分で口にしていて何やら矛盾した話だと思うが、そういうことになるのだろう。

「そのようです。ただ、こちらとしてもなかなかそうした理由での保護は難しく……所長にも、その場で一度相談はしたのですが」

「児童相談所における子どもの一時保護は、世間が考えるよりもはるかにハードルが高いものなのです」

申し訳なさそうな表情を浮かべる渡辺の傍らで、村越が話を継ぐ。

「早急に保護が必要だと明確に判断できるケースでなければ、電話ひとつですぐさま保護を決定することは、正直、かなり難しいです」

私は児童犯罪の専門ではないが、それでも、児童相談所の存在が仕事に全く無関係な立場ではない。法律の上だけで言えば、児童相談所に与えられた権限自体は決して弱いものではないとは聞いている。ただ、その強い権限を実際に行使するとなれば、我々一般人が思うよりも、様々な制約や面倒が付きまとうのだろう。

「保護はできないと聞いた沙耶さんは、納得した様子でしたか？」

当然の疑問として、訊く。

「それは勿論、納得していないようでした。それどころか、その……」

言いつつ、渡辺は傍らの村越の様子を窺う。どうやら、よほど口にしづらいことがあるようだが、今はどんな情報であっても耳に入れておきたい。

黙したまま待つと、渡辺はしばらくの間を置いたあと、まるで自らの罪でも告白するかのような調子で口を開いた。

「実は、すぐにこちらで保護することはさすがに難しいと伝えると、有乃さんは、このままでは週末に両親に殺されるかもしれない、と言っていました」

「殺される？」

「ええ。なんでも、ご両親と週末に夜釣《よづ》りに行く予定があるだとかで」

「夜釣りですか」

こんな、十二月の真冬にか。

私は釣りには全く詳しくはないが、北海道の十二月に夜釣りともなれば、相当に過酷な環境になるだろうことは容易に想像できる。

「有乃さん曰く、ご両親のどちらも特に釣りを趣味にしてはいないそうです。それなのに急に週末に釣りに行くことが決まったらしく、大変に身の危険を感じている、と話していました。

他にも、両親は借金の支払いに困っていて、自分には多額の保険金がかけられていて死んだら両親に大金が入るだとか……やや、感情的な様子で話してはいましたが」

夜釣りの次は、保険金。

沙耶の言うことが全て真実ならば、それこそ一大事ではある。

保護を強く求めるがゆえの、苦し紛れの戯言だと一蹴《いっしゅう》することは容易《たやす》い。

ただ、彼女の部屋には斧があった。小さな手斧ではあったが、体重を乗せて頭部に振り下ろせば、十分な殺傷能力を持つ。

あれが沙耶の両親の所有物なのか、あるいは彼女自身のものなのかは、わからない。

だが、押入れの奥に隠されていたあの斧が、この件とまるで無関係だと考えるほど、私も楽観的ではない。

「その話を受けて、児童相談所としてはどう判断をしたのでしょう」

渡辺は、苦い顔を浮かべる。

「正直、有乃さんの話はどれも要領を得ないものでしたから、ひとまず翌日にでも実際にこちらに来て、嘱託医によるカウンセリングを受けてみないかと提案しました。高坂東中学に所属されているとのことだったので、自宅もここからそれほど遠くないでしょうから。有乃さんも、そのときはそれで納得してくれて、翌日のカウンセリングを予約しました。ですが、残念ながら結局はいらっしゃらず、実際に会うことはできませんでした」

「以降、彼女から連絡は？」

「ありません。こちらから連絡すべきかと考えましたが、公衆電話からの着信でしたので……折り返し電話することもできず……」

「……そうですか」

有乃沙耶は、予定していたカウンセリングには来なかった。

それが、本人の意思によるものなのか、あるいは両親の介入があったためかはわからない。ただ、児相への相談自体、両親には秘密にしていただろうから、邪魔が入ったとは少々考えにくいか。となると、やはり彼女自身の意思で、カウンセリングには来なかったと考えるのが妥当だろう。

その後、児相内にいた全ての職員に聞き込みを行ったが、村越と渡辺の他に、有乃沙耶の存在を知る者はいなかった。

カウンセリングを依頼された嘱託医にも電話で連絡を取ったが、そもそもカウンセリングは行われなかったので彼も沙耶と面識があるわけもなく、渡辺から聞いた以上のことは何もわからなかった。

＊

夜になると、風邪もピークを過ぎたのか体調はずいぶん良くなっていた。まだ微熱はあって喉も少し痛むけれど、身体のだるさはほとんどない。

風邪を自覚したのが昨日の十七時くらいだから、なんだかんだ一日で良くなったことになる。家で風邪を引いたときは、どんなに早く治ったときでも三日は寝込んでいた気がするのに。今回の風邪はよほどウィルスが軟弱だったのか、あるいはこの家の環境が良すぎたのか。間違いなく、後者だと思う。

「ちゃんと栄養を摂って暖かくして寝ていれば、風邪ってこんなに早く治るんですね」

夕飯の卵とじうどんを食べ終わったあと、蜂蜜入りの生姜湯《しょうがゆ》を飲んでいると、自然とそんな言葉が口から出た。

「何を当たり前のことを」

目の前で同じく生姜湯を飲んでいた渡辺さんが、呆れを声にのせて言う。

「風邪を治すのに、それ以外の手段はない。重篤な基礎《きそ》疾患《しっかん》でもない限りは、病院に行ったところで大して意味もない。市販の風邪薬も、私はおすすめしない」

「そうなんですね」

わたしの両親は、風邪を引いたらいつでも風邪薬を飲んでいた。しかも、戸棚の奥から発掘した、いつ買ったのかもわからない風邪薬を。

マグカップの中の生姜湯は、磨り下ろしたレモンと生姜の香りで胸がすく。生姜の辛みのなかに見え隠れする蜂蜜の甘さが、風邪で疲れた身体にじんと染み込む。

「こんなふうに、誰かにちゃんと看病してもらったのは初めてです」

「きみの両親は、看病をしてくれないのか」

「してくれないです」

わたしが赤ちゃんの頃はどうだったかは知らないけれど、少なくとも物心ついて以降は、あの両親に看病をしてもらった記憶は一切ない。

「小学二年生の夏休みだったかな。あれはただの風邪だったのか、それとも食中毒だったのか、今となってはわからないんですけど、四十度近い高熱が数日間出たことがあったんです。

そのとき、とにかく吐き気がすごくて、何度もトイレに行っては吐いてました。ただ、わたしの部屋からトイレに行くには居間を横切らないといけないんです。でもお父さんとお母さんにはそれが目障りだったみたいで。途中からはバケツだけ与えられて、トイレで吐くことも許されなくて、閉めきった部屋にずっと一人きりでした。

しかもその時期はものすごく暑くて、部屋にはエアコンもないし、全身汗だくの状態でバケツを抱えながら、このまま死んじゃうんじゃないかと本気で思いました」

話しつつ、当時の記憶が蘇る。

自分でも理由はわからないけれど、笑いが出る。

「喉はカラカラなのに、水を飲んだらすぐ吐いちゃうんですよ。あれはほんと、辛かったなあ」

あのときのことを思い出すと、今でも、胸の奥のほうがずんと重たくなる。覚えている。

何もかも鮮明に。

喧《やかま》しいだけの蝉の声も。粘ついた汗が身体に張り付く不快感も。その汗を何日も吸い続けたパジャマと布団の重さも。枕元のバケツから漂う、吐瀉物《としやぶつ》のすえた臭いも。少しでも涼しくなれと願って開けた窓から吹き込んだ、生ぬるい風も。全てが、最悪だった。

「たぶん、お父さんもお母さんも、心のどこかで、そのまま病気でわたしが死んでくれたらラッキーだと思っていたんですよ」

話しながら、再び乾いた笑いが出る。自分のことなのに、何だかあまりにも悲惨すぎて、もはや笑うしかなかった。

けれど、一方の渡辺さんは、ひどく怖い顔をしていた。机の上においた両手の指を絡めて、口を一文字に引き結び、ほとんど睨みつけるようにわたしを見ていた。

渡辺さんは、長い息を静かに吐き、言った。

「許しがたいことだ」

いつもの抑揚の少ない声ではなかった。

湧き上がる感情を必死に圧《お》し殺すような、低い声だった。

「あまりにも、許しがたいことだ」

繰り返して、渡辺さんは緩やかに頭を振る。組まれた指にはよほど力が入っているのか、手の甲の皮膚に爪先がめり込んでいる。

そんな渡辺さんの様子を前にして、少しだけ戸惑う。

「もしかして、怒ってるんですか？」

恐る恐る、尋ねる。

渡辺さんは、ゆっくりと深呼吸をしてから、はっきりと告げた。

「とてもね」

短い言葉だった。

渡辺さんは、怒っていた。

幼い頃のわたしのことを憐れんで、悲しんで。

怒り方すら知らなかった、あの日のわたしの代わりに。

「辛かっただろうに」

なおも怖い顔をしながら、けれど、寄り添うような声で渡辺さんは言う。

——そう。

そうなんだ。

辛かったんだ。本当にとても辛くて、苦しかった。

どうしてこんなひどい目に遭わないといけないのかなって、わたしがどんな悪いことをしたのかなってずっと思い続けて、誰かに、助けてほしかった。

でも、助けは来なかった。

だから、それならせめて、誰かに辛かったねと言ってほしかったんだ。

考えもしなかった。そんなこと、今の今まで。

「ねえ、渡辺さん」

呼びかけながら、目の前の人をじっと見る。

「あなたは、わたしのお父さんじゃないの？」

気づけば、そう尋ねていた。

胸の奥でずっと抑えこんでいた想いが溢れて、どうしても、止めることができなかった。

わたしの突然の問いに渡辺さんは目を見開き、呆気《あっけ》に取られていた。

けれど、そうして驚いていたのもほんの数秒のことで、渡辺さんはすぐに表情を曇らせると、
わたしから視線を外すように軽く俯いた。

そして、一言。

「すまない」

なんて、謝罪の言葉を口にする。

「そんなことをきみに言わせてしまったのは、全て私の責任だ」

「責任？」

わからない。渡辺さんが何を言っているのか、全然わからない。会話のキャッチボールがま

るでなっていない。こんなの、国語のテストだったら０点だ。

「ちゃんと答えてよ」

問い詰める声が、思わず震える。

「聖書に挟んでいる写真、見たよ。渡辺さんが抱いていた赤ちゃんは、わたしだよね？」

「……そうか、あれを見たのか」

わたしの質問には何も答えず、なのに一人で得心するように言って、渡辺さんは廊下のチェストへと目を向ける。

「あの赤ちゃんは、わたしじゃないの？」

繰り返し訊く。

渡辺さんは少しだけ間を置いてから、観念したかのような声で言った。

「確かにあの写真の中の赤ん坊は、生まれたばかりの有乃沙耶だ」

「じゃあやっぱり！」

「だが、私はきみの父親ではない」

渡辺さんは、明確に首を横に振る。

「そもそも、私がきみの父親などと、どうしてそんな突拍子《とっぴょうし》もないことを思うんだ？」

「だってわたしのお父さんは、本当の父親じゃないから」

間髪《かんはつ》を容れずに答える。

「何年か前に、お母さんがお父さんに内緒でＤＮＡ鑑定をして、その結果をわたしも見た。わたしとお父さんの間には、生物学的に親子関係がないって。お母さんからも直接聞いたから、間違いない」

「ほう」

わたしの説明に、渡辺さんは眉ひとつ動かさなかった。

「つまりきみは、かつて私がきみの母親と関係を持ち、その結果として彼女はきみを妊娠したものの、有乃徹人との子どもとして産んだと、そう言いたいわけだ」

「そうじゃないんですか」

「ああ、違う。そんな事実は全くない」

わずかの揺らぎもない声で、渡辺さんは断言する。

「私は、きみの父親などでは決してない。といっても、それを証明するためには、それこそきみと私とでＤＮＡ鑑定をするしかないから、口ではなんとでも言えるだろうが」

「なら、どうしてあの写真の中の渡辺さんは、わたしを抱っこしていたんですか」

「別にどうということもない。きみが生まれた日、私も偶然、留米の病院にいたんだ」

どこか億劫《おっくう》そうに、渡辺さんは説明する。

「親戚が入院していたから、面倒を見ないといけなくてね。それで、たまたまその日に生まれたばかりのきみを抱かせてもらう機会があったんだ。本当に、それだけだ」

「そんなこと、あるはずない」

「いや、ままあることだ。子どもの生まれる機会の少ない、田舎のほうなんかだと特にね。よかったら抱いてやってください、といった感じで。何故そんなことをするのかは、私にも今ひとつわからないが」

「そっちじゃない！　そうじゃなくて！」

わたしは本調子ではない頭を必死に働かせながら、声を荒らげる。

「だとしたら、どうして聖書に写真を挟んでいたりしたの？　そんな理由でちょっと抱いただけの赤ちゃんの写真なんて、普通はあんなふうに大事に残していたりしないでしょう」

「栞《しおり》代わりになるなら、なんでもよかったんだ」

「嘘だ。そんなの絶対に嘘。そんなの、信じないから！」

声を大にして、必死に訴える。

けれど渡辺さんはそんなわたしを嘲笑《あざわら》うように、口許に笑いを浮かべる。ちっとも渡辺さんらしくない、とても露悪的で、格好悪い笑みを。

「別に、きみに信じてもらう必要なんてないな」

それはあまりに、突き放した声だった。

限界だった。

その一言で、わたしはもう限界だった。

まるでその言葉を合図にするかのように、既《すんで》のところでなんとか堰《せ》き止めていた感情が一気に溢れて、涙となってぼろぼろと流れた。

ここ数年はお父さんに何をされようが、お母さんに無視されようが、涙なんて出なかったのに。それなのに、渡辺さんにちょっと冷たくされただけで、こんなにも涙が止まらなかった。

悲しくって、悔しくって。

何より、ものすごく腹が立って。

「どうして、そんなこと言うの……渡辺さんは、そんな人じゃないのに」

「きみが、私の何を知っている?」

渡辺さんの声は、たぶん、苛立ちを孕《はら》んでいた。

「きみは、私が誘拐犯だということを忘れていないか」

なんだ。

誘拐なんて。

「どうせ、何か理由があるんでしょう。お金なんて、本当は必要ないくせに」

「それはきみの勝手な推測に過ぎない。身代金は必要だ」

「ほら。身代金は、でしょう」

わたしは袖で涙を何度も拭ってから、必死に声を張る。

「中学生相手だからって、馬鹿にしないで。渡辺さんが、単純にお金が欲しくてわたしを誘拐したわけじゃないことくらい、わたしだってわかる。渡辺さんの正体はわからなくたって、それだけはわかるよ。いくらはぐらかされたって、そこは譲らないから。ねえ、もう答えてよ。どうしてわたしを誘拐したのか。いつまでも隠しているなんて、卑怯だと思わない?」

渡辺さんから目を逸らすことなく、問い詰める。

大人の男の人にこんなふうに本気で歯向かったことなんてないから、本当はすごく怖かった。でも、どうしてもここだけは譲りたくなかった。

「勝手なことばかり言うものだ」

詰問《きつもん》された渡辺さんは、わたしの言葉を否定するわけでもなく、小さく溜息を吐く。

「熱がぶり返すから、もう寝なさい」

「嫌だよ。答えてくれないなら、寝ない。答えないまま二階に上がったら、めちゃくちゃ大声出すから」

「そんなことをすれば、きみを傷つけないといけなくなる」

冷ややかな声だった。

「いいよ、別に」

でも、わたしだって引き下がらない。

「乱暴されるのは慣れてるから。なんでも好きにしたらいいよ。殴ったり蹴ったり……もっとひどいことだって、したかったら、したらいいよ。抵抗なんてしないから」

馬鹿なことを言っている。自分でもわかっている。

でも、嫌だった。

誘拐のことも、渡辺さんのことも、それに自分自身のことも、何もかもわからないままでいるのはもう、本当に嫌だった。

「そんなこと、二度と口にするんじゃない」

なのに。

これほど必死になっても、渡辺さんは何も答えるつもりはないらしい。

「乱暴されるのは慣れているだなんて、そんなことは」

それどころか、訊かれたことには全然答えないくせに、まともな大人みたいなことを平然と口にするものだから、本当にもう、かちんときた。

「渡辺さんだって、わたしのことなんて何も知らないくせに！」

気づけば、渡辺さんが二階に上がるまでもなく、わたしはとんでもない大声を出していた。

「だって本当のことだよ！　冗談だと思ってるの？　わたしが家でお父さんにどんな扱いをされているか、全部教えてあげようか？」

「やめろ、そんなことは言わなくていい」

鋭く言って、渡辺さんは射貫くような目つきでわたしを見る。

「きみの発言が真実なのはわかる。それこそ、聞くに堪えない仕打ちを受けてきたのだろう。それを疑うわけではない。だがそれでも〝慣れている〟だなんて言葉を使ってはいけない」

「なんで」

「傷つけるからだ」

「誰を」

「きみ自身をだ」

「別にそんなことじゃ傷つかない」

「いいや、それは違う」

渡辺さんは、言い聞かすように言った。

「きみは既に傷つきすぎて、痛みに対して麻痺《まひ》しているだけだ」

麻痺。

その言葉を耳にした途端に、何故だか、胸の奥がどきっとした。思い当たることなんて別に全然ないのに、返す言葉が咄嗟に出てこなかった。

「実際、人間は傷が深すぎたり、数が多すぎたりすると痛覚が麻痺する。本来身体に必要な痛みという反応すら、今の状態では危険だと脳が判断するからだ。それは心も同じこと。きみはもう、痛みに対する正常な感覚を失っている」

「……そんなこと、ない」

わたしは別に、麻痺なんてしていない。

そもそも、わたしは自分で自分を傷つけてなんていない。

わたしはどれだけ辛くても、自傷行為に走ったこともなければ、自殺しようだなんて考えたことも、一度もない。そういうのは、心の弱い人がすることだ。わたしはそこまで弱くない。

そんなことをしても何の解決にもならないと、わたしはわかっている。あの地獄みたいな家で、ずっと一人で、歯を食いしばって生きて、一度だって逃げたりはしなかった。

だから、渡辺さんの言うことは、全部、間違いだ。

はっきりと、そう言ってやりたかった。

けれど、強く叩かれたわけでもなければ、大声で怒鳴られたわけでもないのに、どうしてかそれ以上は、何も言い返すことができなかった。

「大声を出して、多少はすっきりしただろう」

わたしがいつまでも二の句を継げないでいると、渡辺さんは飲みかけの生姜湯が入ったマグカップを片手に席を立った。

「きみはとてもいい子だから、きっと私がいなくなっても、騒いだりしないさ」

意地悪なことを言い残して、渡辺さんは二階へと上がっていく。売り言葉に買い言葉で本当に大声で喚《わめ》いてやろうと思ったけれど、結局、そんなことできるわけもなかった。

そうして、部屋に一人残される。

目の前に放置された、生姜湯が入っているマグカップを手に取る。既に冷え切ってしまっていて、何の熱も手のひらに感じない。

胸の奥の不快感を流し込むように、残った生姜湯をぐっと一気に飲み干す。

でも、冷めた生姜湯は蜂蜜の甘さとぬめりがいつまでも口と喉に残り続けて、もうちっとも美味しくなんてなかった。

第四章　団欒

学校に友達なんていないけれど、クラスの子たちが親と喧嘩《けんか》したと教室で話すのを聞いたことくらいは、わたしにだってある。

その子たちが、どんな理由で親に叱られ、どんな喧嘩をしたのかはさっぱり覚えていないけれど、その話を聞いて「幸せな話だな」と感じたことは、よく覚えている。

親と喧嘩できるのは、親のことが怖くないからだ。

親に対して不満や怒りを真正面からぶつけても、口答えしても、殴られたり、蹴られたりする心配がないから喧嘩できる。親の性格によっては、平手打ちの一発くらいはされたりするのかもしれないけど、それは理不尽な暴力とは全然違う。

そもそも喧嘩なんてものは、互いに感情的になって、衝突して、それによって何かが改善したり、あるいはそこまで建設的な結果を得られなくても、多少なりとも不満が解消される可能性があると思えるから、できることなんじゃないのかな。

わたしは、親と喧嘩なんてしたことがない。

対等じゃないから。

小さい頃は、それがわからなかった。

どう考えても、誰が見てもわたしが正しいことであれば、ちゃんと主張すれば受け入れてもらえると、信じていた。

お父さんとお母さんが片付けなかった夕飯の食器を、わたしが朝までに洗っていないと叱られるのはおかしなことだし、わたしだけシャワーのお湯を使ってはいけないのはおかしなことだし、北海道の冬をハロゲンヒーターひとつで乗り越えなければいけないのもおかしなことだ。

でも昔のわたしは馬鹿だったから、そのおかしさを必死に訴えては、その度に身体に痣が増えて、それでようやく、あの家で何かを求めるのは間違いだとわかった。

親の言うことを全て受け入れて、親の機嫌が悪くなることを避け続けることが、あの家で生きる唯一の正解だった。

だから、わたしは親と喧嘩をしたことなんて一度もない。


渡辺さんと言い合いみたいになってしまった、その翌朝。

熟睡して爽やかという気分ではなかったけれど、体調は悪くなかった。喉の痛みもほとんどない。布団の中で熱を測っても、平熱よりほんの少し高いだけ。多少の倦怠感はあるけれど、もし囚われの身でなければ普通に学校に行って、体育の授業すら受けられそうだ。

時刻は、朝六時過ぎ。少し早く目が覚めてしまった。でも、二度寝をしたいと思うほどの眠気はない。

ダイニングに目を向けると、今朝も外は晴れているのか、天窓から朝日が差していた。この家で感じることができる、唯一の外の光だ。

もう少ししたら、渡辺さんが朝のお祈りのために一階へと降りてくる。

昨日あんなひどい言い争いをしてしまったし、正直、どんな顔をすればいいかよくわからない。渡辺さんはどうせ気にしてないだろうから普段どおりでいればいいんだろうけど、その普段どおりすら、わたしには難しい。家では、たとえお父さんの逆鱗《げきりん》に触れてしまった日の翌朝であっても、別に謝ったりせず、ただ心のスイッチをオフにしているのが正解だったから、ある意味、対応に迷うことはなかった。

ともかく、普通にしよう。

もうすぐ渡辺さんが降りてくるだろうから、たった一言、おはようございますって、それだけ普通に言おう。きっとそれで昨日の夜のことは何事もなく水に流れて、今日も美味しい朝ごはんが食べられるはずだ。

などと、自分なりにできるだけ前向きになって、渡辺さんを待っていたのだけれど。

わたしのそんな予想に反して、渡辺さんが降りてきたのは、それから一時間以上も経ってからだった。いつもなら、とっくに朝のお祈りが終わっている時間だ。

ジャケットを小脇に抱えながら現れたワイシャツ姿の渡辺さんは、何をするわけでもなく、毛布をほっかむりのように頭からかけて座っていたわたしを見るや否や、怪訝な顔つきを見せた。

「なぜ、電気を点けない？」

おはようの挨拶もなしに、渡辺さんは何食わぬ顔でそう言う。

さすがにむっとせざるを得なかった。あまりにもむっとして、それまで考えていたことが全部どこかに吹き飛んでしまった。

「朝のお祈りに、来ると思っていたから」

「それが電気と何の関係がある？」

「……だって」

だってなんとなく、朝のお祈りは、薄暗い部屋の中でやるものだと思っていたから。

「今日は、朝のお祈りはなしですか」

立ち上がり、しぶしぶ照明を点けながら訊けば、渡辺さんは電気ケトルでお湯を沸かしつつ、こちらの顔を見ることもなく言った。

「いや、上で済ませてきた」

上で？

「火曜日は、そういう曜日なんですか」

「そういう曜日とは？」

わたしに訊かれても。

「いえ、知りませんけど。だって、今までずっと、下の階だったのに……」

と、小声で文句を言う。渡辺さんは、視線の先で軽く肩を竦めた。

「きみが起きていたからな」

取り澄ましたような声で、更に一言。

「昨日の夜のように、騒がれたくなかった」

瞬間。

頭の中で、何かのゴングが高らかに鳴った気がした。


渡辺さんは大人だから、昨日のことなんてもう気にしていないと思っていた。でも、どうやらそれは大きな間違いだったらしい。大人なんて、全然大人じゃない。

その証拠に、なんと驚くべきことに今朝の朝食は、主食のトーストの他には、目玉焼きとウインナーの二種類だけだった。

「これまで、きみを不憫《ふびん》に思って、少々優しくしすぎたようだ」

食事の準備を終えた渡辺さんは、いつもより無愛想さを二割増しにして食卓に着いた。

「誘拐犯と人質には、保つべき適切な距離があるはずだ」

渡辺さんが、何やら理解しがたいことを言う。

よくわからないが、今までより少しおかずの数が減ったこの朝食こそが、渡辺さんの考える、誘拐犯と人質の適切な距離ということなのだろうか。

確かにトーストに目玉焼きとウインナーだけでは、朝食としてはビタミン不足だ。サラダもデザートもないし、完璧な朝食とは言えない。

でも、そうは言ってもトーストのスプレッドにはバターもジャムもある。しかもジャムはブルーベリーとマーマレードの二種類がしれっと用意されている。こんなもの、もはやただの美味しい朝食だ。この朝食のどこが、誘拐犯と人質の適切な距離なのか。

渡辺さんなりの高度なジョークなのかと思ったけれど、その表情は冗談を言っている感じでは全然ない。真剣そのものだ。しかつめらしい顔をして、トーストにジャムを多めに塗る渡辺さんを見ていると、自分の身体に穴が開いて、張り詰めていたはずの空気がそこから豪快に抜けるようだった。

くそう、おかしいな。

ほんのついさっきまで、絶対、わたしのほうが怒っていたはずなのに。

それなのに、トーストの隅々までジャムをきっちり塗っている渡辺さんを前にすると、何だかもう、一体自分が何に対して憤っていたのかすら曖昧になってきた。

仕方がないので、わたしも果肉たっぷりのいかにも高そうなマーマレードをトーストに塗りたくって、食べる。当然、滅茶苦茶美味しい。誘拐犯と人質の適切な距離というには、あまりにも甘みと酸味のバランスが良すぎる、これは。

「食欲はあるようだな」

「もう熱はほとんどないです」

「そうか」

「今日は仕事ですか」

「そうだ」

「帰ってくるのは夕方ですか」

「いや、今日は少し遅くなる。夕方には帰れない」

朝の食卓での会話は、それだけだった。

渡辺さんは朝食を終えると、わたしを待つことなく席を立った。自分の皿を軽く濯《すす》いでからシンクに放置し、椅子にかけてあったジャケットを手早く羽織る。どうやら、今朝はあまり時間に余裕がないようだ。

「今日の昼食は、冷蔵庫にあるものを好きに食べなさい。冷凍庫には冷凍食品もある。電子レンジで温めるだけでひと通りのおかずが揃うはずだ。棚にはカップラーメンもいくつかあるが、それはやめておきなさい」

なんだよ。

そんな、まともな親みたいなこと言って。

「カップラーメンは、誘拐犯との距離が適切じゃないからですか」

「違う」

言えば、渡辺さんはすぐさま眉尻を上げて返した。

「適切ではないのは距離ではなく、栄養だ。病み上がりにビタミン不足は良くない。その朝食も、本当はビタミンが全く足りていない！」

去り際、渡辺さんは妙に感情的になりながらそんな意味不明の捨て台詞を残して、廊下の奥、車庫へ続く階段へと足早に消えていった。

ビタミン不足を指摘された朝食と共に、一人残される。

せめてマーマレードを多めに食べれば、不足気味のビタミンを補給できるかと思ったけれど、今度は糖分が適切でなくなる気がしたので、やめておいた。

＊

火曜日。朝八時。

日曜の昼前に誘拐の犯行声明が届いて以降、不眠不休で捜査を続けていた私は、仮眠室にて二時間ほど眠った後に、指揮本部に指定された会議室に向かった。

最大で百人ほど収容できる会議室では、特殊犯捜査係を始め、本件の捜査にあたっている刑事たちが既に大勢集まっており、各々の持つ情報を共有し合っていた。

そんな捜査一課のむくつけき男たちの輪の中には、私と同じタイミングで仮眠に入ったはずの相良の姿があった。

私が指揮本部に足を踏み入れると、相良は即座にこちらを振り返り、疲れをまるで感じさせない表情で軽く敬礼をした。

「進藤係長、おはようございます」

「うん、おはよう。早いね。きちんと仮眠は取れたのかい」

「はい、きっちり二時間眠ったので大丈夫です。今のところ、特に疲れは感じません」

言葉通り、相良の声には張りと活力がある。彼女も私と同じく四十時間以上捜査を続け、その間は仮眠以外の休憩は皆無《かいむ》だったはずなのに、全く恐れ入る。単にまだ若いからというのも勿論あるだろうが、それを差し引いても彼女はおそらく相当にタフだ。

私も、会議が始まる前に他の班の刑事たちと情報共有をしたかったが、見知った男二人が会議室に入ってきたのを目の端で捉え、早々に諦めた。

前を歩く男は背が低く、後ろは高い。前の男はほぼスキンヘッドに近い禿頭《とくとう》であり、またその人相はお世辞にも良いとは言えない。その低い背を追って歩くもう一人の男は時代錯誤な口髭を蓄え、すぐ前を行くしかめっ面の男とは対照的に、場違いとも思える穏やかな笑みを湛えている。前者が高木捜査一課長で、後者が漆原《うるしはら》刑事部長だ。この高低差のある二人の男こそが、北海道警察刑事部のナンバーツーとナンバーワンだ。

「全員さっさと座れ！」

開口一番、高木課長がなんとも不機嫌そうな声を飛ばし、朝の会議は開始された。

会議は、犯人割り出し班や犯人捕捉班に割り振られている刑事たちによる初動捜査の報告がメインではあったが、残念ながら犯人特定に繋がる手がかりは、どの班もまだ掴めていない状態だった。とはいえ、現段階での犯人へと繋がる情報はポストに投函された手紙ひとつだけなので、無理もないことだった。

沙耶の身体の痣についての話と、児童相談所に持ち込まれた相談については、昨日のうちに全捜査員と情報共有が済んでいる。

当然、一秒でも早く徹人と沙都子を締めあげるべきだという声も多く上がったが、私がそれに待ったをかけた。

私が係長を務める特殊犯捜査係は、最も早期に徹人と沙都子に接触したこともあり、そのまま自然な流れで被害者対策班――いわば、誘拐された沙耶の関係者との関係構築を主とする重要な役を任されていた。そのため、彼らから虐待の事情を聞くタイミングは、高木課長から私に一任されていた。

しかし昨日は、沙耶の痣についての詳細を問いただすより先に、どうしても調べておきたいことがあった。

会議の終盤。

「特捜係、被害者対策班の進藤です」

他の班の刑事たちから、期待という名の無言の圧力が高まるなかで、昨日の昼間から一日かけて行った捜査の結果を報告する。

「昨夜は、有乃沙耶の行方がわからなくなった金曜日を含めた前後三日間、木曜から土曜にかけての有乃徹人と沙都子、両名の行動を調査しました」

徹人と沙都子による虐待の話を学校や児相を通じて耳にしたとき、私はまず何より、彼ら二人が今回の誘拐事件を企てたのではないかと考えた。たとえば、彼らが虐待の勢い余って沙耶を殺害してしまい、その証拠隠蔽のために誘拐事件をでっち上げ、捜査の攪乱《かくらん》を図っている可能性も、ゼロではなかった。

　だが、捜査の結果として、少なくとも誘拐が発覚した前後で徹人と沙都子がそのような謀略をめぐらせた痕跡は、何ひとつとして見つからなかった。

「犯行声明が投函されたポスト周辺の防犯カメラなども徹底的に洗いましたが、徹人や沙都子、あるいは彼らの関係者らしき人物も一切写っていませんでした。通信会社に連絡して所有するスマートフォンの通信履歴、位置情報履歴も確認しましたが、どちらにも不審な点は見られませんでした。

　以上の結果を踏まえ、本件に有乃徹人・沙都子の両名が誘拐の実行犯として関与している可能性は、極めて低いものと判断します」

　会議室の前方に陣取り、仏頂面で私の報告を聞いていた高木課長は、禿げ上がった頭を後方に撫でつけながら私を見た。

「それで？　虐待の件についてはどうするつもりだ」

「本会議後、すぐに相良巡査部長とともに事情聴取に向かいます。聴取内容によっては、そのまま逮捕勾留《こうりゅう》しますがよろしいですか」

「勿論、構わない」

　高木課長は言いつつ、圧をかけるように睥睨《へいげい》する。

「ただ、今は家庭内の問題を白日のもとに晒すより、誘拐犯の確保こそが最優先であることを忘れるな。慎重な捜査も大いに結構だが、結果として少女が命を落とすことがあれば、もう二度と北海道の地を踏めないと思え」

「……心得ております」

高木課長の発破《はっぱ》は私にかけられたものではあったが、指揮本部にいる刑事全員が一斉に背筋を伸ばしたのがよくわかった。

会議終了後。

私はすぐさま道警本部を出ると、相良の運転する車で沙耶の家へと向かった。沙耶の家を訪れるのは、これで三日連続になる。

「徹人と沙都子はまともに家から出られていないだろうから、そろそろ不満が爆発しかけているかもしれないな」

相良は首肯してから、横目でこちらを見た。

「虐待について、彼らは認めるでしょうか」

「簡単には認めないだろう。ただ、やりようはいくらでもあるさ」

車を走らせること三十分ほどでたどり着いた沙耶の家には、前日と同じく所轄の刑事が二人、電話番として徹人と沙都子の二人に付き添っていた。

所轄の刑事二人は、スマートフォンが二台置かれた机を挟んで座っている。スマートフォンは、徹人と沙都子のものだ。あの刑事二人は、一睡することも許されず、ああして鳴らない電話を夜通し見つめ続けたのだろう。

一方、徹人と沙都子はソファに座ったまま、二人とも覇気《はき》のない表情で朝のニュース番組を見るともなく見ている。というより、単に視線の先にテレビがあるといったほうが正しい。

「空気が淀んでいますね」

相良が、私にだけ聞こえるよう囁く。全くもって同感だった。外は今日も極寒だが、今すぐにでも家中の窓を全開にして空気を丸ごと入れ替えたいくらいだ。

疲労の色が隠しきれない二人の刑事から、引き継ぎ事項が特にないことを確認して、彼らと交代する。

所轄の刑事二人が家を出ていき、代わりに私と相良の二人が残っても、徹人と沙都子は一瞥しただけで、ほとんど反応を示さなかった。

「お二人とも、お疲れのようですね」

「お疲れのようですね、じゃねえ」

できるだけ皮肉めいた響きにならないよう努めたのだが、残念ながらそんな私の心遣いは意味を成さなかった。

「こちとら、スマホもまともに触れずに家の中にいるんだぞ。暇すぎて気が狂いそうだよ。仕事だってこう何日も休んでいたら、クビになっちまう」

徹人はそう文句を口にするが、彼が仕事を休んだのは今日を含めてもまだ二日のはずだ。

「沙耶は、まだ見つかりそうにないんですか？」

徹人の横で、沙都子も消耗した様子で言う。

「あの子ったら、本当に一体どこで何をしていて、誘拐なんてされたのか……」

「そもそも、本当に誘拐されてんのかね？　一日中テレビを見てるが、そんな情報は一切流れないぞ」

「現在、本件に関してはマスメディアと報道協定を結んでおります」

徹人への説明は、相良がした。

「そのため、事件が解決されない限り、テレビや新聞などで情報が流れることは基本的にありません。誘拐事件やハイジャック、立てこもりなどの事件においては、過剰な報道が犯人を刺激して人質の生命を脅かす場合があります。実際過去の事件では、マスメディアの報道によって犯人が精神的に追い詰められ、結果として人質が命を失ったこともありました」

「そういうことです」

相良の丁寧な説明を追って、私も続ける。

「報道こそされておりませんが、我々警察も犯人逮捕のため総力を挙げて捜査を続けております。今はとにかく私たちのことを信じて、ご協力いただければ幸いです」

「ああ、まあ……そういうことなら、いいんだけど」

そう返事する徹人からは、捜査の進捗に対する関心をまるで感じられない。

彼の沙耶への愛情が極めて希薄なことは既に十分理解しているが、こうして明確に態度として示されると、もはや怒りを通り越して虚しいだけだった。

とはいえ、失望している暇はない。

今はただ、自分のすべきことを完遂《かんすい》するのみだ。

「さて、お疲れのところ申し訳ございませんが、徹人さんと沙都子さんには、改めてお伺いしたいことがいくつかあります」

　そう切り出し、決してはぐらかすことなく告げる。

「沙耶さんの身体の痣について、ご存知のことをお聞きしたいと思います」


　四人がけのテーブルに、昨日と同じく私と相良が隣り合って座り、その対面に徹人と沙都子がそれぞれ座った。

　対面の徹人は、唇を固く結んだまま、私と目を合わせることを避けているのかテーブルの天板を見つめている。斜向いの沙都子も同じく目線を下げていたが、こちらは見るからに顔を青くして、動揺を少しも隠せていない。

「昨日、沙耶さんのご友人から、沙耶さんの身体に大きな痣があるのを何度となく見かけたと聞きました」

　実際にクラスメイトの宮前が痣を目にしたのは二回だけだが、わざと話を大きくする。

「クラスメイトの子がその痣について沙耶さんに尋ねたところ、家の中で転んだと言っていたようですが、このことについて、何かご存知のことはありますか」

　詰問はせず、あえて普通に問いかける。

　徹人と沙都子のどちらか一方に問いかけたわけではなかったが、答えたのは沙都子だった。

「ご覧の通り、狭い家ですので……その、あの子はよく、家の中ではしゃいで、それで転んで身体をぶつけたりはしていました」

訥々《とつとつ》と言いつつ、沙都子は一切こちらと目を合わせない。

「なるほど。痣が残るほどとなると結構な勢いで転んだと思うのですが、沙耶さんはどのあたりで転んだのでしょう？」

「ええと、それは、たとえばこの机の角とかで」

言いつつ、沙都子は手近にあったダイニングテーブルの角を触る。

「身体のどこをぶつけていましたか？　頭ですか、腕ですか？」

「そ、れは……確か、腕だったような」

「腕ですか。では、違うようです。痣は背中にあったと聞いています」

「あ、いえ、背中でした。ごめんなさい、記憶違いで」

「確かですか？　本当に腕ではなく？」

「え、ええ。背中です、間違いありません」

沙都子が断言する。

私はその言葉を了解するよう深く頷いて、告げる。真実を。

「痣があった場所は、本当は肩と腰です。ですので、沙耶さんのご友人が見つけた痣は、テーブルにぶつけた際に出来たものではないでしょう」

私の詐欺師《さぎし》じみた誘導を前に、沙都子は言葉を失い、呆然としていた。

「元より、転倒時の痣が肩や腰周辺に出来ることは、実は非常に稀なことです。高齢者ならいざしらず、人は転倒するとき手をついて受け身を取ります。反射神経に衰えなどあるはずもない中学生ならば、余計にそうでしょう。

それにクラスメイトの子の話では、痣の大きさは親指と人差し指で丸を作れるくらいだったそうです。そのサイズの痣を家の中で転んでつけようとしたら、それこそ家の中で全力疾走でもしていない限り難しいはずです」

いかにもなことをつらつらと述べるが、この話は半分以上が真実ではない。

たとえば転倒時に両手で何かを持っていれば、受け身を取れずに肩や腰を強打することは十分あることだ。大きめの痣も、打ちどころが悪ければ軽い転倒であっても簡単につくものだ。

とはいえ、そうした知識を徹人や沙都子が持ち合わせているはずもない。

いま私が行っていることは事実確認ではなく、相手の言葉を意地悪く搦め捕ることで、精神的に追い詰めているに過ぎない。

なれば当然、大いに反発を買うことにもなる。

「沙耶の身体に痣があったから、なんだっていうんだ」

堪りかねてか、徹人が割って入った。

「そんなもん、年頃のガキならいくらでもつくだろうが。親だからって、子どもの怪我を一から百まで全部知ってるか？」

「沙耶さんは、家の中で転んだと言っていたようですが」

「うちは共働きだ。沙耶が家で一人きりのときなんて珍しくもない」

「だから何もご存知ないと？」

「ああ、そうだ。そんな痣のことなんて俺たちは知らん」

徹人は不愉快そうに表情を歪め、両腕を組む。どうやら、さすがに痣の情報ひとつでは、自分たちの虐待を認めはしないようだ。

「そうですか、よくわかりました」

ただし、こちらにはまだ強力な切り札が残されている。

「それではもうひとつ、先週の月曜日に、沙耶さんが児童相談所に虐待の相談をしていたことについて、お話を聞かせていただきます」

瞬間。

徹人と沙都子の二人は、同時に驚愕の表情を浮かべた。

「沙耶さんは両親から——つまりあなた方お二人から、長年にわたって虐待を受けていると児童相談所に訴えていました」

正確には、長年にわたって続いていた虐待が急になくなって恐ろしい、というのが相談の主な内容ではあったが、その部分は伏せることにした。

「また虐待の内容について説明するなかで、両親に命を狙われているので保護してほしいとまで話していました。これらの事実について、どうお考えでしょうか」

私がそう問いかける傍らで、相良は無言で手帳を開く。ここからの話こそが真に重要であるのだと、目の前の二人に圧力をかけるためだろう。

訊かれた徹人と沙都子は、落ち着きなく宙空に視線を彷徨《さまよ》わせながら、たっぷり十秒以上は言葉を失っていた。

それでもなお、私が彼らのことをひたすら見つめていると、徹人はこちらの顔色を窺うような眼差しと共に言った。

「それは、本当に沙耶だったのか？　沙耶が、自分の名前を言ったのか？」

「最初は匿名での相談でしたが、その後、自分で名前を伝えたそうです。学校名も言っていたので、同姓同名の別人でもありません」

「いや、それは、そんなこと言われてもな……」

言い淀みつつ、徹人は私から視線を外す。ほんの数分前の不遜《ふそん》な態度がまるで嘘のようだ。もはや虚勢を張る精神的余裕すらないのだろう。こうなってしまえば、罪を自白するのも時間の問題だと思った。

「主人がやったことです」

だが、私のそんな予想は見事に外れた。

徹人の隣で顔を青白くしていた沙都子が、保身を図ってか、早々に口を割った。

「あの子の身体の痣は、全て主人がつけたものです」

「沙都子！」

徹人が大声で叫ぶ。

沙都子はその声に一瞬怯《ひる》みながらも、それに倍する声で応えた。

「何よ、本当のことじゃない！　私はあの子に暴力なんて振るってないもの。あの子を殴っていたのは、全部あなたでしょう？」

言って、沙都子は縋《すが》るような目でこちらを見る。

「あの、刑事さん、信じてください。本当に私は何もしていませんから。何もかも主人がやったことです。私があの子に手を上げたことなんて一度だってありません」

「てめえ、いい加減にしろよ！」

激昂のあまり耳まで真っ赤にしながら、徹人が反発する。

「お前だって、あいつの飯を用意しなかったことがこれまで何度あった？　家事だって自分ではまともにやらねえで、なんでもあいつに任せきりだろうが。お前だって同罪だ。全部俺のせいにすんじゃやねえぞ」

「同罪じゃない！　全然違う。私は自分の子を殴ったりしないもの、一緒にしないで！」

思わず、指先で眉間を押さえたくなる。

あまりにも聞くに堪えない罵り合いを目の当たりにして、さてこれはどうやって両者を宥めたものかと考えていた、そのときだった。

――ズダンッ！

と、強烈な音が家中に響いた。

何事かと怯みかけたが、その音が私のすぐ右隣から――開いた手のひらを天板に振り下ろした相良が発したものだと理解して、安堵する。いや、安堵している場合ではないのだが。

今まで行儀よく沈黙を貫いていた相良の突然の行動に、言い争っていたはずの徹人と沙都子も驚きに言葉を止めていた。

当の相良は、その場にいる全員の耳目《じもく》を集めながらも手を引っ込めると、何事もなかったかのように居住まいを正した。

「失礼しました」

まるで、今しがたの蛮行《ばんこう》は机の羽虫《はむし》を仕留めただけとでも言いたげな彼女の態度は、上司として咎めなくてはいけないところだが、今回ばかりはありがたく利用させてもらう。

「部下が失礼しました。まだ経験も浅いもので、少々、気が立ったようです」

フォローを入れつつ、呆気に取られている徹人と沙都子、ついでに相良に対しても微笑みを向けてから、私は告げる。

「皆さん。冷静な話し合いをしましょう」

沙耶に対する虐待は、全て事実だった。

徹人曰く虐待は夫婦ともに行ったもの、沙都子曰く虐待は徹人主導で行われたものといった主張の違いこそあったが、両名とも虐待と呼ぶべき家庭内暴力があったことは、不承不承ではあったがはっきりと認めた。また意見に食い違いがある一方、徹人と沙都子の両名ともが、自分たちの行為は教育のために行ったことが多少エスカレートしてしまっただけであり、虐待と呼ぶにはあまりに大げさだとも、ひどく媚びへつらいながら語った。

ただ、誤解を恐れずに言えば、そうした虐待のディティールは今はどうでもよかった。むしろいま真に重要なことは、それらの虐待行為が、今回の誘拐事件と一体どう関係するか、あるいはしないのかを、正確に把握することだった。

「沙耶さんはこの家で、日常的に暴力を振るわれていた」

事実確認をするように、改めてそう口にする。

「そして沙耶さんはいよいよもって命の危険を覚えるに到り、児童相談所に相談をして保護を求めた」

「命だなんて、そんな、いくらなんでも大げさですよ」

先ほどまでは口にしていなかった丁寧語を織り交ぜながら、徹人は弁解する。

「それに俺たちは、ここ数カ月はあいつに手を上げてなんていなかったんです。刑事さん、これは本当なんですよ。嘘じゃないんです」

「そうです。私たち、改心したんですから」

徹人と沙都子の二人は、裁判官に情状《じょうじょう》酌量《しゃくりょう》の余地を求めるかのような声と態度で、必死に訴える。

本来であればこんな戯言は一顧だに値しないのだが、残念なことに、彼らのその発言を裏付ける証言が存在するのも、また事実ではある。

「確かに、三カ月ほど前から身体の痣が見られなくなったと、沙耶さんのクラスメイトからも聞いています」

少々悩んだが、徹人たちが虐待を認めたいま必要なのは、とにかく正確な情報の共有だと考えて、私はその事実を彼らに伝える。

「ほらほら。そうでしょう、そうでしょう？」

私の発言がよほど喜ばしかったのか、徹人はあからさまに声を高くする。

「だから、虐待なんてその、もう過去のことなんですよ。俺たちも反省したんです。先週末だって本当は一緒に出かける約束をしていたんですから」

「出かける約束、ですか」

「ええ、そうです。ちょうどですね、一緒に釣りに行こうと話していたんですよ」

驚く。

まさか、その話題を徹人のほうから振ってくるとは思ってもみなかった。

「こんな真冬に釣りですか」

「いや、俺もそこまで釣りには詳しくないんですが、釣り好きの仕事仲間から、今の時期は石《いし》狩《かり》湾でコマイがよく釣れるって聞いたもんですから」

「釣りに行くことについて、沙耶さんは何と言ってましたか？」

「え？　いやまあ、そうですね、多少は、驚いてはいましたね。普段、あいつと一緒に出かけることなんて、ほとんどないので」

徹人はわずかに言葉を詰まらせつつも、すぐに答えた。

「でも、これからは親父らしいことをしてやろうと思ったというか、釣りなら、大して金も使いませんし、それに会話が少なくとも間が持つでしょう？」

意外にも、もっともらしいことを口にするものだ。

とはいえ、やはり年頃の少女を連れて真冬に夜釣りとは、親子のコミュニケーションとしてかなり不自然だ。私も高校生の娘がいるが、おそらくこの時期に釣りに行こうと誘うものなら、それこそ正気を疑われそうだ。

「夜釣りには、徹人さんと沙耶さんの二人で行かれるつもりだったんですか」

「いやいや、妻も一緒です。家族三人で、一家団欒《だんらん》ですよ。なあ？」

軽薄な笑みとともに徹人が口にして、傍らの沙都子も似たような表情で小刻みに頷く。今頃になって家族の絆を主張するとは、なんとも調子の良いことだ。

ともあれ、夜釣りの計画が本当に存在したことはわかった。

「では、もう一点」

ただ、沙耶が児童相談所に持ちかけた相談の中で気になる点は、夜釣りの件の他に、まだもうひとつある。

「沙耶さんが現在加入中の保険の内容について、お話をお聞かせください」

ひゅう、と空気が漏れるような音がした。それが、目の前の二人のどちらの口から聞こえたものかまでは、わからなかった。

私はジャケットのポケットから三つ折りになった用紙を一枚取り出し、徹人と沙都子に向けて広げた。紙面には、有乃沙耶が現在加入中の保険内容の詳細が記されている。昨日のうちに相良を含む数人の捜査員が、日本中の保険会社に片っ端から連絡して特定し、調べ上げたものだ。

「お二人は当然ご存知のことかと思いますが、こちらは、沙耶さんが現在加入中の傷害補償保険の内容です」

　沙耶が加入している保険は、未成年の子どもが日常の中で起こりうる事故や怪我に対する補償を行うものだ。似たようなものに、私の娘も入っている。

「随分と手厚い保険のようです。私の娘も高校でバスケットボールをしていまして、そのせいで怪我は付き物ですからそこそこ値が張る保険に入れていますが、沙耶さんのものはそれよりも相当に高額だ」

「いや、それは……」

　徹人は目を白黒させ、明らかに返答に窮している。既に我々が保険の内容についてまで調べ上げているとは、思ってもみなかったのだろう。

「うちはその、ほら、共働きで家に二人ともいない時間も多いですから。親の目がないところで、子どもがどんな危険なことをするか、わからんでしょう？」

「なるほど、それはご立派な心がけです」

　頷きつつ、私は紙面に再び目を落とす。

「賠償責任は無制限だし、入院や通院保険金もかなり出るようですね。これならもしものことがあっても安心でしょう。それに、これはあまり考えたくもないことですが、沙耶さんが死亡、あるいは後遺症が出るような怪我をした場合でも、最大で五百万も出るようですね。未成年を対象にした保険で死亡時の補償が存在するとは、不勉強にて私も知りませんでした」

子どもが死んで、何故親に金が入る必要があるのかは理解に苦しむが、死亡補償部分だけ外して保険料をいくらか安くすることもできないらしい。言い方は悪いが、補償の抱きかかえ商法みたいなものだろう。

「沙耶さんが保険に入ったのは、どうやら三カ月前からだそうですね。これは、何か理由があってのことでしょうか？」

「いや、だから」

徹人が、焦りを含んだ声で返す。

「それはほら、さっきも言った通り、俺たちも改心したんですよ。沙耶のために、これからは良き親であろうと」

「ほう、良き親であろうと」

彼の言葉を繰り返しながら、ちょうど私の視線の先にある閉じた襖、その向こうにある沙耶の部屋で目にした光景を思い出す。

真冬の北海道で使用するものにしてはあまりにも頼りない、小型のハロゲンヒーター。布団と毛布はひどく薄かった。勉強机など、存在すらしなかった。娯楽と呼べるものは数十冊の古本だけ。年頃の少女であるはずなのに、衣服は生きるのに必要最低限しか持っておらず、その収納は押入れの上段だけで事足りるほどだった。

あれらの劣悪な環境を丸ごと放置したまま、良き親であるための一歩としてまず手厚い保険に入ろうとは、それはなかなかに、面白い冗談だ。あまりにも面白くて、怒りを顔に出さないようにするのが、やっとだ。

「ちなみにですが」

私は、おそらくは次の発言が彼らに対する宣戦布告になることを予感しつつ、しかしはぐらかすことなく、切り出した。

「保険内容を精査したところ、満額でこそないものの、お二人が死亡補償を受け取る権利を得られるのは、保険加入から三カ月後でした。つまり、まさに今頃ですね」

淡々と事実だけを述べ、私は二人を注視する。沙都子は動揺で表情を凍り付かせているが、徹人は先ほどまで浮かべていた媚を取り下げ、細い目で私を睨んだ。

「刑事さん。あんた、何が言いたい？」

「今からちょうど三カ月前に、お二人は沙耶さんへの虐待を止め、高額な保険に入った。そして死亡補償を受け取れる権利を手にするや否や、沙耶さんの行方がわからなくなった」

「だから、何が言いたいんだって訊いてんだよ！」

徹人は眉尻をこれ以上ないほどに吊り上げ、泡となった唾がこちらに飛んできそうな勢いでがなり立てる。

「事実確認をしているだけです」

徹人の怒りを肌で感じながらも、私は努めて冷静に返す。

「ただ、あえて申し上げるとすれば、これらの一致を、全て偶然と片付けるほど我々警察も甘くはない、ということです」

「じゃあ何か、あんたは、俺たちが沙耶を殺したとでも言いたいのか？　誘拐も、犯行声明とやらも、全部俺たちの自作自演でよ」

あえてこちらが避けていた直接的な表現を、徹人は堂々と口にする。

「だとしたら、なんでわざわざ誘拐に仕立て上げなきゃいけねえんだ。そんなもん、それこそ今みたいに警察に異常に目をつけられるだけだろうが。そもそも、行方不明になっただけで保険金なんて下りんのか？」

「単なる行方不明では下りません。ですが、その後に沙耶さんが死亡した状態で発見されたとなれば、話は別です。他殺も、基本的に死亡補償の対象です」

こちらとしては、それはまさに最悪の結末でしかないが、紛れもない事実だった。

「とはいえ、その場合は入念な捜査が行われるでしょうから、保険が下りるまで相当な時間がかかることにはなると思いますが――」

そこまで口にして、不意に気づいた。目の前の二人の、奇妙な表情の変化に。

笑ったのだ。

一瞬だが、確かに。

無意識に唇が緩みかけるのを必死に堪えるように、彼らは笑ったのだ。

その笑みの理由は、すぐわかった。

理解して、あまりの醜悪さに総毛立った。

傍らの相良を見れば、彼女も彼らの表情の変化とその意味に気づいたのか、形の良い目を鋭く細めるようにして、嫌悪感を露骨に示していた。

おそらく、彼らは今になって初めて理解したのだ。

もし、誘拐の果てに沙耶が遺体となって見つかれば、自分たちは労せずして大金を手に入れることができるのだと。

我が子の命と引き換えに、ほんの数百万程度の大金を。

＊

その日の昼ごはんは、渡辺さんに言われた通りにカップラーメンではなく冷凍食品で済ませた。出来合いのお弁当が丸ごと冷凍されたもので、レンジで温めるだけで野菜も魚もバランス良く摂れて非常に便利だった。でも、味は普通だった。

しっかりお昼を食べて、ぐっすり昼寝をして、目を覚ましたときにはもう体調はすっかり元通りだった。一時はインフルエンザかもしれないと弱音を吐いていたのに、治ってみれば割とあっという間だったな。

ただそんなふうに感じる一方で、もうかなり長いこと、この家に閉じ込められている気にはなっている。今日は火曜日で、この家に連れてこられたのが先週の金曜だから、なんだかんだ今日でもう五日目だ。

本当に、わたしはいつまでこうして、この家に閉じ込められていればいいのか。

あの家と比べたら、この家での生活に不満なんてないに等しいけれど、学校に行けないのは何だか辛かった。別に学校が大好きなわけじゃないが、それでも、何日も学校を休んでいると、妙な罪悪感と焦燥感がある。

渡辺さんが帰ってきたら、素直に訊いてみようかな。

わたしはいつまで、ここにいるのか。

いつになったら、この誘拐は終わるのか。

終わったら、わたしはどうなるのか。

渡辺さんは、どうなってしまうのか。

でも、昨日の夜は思いっきり言い争いをしてしまったし、このままでは渡辺さんと今まで通り会話できる気がしない。朝だって、全然普通に話せなかったし。

「……あーあ」

訊かなきゃよかったな。渡辺さんが、本当のお父さんかどうかなんて。

そんなこと訊いたって、正直に答えてくれるわけがなかったんだ。今、熱の引いた健康な頭で考えれば当たり前だとわかる。

渡辺さんのことを全面的に信頼するわけではないけれど、少なくともあの人が色々と考えているこ とだけは、確かだ。

勿論、この家に連れ込まれたときは、暗闇の中で押し倒されたり、脅されたり、ものすごく怖かった。そのことは、絶対に許してはいけないことだと思う。

でもそれ以降、渡辺さんは最初に約束した通りわたしが大人しくしている限り——いや、あんまり大人しくしていなかったときですら、何ひとつひどいことはしていない。

暖かい部屋と、清潔な服と、美味しい食事をただ用意して、看病までしてくれて、わたしには指一本たりとも触れていない。

そんな渡辺さんのことを好きか嫌いかで言えば、まあ……人質が誘拐犯に対して抱くべき感情ではないけれど、嫌いではない。お父さんやお母さんなどとは、はっきり言って比べものにならない。

できれば、仲直りをしたい。

あとどれくらい、渡辺さんと一緒に生活するのかは、わからない。明日か明後日か、それどころか今日の夜にでも急にさよならという可能性も、ないわけじゃない。だからこそ、渡辺さんとの残りの時間を変に気まずいまま過ごすのは、何だかすごく、嫌だった。

時計を見る。時刻は夕方四時過ぎ。今日は帰りが少し遅くなると言っていた。渡辺さんが帰ってくるまで、きっとまだ時間には余裕がある。

「作るか」

夕飯を。

誘拐犯のために、人質が腕を振るって。

親以外のために料理を作ったことなんて一度もないけれど。たぶん、なんとかなる。

思い立ち、早速キッチンへと向かう。

両開きの大きな冷蔵庫を開けると、中には十分すぎる食材が入っていた。

綺麗なサシの入った牛肩ロースに、鶏のもも肉。豆乳に牛乳、卵、チーズ、納豆、味噌、ウインナーにハム。野菜室には人参、大根、じゃがいも、玉ねぎ、ブロッコリー、キャベツにレタスに……他にも、名前のわからない野菜もいくつか。魚はないみたいだったが、魚は捌けないのであってもなくても変わらない。小瓶に入った見たこともない調味料もいっぱいある。芝麻醬、なんて読み方すらわからない。しばまーじゃん、ではなさそうだけど。冷蔵庫近くの戸棚には、パスタに食パン、にんにくにツナ缶、コーンスープの粉なんかもある。

これだけの食材があればなんでも作れそうだけど、わたしがレシピを見ずに作れる料理のレパートリーは、正直なところたかが知れている。

これは、無難にカレーかな。

冷蔵庫の中身をもう一度物色しつつ、頭の中では安牌《あんパイ》に近いレシピを選ぼうと決めかけていたところ、わたしはあまりにも重大な事実に気づく。

「包丁はっ？」

声を上げ、シンクの下の収納を開く。

「ない！」

予想通り、そこには何もなかった。

正確には備え付けの包丁スタンドはあったけれど、包丁はなかった。渡辺さん、料理のときいつも包丁は二階から持ってきて、使い終わったらすぐに持って上がっていってたもんな。

他にも、包丁がありそうな場所をひとしきり探してみたが、刃物と呼べるものはバターナイフしか存在しなかった。バターナイフではじゃがいもどころか玉ねぎも切れない。

ご丁寧なことに、ミキサーやフードプロセッサーの類もない。おろし金だけはなんとか見つけたけれど、おろし金ひとつでカレーなんて作れるのか。玉ねぎと人参は、磨り下ろしで対応できそうだけど、肉はさすがに無理だ。

冷蔵庫の中を再び眺めながら、包丁なしという縛りで何が作れるか、必死に知恵を絞る。

何か、あるはずだ。

ここにある食材で、調理器具で、わたしに作れるもの——できれば少しくらいは、喜んでもらえるような美味しいものが、きっと。

渡辺さんは、十九時を少し過ぎた頃に帰ってきた。

脱いだコートを片手に部屋に入ってきた渡辺さんは、特に何をするわけでもなく椅子に座ってお茶を飲んでいたわたしに目を向けて、開口一番に言った。

「何やら、色々と怪しいことをしていたようだ」

なんだ。

「やっぱり見ていたんですか。どうせなら驚かせたかったのに」

「何を作っていたかまでは見ていない。どうせなら、楽しみにしておきたかったからね」

出し抜けに、そんなことを言ってくる。ほとんどだまし討ちだ。おかげでわたしは、両頰に手を当ててひょっとこみたいな顔を作らざるを得なかった。

そんなわたしを見て、渡辺さんがかすかに首を傾《かし》げる。

「それは？」

「いえべつに」

表情筋のコントロールを取り戻してから、わたしは両頰から手を離す。

「あの、じゃあよかったら先にお風呂入ってくれませんか。最後に少しだけ仕上げをする時間が欲しいので。お風呂も、もう沸いてます」

「いたれりつくせりだな。それでは、そうさせてもらおう」

「できれば三十分くらいかけて」

「では、そのように」

渡辺さんは妙に鷹揚《おうよう》な口ぶりでそう言うと、部屋を離れて二階へと上がっていった。一度、スーツを脱ぐためだろう。

その後、一階に再び降りてきた渡辺さんが脱衣所へと入ったのを確認すると、わたしは下ごしらえを全て済ませていた料理の、最後の仕上げに取り掛かった。

それから、ぴったり三十分後。

髪も完全に乾き切っているうえに、服装もいつものスラックスにセーターと、ちっともお風呂上がりに見えない渡辺さんが戻ってきた。

食卓には、料理を既に全て並べてある。

わたしは、五分前から自分の席に座っていた。自分でも何故だか全くわからないけど、異常に心臓をばくばくさせながら。

「なるほど、グラタンか」

渡辺さんは食卓に着くと、テーブルの中央、大きな耐熱皿に入ったメインディッシュのグラタンを目にしながら言った。

「自分一人では、なかなか作らないものだ」

「どうぞ、熱いうちに食べてください。ちょっと変わったグラタンになっちゃいましたけど、味は、そんなに悪くないと思います。たぶん」

「それは楽しみだ。では、感謝していただこう」

渡辺さんは短く祈りを捧げたあと、用意していた取皿にグラタンを取り分ける。

途中、その手がぴたりと止まる。

「マカロニではなく、キャベツか」

「そうです」

わたしが作ったのは、マカロニの代わりにキャベツを使った、キャベツグラタンだった。マカロニがあったらよかったのだけれど、生憎《あいにく》と戸棚には見当たらなかった。

「キャベツなら包丁がなくても手で千切れたし、玉ねぎを入れなくても、そこそこ甘みが出るかなと思ったので」

「ああ、そうか」

わたしのその一言でキッチンに包丁がないことを思い出したのか、渡辺さんはひどく苦い顔をした。

「それは大変だっただろう。実にすまないことをした」

「いや、わたしが勝手にやったことですから。とにかく、食べてみてください」

「うん、そうだな。そうしよう」

渡辺さんはグラタンをすくうと、鼻先で香りを確かめるようにしたあとで、上品に口へと運んだ。

正直、味見は何度もした。だから、そこまでとんでもない味ではないと既にわかっているけれど、それでも、緊張のあまりに変な脂汗《あぶらあせ》まで出そうだった。

「ど、どうですか……?」

耐えかねて、こちらから尋ねる。

渡辺さんは、味覚に神経を集中させるように目を閉じて咀嚼《そしゃく》をしていたけれど、わたしが声をかけるとゆっくりと目を開き、深々と息を吐いた。

「万の言葉を尽くしても言い表せないほどに、素晴らしい」

拍手まで始める。オーバーリアクションにも程がある。

「こんなに美味しいグラタンは、四十年余りの人生で食べたことがない」

「言いすぎです。嬉しいですけど、そこまでじゃないです」

「確かに、味だけで言えば一流のレストランには敵わないだろう。しかし、今のほんのひと口だけで、私はこのグラタンに詰まったきみの努力の全てを感じたよ」

そう感想を述べてから、渡辺さんはもうひと口グラタンを食べる。

「ホワイトソースの舌触りは滑らかで、実に丁寧に作られている。具材に関しては、包丁が使えないから肉の代わりにツナを使ったんだな。ツナの油分と旨味がグラタンの味を良く支えている。キャベツとの相性も非常に良い。味付けも、コンソメやスパイスを適切に使っている。ネットで調べることもできなかったはずなのに、実に立派だ。焼き加減も完璧だ。オーブンの使い方も、よく知っていたね」

「使ったのはオーブンじゃなくて、オーブントースターです。大きなオーブントースターで助かりました」

「オーブントースターだって？」

渡辺さんは目を瞠《みは》り、声を上げる。おかしいな。わたしのお父さんが実の父親じゃないと伝えたときなんて、眉ひとつ動かさなかったくせに。

「それは、ますます素晴らしい。なるほど。あらかじめ具材にある程度火を通しておけば、オーブントースターの火力でも十分に焼き目はつくか。よく考えたものだ」

「単にわたしの家にオーブンがないから、オーブントースターでの調理に慣れているんです」

「なるほど。家でもよく料理を？」

「そうですね、お母さんがパートでいないときとか、お父さんに何か作れと言われるときがあったりするので」

「何か作れ、とはひどい。でもこんなに美味しいものを作れるなら、お父さんも喜んでくれるんじゃないか」

「まあ、よっぽど機嫌の良いときなら……。でも基本的に野菜は食べないし、好みもうるさいから」

「嘆かわしいことだ。それではきみの父親は、このグラタンの良さもわからないのだろう」

渡辺さんは大きく口を広げ、まだ熱々のはずのグラタンを頬張る。

「ゆっくり食べないと、火傷しますよ」

などとわたしがあえて言うまでもなく、渡辺さんは手を口の前にかざしてちょっと熱そうにしている。

「サラダとパンも一緒に食べてください。パンはガーリックトーストです。グラタンにつけても美味しいですよ」

「勿論、全ていただこう。今夜は最高の夜だ」

言って、渡辺さんは水の入ったグラスを軽く掲げながら微笑む。わたしも同じようにしたほうがいいかなと思ったけれど、恥ずかしいからやめた。

夕飯を終えたあと、渡辺さんが洗い物を買って出てくれたのでわたしはお風呂に入った。

のんびりと湯船に浸かり、入念にドライヤーで髪を乾かしてからダイニングに戻ると、テーブルの上に小豆色の綺麗な箱が置かれていた。

よく見てみると、その箱にはあろうことか、非常に見覚えのある素敵なロゴが――ハーゲンダッツのロゴが描かれていた。

「ハーゲンダッツだ！」

突然目の前に現れた大好物を前にして声を上げると、珈琲を飲んでいた渡辺さんが、片手を開きながら言った。

「いただきものをずっと置いていたのを思い出した。よかったら、食べるといい」

そんなもの、食べたいに決まっているけれど。

「いいんですか。誘拐犯と人質の距離は大丈夫ですか」

「意外に意地が悪いな、きみは……」

言いつつ、渡辺さんは顔をしかめる。

「そんなものは、さっきのグラタンできみのほうから有耶無耶《うやむや》にしてしまっただろうに」

別にそんなつもりで料理を作ったわけではないが、問題ないのなら遠慮はしない。

「なら食べます。ハーゲンダッツ大好きなんです。すごく嬉しい」

箱の中には、六種類ものアイスが二個ずつ、計十二個も入っていた。どれもこれも美味しそうで、小躍りでもしたくなる。基本に忠実に、バニラかな。いやでもマカデミアナッツも捨てがたい。クリスプチップチョコレートというのも気になるけど、でもやっぱりバニラだな。

「渡辺さんはどれにするんですか？」

「残念ながら、私はもう何も入らない」

そりゃそうでしょうね、としか言えなかった。渡辺さんはたぶん、夕飯のグラタンだけで成人男性一日分のカロリーを優に摂取している。

風呂上がりで身体も温かかったので、熱い飲み物を用意することもせずにわたしはそのまま椅子に座った。

既に用意されていたスプーンでハーゲンダッツをすくって、一口。

「お、美味しすぎる……」

数カ月ぶりのハーゲンダッツに、思わずとろけてしまいそうだった。

普通のアイスとは全然違う。我が家では絶対に出てくることのない、幸せの味。買い出しのときのお釣りを上手いこと少し誤魔化《ごまか》し、それを何度も繰り返してようやく買えるもの。それがわたしにとってのハーゲンダッツだ。

「毎日ハーゲンダッツが食べられるなら、ずっとここにいてもいいです」

芳醇《ほうじゅん》なバニラの甘さで無闇《むやみ》に軽くなった口からは、ついそんな冗談も出る。

「最初から、アイスで誘い出せばよかったか」

対して渡辺さんも、珍しく冗談に付き合ってくれた。

「ただ、そんなにも喜んでもらっているところ申し訳ないが、きみはそのアイスを全種類食べることはできない」

「どうしてですか？」

「今朝、二通目の犯行声明を出したからだ。身代金の受け渡しは、明後日木曜の早朝だ。つまり、きみがこの家にいるのもあと二日——正確には、一日半というわけだ」

あまりに突然の知らせに、手にしたハーゲンダッツを落としそうだった。

わたしがこの家にいるのは、あと二日だけ。

そうなんだ。

あとたったの二日で、わたしはあの家に帰るんだ。

……そうなんだ、へえ。

「じゃあ、一日一個食べても、三種類だけですね」

「明後日は、朝早くにこの家を出るから、食べられても今日と明日だけだろう。冷凍庫に入れておくから、食べたければ明日のうちにいくつか食べておくといい」

今朝は栄養バランスをあんなに気にしていたはずの渡辺さんが、わたしをとびきり甘やかすようなことを、ひどく優しい声で言う。

ハーゲンダッツを、いつでも好きなときに、何個でも食べていい。

それは夢のような、とんでもなく贅沢な話のはずなのに。

「そうですね。じゃあ、そうします」

今、どんな顔をすればいいのか、全然わからない。漂っていたバニラの香りも、舌の上に広がっていた幸せな甘さも、一瞬でどこかに消えてしまった。

「明後日は、わたしはどうしたらいいんですか」

「特にきみがすることはない。私のそばで、大人しくしていてくれたらいい。危険な目には遭わせない。痛い想いをすることもない」

食後の珈琲に相応しい穏やかな声で、渡辺さんは言う。

「ただ、間違っても私に協力する素振りを見せてはいけない。もし私の協力者だと思われては、狂言誘拐扱いとなって、きみも何らかの罪に問われかねないからね」

狂言誘拐、という言葉は初めて聞いたけれど、要は誘拐の自作自演みたいなことだろう。わたしも犯罪者になりたくないから、そこは確かに、気をつけないといけないと思った。でも本音を言えば、渡辺さんにだって犯罪者になんてなってほしくなかった。

「渡辺さんは、どうするんですか？　身代金を手に入れたあと、ちゃんと警察から逃げられそうですか」

「勿論だ。大金を手に入れたら、海外に高飛びでもするさ」

軽口を言いながら、渡辺さんは珈琲を啜る。

「最近は年齢のせいか、北海道の寒さが随分と応えるし、どこか物価の安い暖かい国で、のんびり暮らすよ。フィリピンあたり、いいかもしれないな」

「そうですか。いいですね、フィリピン」

詳しくは知らないけど、東南アジアの国だから、すごく暖かいんだろう。

そう言えばちょうどわたしも、中学を卒業したらあの家をさっさと出て、沖縄かどこか南のほうで住み込みのアルバイトでもしながら高校に通おうと思っていた。綺麗な海を見ながら毎日楽しく暮らせたら、悲しい記憶だって、きっといつか忘れてしまえるだろうし。

だから、ちょうどいい。

渡辺さんみたいな得体の知れないおじさんが一人寂しく暮らしていたら、きっと近所の人が怯えてしまう。わたしみたいな子どもが一人いたほうが、絶対にいい。それにわたしもちゃんと働くつもりだから、経済的にもそこまで迷惑をかけない。

だから、わたしも——なんて、言えるわけがなかった。

わかっていたから。

何もかも、あり得ないおとぎ話だと。

第五章　金の篝火

水曜日、朝。沙耶が誘拐されてから、既に五日が経過していた。

昨日と同じく、今朝も私を含めた捜査員たちは指揮本部に集まり、班ごとに捜査状況を報告している。だが、事件解決に繋がるような報告はどの班からも上がらず、おかげで会議室内の空気はこれ以上ないほどに淀んでいた。

「なんだお前ら、揃いも揃ってろくでもない報告しやがって」

会議室の前方から、高木課長の殺気立った声が飛んでくる。仏僧《ぶっそう》のごとく髪を一本残らず剃り落とした彼の頭には、遠目からわかるほどに青筋が浮いている。

「まさか、頑張っていますがまだ見つかりませんと言っておけば許されると思っているのか？　昨日も言ったが、もし人質が命を落とすことがあったら、お前ら全員、北海道に永遠にいられなくしてやるからな！」

高木課長の発言は、とても堅気《かたぎ》の人間とは思えない。いくら捜査一課の課長とはいえそのような真似が実際にできるわけもないが、彼の言葉を茶化す人間はその場にはいなかった。

「成果が出ないなら捜査のアプローチを変えろ。現場百遍《ひゃっぺん》が通用するのは殺人事件の話だ。誘拐事件は、常に時間との戦いだと――」

　そこまで言い掛けて、高木課長が大きく舌打ちをする。

「どこの馬鹿だ、この忙しいときに！」

　どうやら課長の携帯電話に着信があったようだ。彼は背広から二つ折りの携帯電話を取り出し、フリップを開く。無視するだろうと思ったが、よほど重要な電話なのか、課長は会議中にも拘らず電話に出た。

「高木です」

　おや、と思った。対応する課長の声には、怒気を孕みつつも一抹の敬意があった。課長が丁寧語で話す相手か。直属の上司である漆原部長は、すぐ隣に座っている。ではそれよりも更に階級が上の人間かと思ったが、違った。

「すぐに持ってきてください！」

　電話の相手に向かって、課長が大声で叫ぶ。

「指紋がつかないよう注意して、今すぐ！　鑑識に回すのはあとです！」

　課長のその発言で、その場にいた刑事のほとんどが、電話の相手が鑑識――おそらくはベテランの石崎であると察した。

　課長は電話を切ると、気を落ち着かせるためか深呼吸をひとつして言った。

「誘拐犯から、再び手紙が届いた。身代金の受け渡しについて書かれているらしい」

　指揮本部全体がどよめく。それは紛れもなく、歓喜を孕んだどよめきだった。若い刑事の中には、手を叩いて喜びを明確に表す者もいた。喜ぶにはあまりにも早いと思うが、とはいえ、ついそんな反応をしてしまう気持ちもよくわかる。

「犯人確保の、最大のチャンスですね」

隣に座っていた相良が、活力に満ちた瞳をこちらに向けてくる。

「……沙耶さんは、まだ生きている」

先の若い刑事ほどではないとはいえ、彼女もまた、喜びを隠しきれない声でそう呟いた。

程なく、石崎が指揮本部に飛び込んでくる。定年間近の身体に鞭打《むちう》ち、鑑識室から走ってきたのか、彼は手にしていたビニールを——その中に入っていた誘拐犯からの第二の手紙を課長に渡すと、手近に余っていたパイプ椅子に倒れこむように座った。

手紙は会議室のモニターに表示され、その場にいる全員に共有される。

最初に届いた犯行声明と同じく、Ａ４サイズの無地の用紙には、パソコンで入力した無機質な文字が四行並んでいた。


身代金の受け渡しは、明日木曜日早朝を予定。

徹人と沙都子に、身代金二千万と自身の電話を持たせ、車で待機させせよ。

受け渡し場所は直前に連絡する。

偽の身代金を用意した場合、有乃沙耶の命はない。

手紙の内容を受け、すぐに班の再編成が行われた。

「車での待機を指定していることからして、おそらく明日は、長距離の移動を余儀なくされる。犯人捕捉班と犯人追跡班は、すぐに道内の全警察署と連携して北海道全域に人員を配備しろ。逆探知班は通信事業者と協力して、長時間の移動を想定した逆探知の準備だ。受け渡しが稚内《わっかない》だろうが根室《ねむろ》だろうが、絶対に逃がすんじゃない！」

高木課長が発破をかけ、指示を受けた刑事たちが慌ただしく指揮本部を飛び出していく。

「進藤」

会議室内がにわかに騒然とするなか、高木課長の傍らで、あるかなきかの笑みを浮かべていた漆原部長が、手招きと共に私を呼んだ。

「これからすぐに有乃徹人と沙都子の二人を呼び出して、借用書に判を押させなさい」

短く頷く。

「フェイクはなし、ということですね」

「そうだ。犯人がここまで警戒しているんだ、リスクが高すぎる。彼らに二千万円を借りられる社会的信用などないが、警察が信用を保証する形で道銀には既に話を通してある。まあ首尾よくいけば、一日借りるだけで済む」

一日借りるだけ、か。犯人に身代金を奪われなければ、確かにその通りだろう。

「もしも彼らが借用を拒否した場合は、どうしますか」

「おや、おかしなことを訊くね」

漆原部長は自慢の口髭を指先で撫でつつ、薄く微笑む。

刑事部の要職に就くような人間は、大抵は高木課長のように近寄りがたい空気を自然と纏うものだが、この漆原部長はまるでその例に当てはまらない。手入れの届いた口髭に物腰柔らかな口つきは、文学部の大学教授か、あるいは美術館の館長でもやっていると言われたほうが、よほどしっくりくる。

ただそれは、仏の教えに耳を傾けぬ者を憤怒《ふんぬ》の形相で調伏《ちょうぶく》する明王《みょうおう》より、慈愛の形相で世を見つめる菩薩《ぼさつ》のほうがより位が高いのと、似たようなものだ。

「元より拒否権など、彼らにあるはずもない」

たとえどんな姿形をしていようとも、この場所にいる人間はみな正義という名の苛烈《かれつ》な教義を誰よりも愛する、狂信者ばかりなのだ。

「羽交《はが》い締めにしてでも、判を押させなさい。できなければ、きみの退職金がなくなるだけだ。ちなみに私は高木君とは違って、冗談で言ってないからね」

菩薩の如き笑みを浮かべながら、部長は洒落にならないことを言う。

その傍らで明王——ではなく、高木課長も口の端を歪めて実に愉快そうに笑っていた。凡人である私は、全く笑えない。

部長から脅迫を受けたあと、私は相良と共にすぐに北海道銀行の本店まで出向き、身代金借用の協力要請を正式に行った。銀行側は、二つ返事で本日中に身代金の準備をすると約束した。

「警察に恩を売れるとなれば、二千万など惜しくないのでしょうか」

札幌駅前通りを北へと歩いて警察本部へと戻る道すがら、相良が怪訝そうな声で言う。

「さすがに、惜しくないことはないさ。ただ、もし万が一のことが起きようとも、警察の仲介となれば、貸した金はきっちり戻ってくると向こうは確信しているんだろう」

事実、銀行のその想像は少しも間違っていない。

もし仮に犯人を確保できず二千万を失い、徹人と沙都子の二人が返済義務を負ったとして、それに耐えかねた二人が夜逃げなどした場合、我々警察もそんなことは知らぬ存ぜぬでは済まされない。でなければ、それこそ道警は道銀に対してとてつもなく大きな借りを作ることになってしまう。単純に、弱みを握られると言ってもいい。

「多額の借金を背負ったあの二人が逃亡する可能性は、十分有り得そうですね」

「ああ。そうさせないためにも、身代金を奪われることは絶対にあってはいけない」

相良の口許がかすかに緩む。

「係長の退職金がかかっていますものね」

「全くだ」

あの部長なら、本当にやりかねない。

道警本部に戻ると、私はすぐに所轄の刑事に連絡を入れ、徹人と沙都子の二人を本部まで連れてくるように頼んだ。

徹人と沙都子にはまだ、明日が身代金の受け渡しであることは伝えていない。これからこの本部でその事実を伝え、更には彼らに大金を借金させなければいけない。間違いなく、一筋縄ではいかないだろう。

道警本部内の手狭な会議室にて三十分ほど待っていると、所轄の若い刑事二人に連れられて、徹人と沙都子が現れた。

「ありがとう。あとは私たちが引き継ぎます」

礼を告げ、所轄の刑事二人を退出させる。

「お二人は、どうぞそちらへ」

着席を促すと、徹人は不機嫌そうな表情を、沙都子は憔悴《しょうすい》した眼差しをそれぞれこちらに向けつつも、大人しくパイプ椅子に座った。

私も腰を下ろし、彼らと向かい合う。相良は横に座らせず、あえて彼らの背後に立たせた。

「申し訳ありません、わざわざご足労いただいて。こちらよろしければお飲みください」

ペットボトルのお茶を二人の前に差し出す。

徹人はそのお茶に一瞥を向けつつも、受け取りはしなかった。

「何なんですか。何の説明もなくいきなりこんなところに呼び出して。俺も嫁も何日も仕事を休まされて、そろそろクビになりそうだっていうのに……」

相変わらず、行方不明の我が子より自身の仕事が心配なのかと呆れるが、それには取り合うことなく、私は早々に切り出す。

「実は今朝、身代金の受け渡しを明日の早朝に行うと犯人から連絡がありました」

「ああ、そうなんですね」

と、あまりにも無感動に徹人は言う。ただ、さすがの徹人もその発言があまりに父親らしくないとすぐに察したのか、誤魔化すように言葉を続けた。

「とにかく、沙耶がまだ無事で何よりです」

何とも心に響かない言葉だ。徹人と沙都子を挟んだ向こうで、相良が処置なしと示すように軽く頭を振る。

どこか楽観的な態度の徹人の傍らで、沙都子が不安げな様子で尋ねる。

「それで、身代金はどうするのでしょう？　偽物の身代金を使うのでしょうか？」

「いえ。偽の身代金は使えません」

断言する。

「犯人は、二回目の要求の中でも、偽の身代金を使用した場合、沙耶さんの命は保証しないとわざわざ釘を刺してきました。警察としては人質の安全が最優先ですので、今回は銀行の協力のもとで現金を用意しました」

「ああ、なんだ」

徹人が安堵の声を上げる。

「銀行が用意してくれるんですね。そりゃありがたい」

確かに銀行が経済的信用の乏しい彼らに二千万もの大金を貸してくれるのは、少なからずありがたい話ではあるのだが。

「銀行が、身代金を肩代わりしてくれるわけではありません。単に、お二人の名義で二千万を借用させてもらえる、という意味です」

補足しつつ、事前に用意していた契約書を机の上に出す。

それは、事件発覚直後から準備を始め、つい先ほど貸主である北海道銀行の印を押すことで完成した、金二千万の借用書だった。

「取り決めはいくつもありますが、事細かに目を通していただかなくても結構です」

差し出された借用書を前にして、徹人と沙都子はともに驚愕の表情を浮かべている。

「お二人合わせて毎月六万円を返済していただき、年間で七十二万円。滞りがなければ、三十年とかからずに返済が終わります。金利に関しては警察が大半を肩代わりしますので、利子はほぼないものと考えていただいて結構です」

こんな条件で借りることができる借金など、それこそ成績優秀な学生に対しての奨学金くらいのものだ。それとて、二千万も一括で借りられるわけではない。

なので本来であれば、身代金の準備に関して基本的に何の義務もない警察が、こうして便宜《べんぎ》を図ったことを感謝されてもいいくらいなのだが。

「馬鹿か！　こんなもん、借りるわけねえだろうが！」

目の前の男にそんなことが理解できるはずもなく、徹人は立ち上がり、大声で怒りを顕《あら》わにした。

彼の背後で相良がわずかに殺気立ったが、私は目で彼女を制する。

「あのな、刑事さん。こんなもん何があっても借りねえからな。二千万なんて、アホか。こっちはタダでさえ生活が苦しくて、今だって結構な借金抱えてんだ。これ以上さらに借金しろだなんてのは、俺たちに死ねと言っているようなもんだぞ！」

「そ、そうですよ。こんな、二千万だなんて……とても払えません、返していけません」

まくし立てる徹人の横で、沙都子も苦しげな様子で同調する。

確かに、彼らの怒りや苦しみが、何ひとつとしてわからないとは言わない。この借金を返済するための月六万の支払いは、豊かではない彼らの日々を、更にもう一段下の過酷で厳しいものへと変えるのだろう。それは、大いに理解できる。

「お気持ち、よくわかります」

ただ。

彼らの立場や言い分を可能な限り正しく理解し、同情してなお、彼らの言い分を受け入れることなど決してできはしなかった。

「徹人さん。あなたは今しがた、自分たちに死ねと言っているのかと仰いました。ですが、私としてはむしろ、あなた方にこそ申し上げたい」

私は告げる。

この数日間、一人の人間として、彼らと同じく子を持つ親として、必死に抑え続けてきた想いを全て吐き出すように。

「あなた方こそ、自分の子どもの命をなんだと思っているのですか」

目の前の二人を、私は心底からの怒りとともに睥睨する。

「私は、沙耶さんにお会いしたことはないから、彼女がどんな少女なのかは知りません。もしかすると本当に何の可愛げもない、ひどく憎たらしい子なのかもしれない。けれど、たとえそうであったとしても、あなた方が我が子に愛情を与えない理由にはならない！」

私の怒声が、手狭な会議室の中で反響する。

「あなた方の生活が苦しいことは理解できる。ただそれでも、あなた方は親だ。親は子に与える立場の人間だ。それは愛情であり時間であり、また少なからず金なのです。勿論、親だって人間だ。ときには子の存在を疎ましく感じ、与えることを惜しみたくなることなど、誰しもあるでしょう。けれどあなたたちは、あまりにもそれが過ぎた。その償《つぐな》いをするときが、いま来ただけのことです」

厳しく責める私の言葉に徹人は顔を赤くし、その隣で沙都子は竦み上がっている。

「それに私は、この事件が解決したらすぐにあなた方の虐待についても然《しか》るべき手続きを取ります。申し訳ありませんが、前科がつくことはもう覚悟してください。児童虐待は最大で懲役十年が科せられます。あなた方はもはや、仕事の心配をするレベルではないのです。今はもう、いかにして自分たちの懲役刑が短くなるかだけを、考えたほうがよろしい」

「ち、懲役十年？」

直後、それまではなんとか反論してやろうという気概を見せていた徹人も、いよいよ悄然《しょうぜん》とした表情を浮かべる。

「今から十年なんて、そんなの、刑務所から出るときはもう五十過ぎじゃないか」

狼狽《ろうばい》する徹人の横で、沙都子も拒絶するように首を横に振る。

「そんな、嫌よ。そんなの。それだけは絶対に嫌。今から十年も刑務所になんて入ったら、何もかもおしまいよ。それならまだ、借金のほうが……」

徹人は乱暴に頭をかいてから、縋るような目と声で私に問いかける。

「なあ、刑事さん。身代金なんて、奪われる確率のほうが低いんだよな。それに誘拐犯に奪われなかったら、借金にはならないんだろう？」

「無論です」

微笑みと共に頷く。

「身代金を渡さずに事件を解決できれば、お二人に借金が残ることも当然ありません」

「そう！　やっぱり、そうなんだよな？」

答えれば、徹人は細い目の上に薄気味悪い笑みを浮かべる。私はその歪んだ笑みに優しく寄り添うよう、声の調子を更に柔らかくする。

「それに、沙耶さんの安全のために借金をしたとなれば、お二人が虐待の件で刑事裁判にかけられた際、裁判官の心証を非常に良くすることでしょう」

「それは、身代金を奪われなかった場合でもですか？」

とは、沙都子の声だ。

「当然です」

「じゃあ、言ってしまえば借り得ってことか？」

徹人が、何か光明でも差したかのように言う。借り得という言葉の意味は私にはよくわからなかったが、とはいえ彼のその浅はかな意見を否定する理由もない。

「元も子もない言い方をすれば、そうかもしれませんね」

「そ、そうだよ。そうだよな……ここは、借りたほうが得策だよな！」

独り言なのか、あるいは私や沙都子に向かっての発言なのかは不明だが、徹人は疲れ切った顔にわずかだが明るさを取り戻しつつあった。

そんな徹人の後方では、彼からは見えないのをいいことに相良がほとんど白目を剝くようなひどい顔をしていた。そんな表情をしては、端整な顔立ちが台無しだ。けれど私も、彼女と同じ気持ちだった。

結局のところ、彼らの背中を押したのは、親としての自覚や責任などではなく、単純な損得でしかなかった。半ば予想していたことではあるが、その事実をこうしてまざまざと見せつけられると、やはり虚しいものがある。警察が力を貸さなければいけない者たちは、決して善良な人間ばかりではないのだ。

徹人と沙都子の二人に借用書への署名を促しながら、内心で思う。

もし、この事件が無事に解決を見たとしても、もはや沙耶はこの両親のもとでは決して幸せになれないだろう、などと、考えても詮無《せんな》いことを。

＊

トットットッ、という規則正しく心地よい音が、かすかに聞こえていた。

いつまでも聴いていたい気持ちになったけれど、温かい布団に包まれながらもそれが俎板と包丁が触れ合う音だと気づいて、わたしはすぐに飛び起きた。

反射的に時計を見れば、既に時刻は朝の七時を過ぎていた。

「おはよう」

キッチンに立って朝食の支度をしていた渡辺さんが、包丁を手にしたままこちらへと振り返る。

「よく眠っていたようだ」

わたしは起き抜けの頭をなんとか働かせて、尋ねる。

「おはようございます。あの、朝のお祈りは？」

訊けば、渡辺さんは何を当たり前のことをと言わんばかりの表情を浮かべる。

「もう終わったが」

「今日は一階でやりましたか？」

「ああ」

「……そうですか」

「何かまずかったか」

「いえ、なんにもまずくないです」

ただ単に、昨日は渡辺さんが朝のお祈りをしている姿を見られなかったから、今日はできれば見たかったというだけのことで、だから、別にまずくもなんともない。

部屋着を新しいものに着替え、脱衣所で身支度を整えていると、キッチンから小麦とバターのいい香りが溢れてきた。

その香りに誘われ部屋へと戻ると、渡辺さんがガスコンロの下に備え付けられたオーブンの中を覗き込んでいた。

「すごく良い匂い。パンでも焼いてるんですか」

尋ねながら、オーブンに近づく。

「扉に触らないように。熱くなっている」

「わ、クロワッサンだ」

オーブンの中を覗くと、そこには三日月の形をした大きめのクロワッサンたちが、なんとも可愛らしく整列していた。

「冷凍のものだ。大したものじゃない」

「大したものです。クロワッサンなんて、朝ごはんで食べたことない」

いや、スーパーで安売りしているふにゃふにゃのミニクロワッサンならあるか。でもあれは、クロワッサンとは似て非《ひ》なるただの菓子パンだからな。

「もうすぐ焼き上がるから、座って待っていなさい」

何か手伝おうかと思ったけれど、テーブルを見たところ、メインであるクロワッサン以外の準備は既に終わっているみたいだった。

椅子に座って待つこと数分で、クロワッサンは焼き上がった。渡辺さんがオーブンを開けた途端にバターの香りが更に濃くなって、部屋中がもはやパン屋みたいな香りになる。

今朝の食卓は、ホテルのビュッフェのような賑わいだった。

焼き立てのクロワッサンが入ったバスケットの周りには、スプレッドとしてバターと数種類のジャムが用意されている。その他にも、グリーンサラダや、焼かれたベーコン、スクランブルエッグ、ハム、クリームチーズ、オイルのかかったサーモンが、それぞれ別々の器に盛られている。

「好きなものを挟んで食べるといい。もちろん、そのままでも構わないが」

「なるほど」

「では焼き立てのうちに食べようか」

「はい、いただきます」

「召し上がれ」

今日は「お上がりなさい」ではないんだ、なんてことを密かに考えながら手を合わせる。

渡辺さんの短いお祈りが終わるのを待ってから、早速クロワッサンに手を伸ばす。焼き立てのクロワッサンは熱々だったけれど、持てないほどではない。クロワッサンを口許に近づけると、漂うバターと小麦の香りに頭の中がふわふわした。

「まずは何もつけないで」

などと、生意気に食レポみたいなことを言いつつひと口食べて、そのさっくりとした生地の歯ごたえと、口の中に広がる小麦の甘さに、わたしは思わず仰《の》け反《ぞ》った。

齧ったクロワッサンの断面を、わたしはしげしげと眺める。

「これは、やばいやつだ」

「やばいとは」

渡辺さんが、クロワッサンを片手にしたままわたしを見る。

「美味しすぎて食べすぎるやつ、という意味です」


二十分後。

予想通り、わたしは完全に食べすぎていた。

大きなクロワッサン三つ、それに大量の具材を食べたわたしのお腹は爆発寸前だった。本当にもう、アイスひと口も入らない。バターをたっぷり塗ったクロワッサンに、サーモンとクリームチーズの組み合わせが一番よくなかった。明らかに脂肪分を取りすぎなのに、脳が何かしらの幸せ成分を出し続けるせいで、手と口が止まらなかった。

「お腹いっぱいで、もうハーゲンダッツが入らない……」

「まさか朝からアイスを食べるつもりだったとは、恐れ入る」

食後の珈琲を傾けていた渡辺さんが、目許だけでかすかに笑う。

「こんな美味しいパンを、フランス人が作るから」

「ひどい言いがかりだ」

言いつつ、渡辺さんは食卓の上のバスケットに目を向ける。バスケットのなかには、クロワッサンがひとつだけ余っている。

「これもそれほど悪くはないが、フランスで食べたクロワッサンは、これよりはるかに美味しかった」

「え、フランスに行ったことがあるんですか」

「ああ、リヨンという街にね。美しい場所だった。大学の卒業旅行だったから、もう二十年も前の話だ」

おお。

渡辺さんが、自分の話をするのはとても珍しい。

「リヨンはどんなところでしたか」

「美しい街だったよ」

短く答えて、渡辺さんは昔の記憶を懐かしむかのように目を閉じる。

「ローヌ川とソーヌ川という、二つの川が流れる大きな街で、ルネサンス時代の建造物が多く残っているんだ。サンジャン大聖堂のステンドグラスなど本当に見事だった……いや、街のいたるところが美しかったか。旧市街の石畳ひとつとっても、素晴らしい芸術だった」

「いいなあ。本場のフランス料理も食べましたか？」

「当然だ」

妙に自慢げに返してから、渡辺さんは思い出したように呟く。

「本場と言えば、フランスではクロワッサンを珈琲や紅茶に浸して食べる人が多い」

「ええ、パンを浸すんですか？　折角サクサクなのに……美味しいんですか？」

「残念ながら、私の舌には合わなかったな」

「ですよねえ」

「しかし、それもまた食文化の面白さだ。それにフランス人も、豆を藁《わら》の中で散々腐らせたあげく、堂々と糸を引かせながら食べる日本人にとやかく言われたくないだろう」

「確かにそれはそうかも」

納豆、美味しいけどな。それこそ、食パンに載せて食べても実は美味しいのに。

「卒業旅行ってことは、渡辺さんは大学に行ってたんですね。やっぱり北大ですか？」

「やっぱりとは」

「だって、渡辺さん賢そうだから」

「本当に賢い人間は、誘拐などしない。北大出身なのは、間違いないが……」

「ほらあ」

予想が見事に的中して、つい得意になる。

「わたしのお父さんなんて中卒ですよ。高校入ってすぐに退学したらしいです」

「学歴に関係なく、賢い人間や素晴らしい人間は大勢いる」

それはわかるけれど。

「少なくともわたしのお父さんはそうじゃないです。まあでも、わたしとは血が繋がってないから別にどうでもいいと言えば、いいんですけどね」

冗談交じりに、そんなことを口にする。

けれど残念ながら渡辺さんはくすりともせず、それどころか妙に悲しげな顔つきになる。わたしが自分のお父さんを馬鹿にして、それで渡辺さんがそんな顔になるのは何故なのか。

渡辺さんのそんな顔を見たくなくて、慌てて新しい話題を探す。

「あの、今日はお仕事はないんですか？」

時刻は既に朝の八時を過ぎている。渡辺さんが仕事に行くとき、この時間まで家にいたことはない。

「ああ、今日は休みだ。明日も明後日も、そこから先も、ずっと休みだ」

言って、渡辺さんは自嘲的な笑みを浮かべる。返す言葉に困ったけれど、わたしもなんとか笑顔を作る。

「フィリピンに行くんですもんね。そのあたりの国って、今も暖かいのかな」

「暖かいだろうな。向こうはクリスマスでも半袖で過ごせるはずだ」

「クリスマス」

その単語を耳にして、自然と居間の片隅にあるクリスマスツリーへと視線が向く。わたしよりも背が高いツリーでは、今日もゆっくりとイルミネーションが点滅を続けている。

そうか。

そう言えば、来週にはもうクリスマスなのか。

「最後だし、クリスマスらしいことしたいな」

それは、完全に無意識の発言だった。

今、誰かがわたしの身体を遠隔操作して勝手に言わせたのではないかと思うほど、自分でもあまりに予想外の一言だった。

「……本気で言っているのか？」

渡辺さんが、正気を疑う声で言う。そんなふうに言われたら、恥ずかしくなってつい嘘です冗談にきまっているじゃないですかと返したくなる。

なる、けれど。

「クリスマス、やりたいです」

わたしは、溢れてくる恥ずかしさをぐっと飲み込んで、もう一度そう繰り返した。

「最後にこの家で、渡辺さんと一緒に。本当は来週だけど……でも、きっと渡辺さんとは今日で最後なんでしょう？」

一度そう口にしたら、もう止まらなかった。

そうだ。

わたしは最後に、渡辺さんと一緒にクリスマスを祝いたい。

この人との最後の思い出は、それがいい。

クリスマスなんて今までまともに祝ったこともないし、キリスト教徒でもないのに祝う意味もよくわからないし、何より本当はクリスマス自体嫌いだけど、でもだからこそ、今日この場所で、目の前にいるこの人とクリスマスを祝ってみたかった。ひょっとするとそれは、すごく楽しいのかもしれないから。

「あの、わたし、実はクリスマスよくわからないんですけど、やりませんか。チキンとかケーキとか焼いて、お祝いしましょう」

必死に訴える。渡辺さんは珈琲の入ったカップを宙空に浮かべたまま、言葉を失っていた。

「あの、もちろん、今日仕事がなくても明日の準備で忙しいとかなら仕方がないですけど、たとえばケーキだけでもいいですし。なんだったら、わたしが一人でケーキを焼くので。レシピとかあれば貸してもらえたら、たぶん、なんとかなると思うので……」

無茶なお願いをしているのは、わかっている。

わたしと渡辺さんは人質と誘拐犯の関係で、それなのに二人でクリスマスを祝おうだなんて自分でもおかしくなったのかと思うけど、どうしても、そうしたかった。

しどろもどろになるわたしに、渡辺さんの射るような目が向けられる。

脇の下に汗をかくほどの緊張と共に、返答を待つ。

渡辺さんは、手に持ったままだったカップを静かに置く。

そして、ひどく真剣な声で言った。

「苺《いちご》と生クリームが必要だ」

誘拐犯は、苺と生クリームを買いに行った。人質は留守番だった。

もう別にわたしが同行しても構わないんじゃないかと思って、付いていってもいいか一応は訊いてみたのだけれど、それは見事に一蹴された。逃げたり警察に駆け込んだりなんて、絶対にしないいんだけどな。

出際に渡辺さんは一時間以内で帰ると話していたけれど、言葉とは裏腹に二時間が経過しても帰ってこなかった。

それから更に三十分以上が経って、何かトラブルでもあったのではと心配していたところに、渡辺さんは帰ってきた。しかも、大量の荷物と共に。

渡辺さんが車庫とダイニングとを三回ほど往復してようやく、買ってきた荷物が全てテーブルの上に並べられる。どうやら食材の他にも、キャンドルとかランタンとか、クリスマスの飾り付けに使えそうなものを手当り次第に買ってきたみたいだ。

四人がけ用のテーブルは、今や荷物で完全に埋め尽くされている。

「完全に買いすぎだと思います」

咎めるように言う。

しかし渡辺さんは、目の前の荷物の山を見つめながら顎を撫でて、満足げに頷いた。

「壮観だ」

反省するつもりなど、さらさらないらしい。

準備に取り掛かる前に、渡辺さんが買ってきたモスバーガーをお昼として食べた。実は、モスバーガーを食べたのは初めてだった。想像していたよりも、ずっと上品な味だった。

「渡辺さんがファストフードを買ってくるだなんて、意外」

「私だって、たまにはこんなものも食べるさ。それに、モスバーガーはファストフードではない。ハンバーガーレストランだ」

食の蘊蓄《うんちく》を語る渡辺さんは、妙に楽しそうだった。

昼食を食べ終えると、いよいよクリスマスの準備が始まった。

手始めに渡辺さんが居間にあったオーディオを操作すると、大きなスピーカーからクリスマスソングが流れ始めた。聴き覚えのある曲だけれど、曲名まではわからない。英語だから歌詞の内容もさっぱりだ。でも、特別な音楽が流れ始めただけで、家の中がクリスマスの雰囲気に包まれた気がした。

わたしは部屋の飾り付けと、ケーキを担当することになった。他の料理は全て渡辺さんが一人でやるらしい。渡辺さんの分担が多すぎると思ったけれど、わたしも人の心配をしてはいられなかった。

「あの、先にオーブン使わせてもらっていいですか？　早めにスポンジケーキ焼いて、粗熱《あらねつ》を取ったほうがいいと思うので」

「構わない」

「あと、もうひとつお願いがあって……」

そこで言葉を一度区切り、勇気を出す。

「料理中だけ、この鎖を外してくれませんか？」

言ってから、左足首を軽く振って鎖を揺らす。

「もしひっかかって転んだら危ないし、料理にも被害が出そうなので。二人同時にキッチンを使うなら、なおさらでしょう？」

瞬間、渡辺さんはこちらの真意を見透かそうとするかのような、冷ややかな目つきになる。

でも、わたしも一瞬たりとも目を逸らさなかった。

しばしの睨み合いのあと、渡辺さんは根負けしたように溜息を吐いた。

「まあ、もしこれできみが逃げ出すのならば、それもまたひとつの結末なのだろう」

渡辺さんは、そんな気障《きざ》なことを口にしながらその場に屈むと、スラックスのポケットから小さな鍵を取り出し、わたしの左足に嵌《は》められていた足枷を外した。そうして数日ぶりに自由になった左足は、重りをつけられていたわけでもないのに、不思議と軽かった。

「あの、ありがとうございます。嬉しいです」

「無理やりつけた足枷を外してお礼を言われるのは、実に気分がいいな」

渡辺さんは外した足枷と鎖を一箇所にまとめると、皮肉を口にしながら軽く笑った。確かに足枷を外してもらってお礼を言うのは変だけど、渡辺さんに信用してもらえたのはやっぱり結構、嬉しかった。

幸いにもケーキのレシピ本を渡辺さんが持ってきてくれたので、一か八かの気持ちでショートケーキを作る必要はなかった。去年ちょうど家庭科の授業でケーキを焼いたけれど、そのときのあやふやな記憶だけを頼りにケーキを焼くハメにならなくてよかった。

まず、スポンジケーキの生地を作る。

わたしの家とは違って、ハンドミキサーでも電子はかりでも、必要なものはなんでもあるから何をするにも苦労しない。だからこそ変なアレンジなんてしないで、本のレシピに従って材料をきっちりと測り、忠実に作るだけだ。

ボウルに卵三つ、更に卵黄をひとつ加えて、グラニュー糖と一緒に混ぜる。

ある程度混ざったら、湯煎《ゆせん》しながら卵液《らんえき》を撹拌《かくはん》していく。撹拌しながら卵液を人肌《ひとはだ》まで温め、そこに同じく湯煎で温めたバターと生クリームを入れて更に撹拌する。

泡がキメ細かくなったら、薄力粉を篩《ふるい》にかけつつ二回に分けて加え、ゴムベラでさっくりと混ぜ合わせる。粉がだまにならないように気をつけて、優しく手早く混ぜる。繊細な作業。でも、とても楽しい。

「なんか、いかにも女の子って感じ」

「男女差別だな」

傍らで野菜を切っていた渡辺さんが、ぼそりと呟く。無粋なことを言わないでほしい。

生地が完成したら、クッキングシートを敷いた型に流し込み、十センチくらいの高さから何回か落として大きな気泡を抜く。

「よし、できた。あとは焼くだけです」

報告すると、何を作っているのかはわからないが刻んだ野菜を炒めていた渡辺さんが、肩越しにこちらを見た。

「綺麗にツヤも出ていて、いい具合だ」

「無事に膨らむといいけど」

「なに、心配ないだろう。ただ、焦げないように気をつけなさい。我が家のオーブンは年季が入っているせいか、火力がなかなかに気まぐれだ」

普通のオーブンすらまともに扱ったことがないのに、そんなのはとても困る。

とはいえ、さすがにスポンジケーキをオーブントースターで焼くこともできないので、気分屋のオーブンにはなんとか気合を入れて頑張ってもらうしかなかった。


テーブルには、真っ赤なクロスを敷いた。

部屋中にキャンドルを灯して、ツリーも居間からダイニングに移動させた。照明を落とすと、キャンドルの灯火とツリーのイルミネーションは暗がりを優しく彩り、食卓をよりいっそう特別なものへと変化させた。

特別な食卓には、それに相応しい豪華な料理が所狭しと並んでいる。

茶と赤のコントラストがとっても綺麗なローストビーフ。付け合わせにはたっぷりのマッシュポテト。手のひらサイズの丸パンは中身がくり貫かれ、代わりにクリームシチューが注がれている。オレンジのソースがとても目に鮮やかなのは、真鯛《まだい》のカルパッチョだそうだ。それに、オーブンで炙り直したバゲットもたくさん。

それだけでも到底食べ切れない量なのに、テーブルの中央にはメインディッシュのローストチキン――とは言わないらしくて、ローストターキーが堂々と鎮座している。艶々できつね色のローストターキーはもちろん美味しそうだけど、本音を言えば、まだ全く切り分けられてないので少し鶏っぽすぎるかな。

そのローストターキーの横には、わたしの作った少し不格好な苺のショートケーキが並べられている。食後まで冷やしておいたらいいのに、渡辺さんが机に並べると言って譲らなかった。でも、おかげで食卓のクリスマスらしさはもう百点満点だ。

百点満点で、涙が出そうになる。

「人生で、一番豪華な夕飯になっちゃった」

平静を装ったつもりだったのに、わたしの声はみっともなく上擦《うわず》っていた。

渡辺さんは、わたしのそんな様子に少し驚いたみたいだったけれど、すぐに口許に穏やかな笑みを浮かべた。

「確かに豪華な食事だ。だが、まだきみはたったの十四歳だ。これより豪華で素晴らしい食事に巡り合う機会は、いくらでもあるさ」

わたしは、溢れかけた涙を手の甲でぐいと拭う。

「あったらいいですけど」

「あるさ。必ずある」

渡辺さんが、力強く言い切る。信じがたい言葉だったけれど、こんなにも素敵な食卓を前にしては、もう一度それを否定する気にはなれなかった。

「さあ、食べよう。主イエスの誕生を、心から祝して」

言われて、思い出す。そうだ。クリスマスとは、本当はそういうイベントだった。

「食べる前に、何か特別なお祈りとか、しなくていいんですか？」

「クリスマスだからといって、絶対にしなければいけない祈りなどはない。日々の祈りと同じく、ただ神に感謝するだけだ」

「じゃあ、それをしてください」

「では、共に祈ろうか」

渡辺さんは穏やかな声で言って、指を組み、目を閉じる。

わたしも同じように指を組む。けれど、目は閉じなかったし、何かを祈りもしなかった。キャンドルの揺らめきの向こうで祈りを捧げる渡辺さんの顔を、ただじっと観察していた。

お祈りが終わると、渡辺さんは氷の入ったステンレス製の小さなバケツらしきものから、シャンパンのボトルを手に取り、慣れた手つきで栓を開けた。

わたしの前に置いてある細いシャンパングラスに、黄金《こがね》色の液体が静かに注がれる。これはわたしのものかと思ったけれど、渡辺さんの目の前にも同じグラスが置いてある。渡辺さんのものだろう。お酒なら、ちょっとの量であってもできれば飲みたくないけれど。

「安心しなさい、ノンアルコールだ」

そんなわたしの考えは、完全に顔に出ていたらしい。

渡辺さんは自分のグラスにもシャンパンを注いだあと、手にしていたボトルのラベルをわたしに近づけた。ラベルには、確かにアルコールの度数が0パーセントであることがはっきりと示されていた。

「渡辺さんもそれでいいんですか？」

「私は酒は飲まない」

「クリスチャンだからですか？」

「それも理由のひとつだが」

キャンドルの向こうで、渡辺さんの表情が少し曇る。

「昔、酒の席で恐ろしい想いをしたことがあってね。それ以来、酒は止めたんだ」

「そうなんですか。でも、それはとてもいいことです」

お酒は嫌いだ。お酒なんて、本当に最低最悪だ。

わたしのお父さんも、それにお母さんも、毎日お酒を飲む。それで機嫌が良くなるならまだいいけれど、機嫌が悪いときにお酒を飲むと何故か更に機嫌が悪くなる。そういうときわたしはいつも部屋に引っ込んで、できる限り息を潜める。

お酒の話をきっかけに苦々しい記憶が溢れてきて、わたしはそれを払うように頭を振る。こんなに素敵な食卓を前にして、あの家のことなんて、今は微塵も考えたくなかった。

「それじゃあ、乾杯しよう。クリスマスと、この素晴らしい食卓に」

気取ったことを口にしながら、渡辺さんがグラスを少し掲げる。

わたしも、渡辺さんを真似してグラスを手に持つ。大人の真似事をするみたいで気恥ずかしかったけれど、わたしは少し背筋を伸ばして言った。

「メリークリスマス」

控えめにグラスを合わせると、高い音が小さく響いた。

キャンドルの灯りできらきら揺らめく、魔法みたいなシャンパン。アルコールは入っていないけれど、特別な飲み物のような気がして、どきどきしながら飲む。

口の中でゆっくりと味わう。

「ちょっと苦いぶどうジュースだ」

わたしの感想に、渡辺さんは喉の奥を鳴らすように笑った。


華やかな食卓に並ぶクリスマス料理は、どれもとても美味しかった。

とはいえ、わたしも渡辺さんも、特別な食事を前に楽しくてお喋りが尽きない、なんてことは全くもってなかった。けれど、たとえお互いに話すことがなくても、ゆったりとしたクリスマスソングに耳を傾けているだけで、十分だった。

それに、天窓を見上げれば星が見えた。窓の向こうで、大きな白い星がひとつ、ひときわ明るく輝いている。こうして夜に照明を落としたうえでこの場所に座らなければ、きっといつまでも気づくことはなかった。

綺麗だ、と素直に思う。こんな場所にまで星の光が届くことに、少し嬉しくもなる。

でも、わたしは嫌な子どもだから、こんなふうにも思ってしまう。

あの星は、確かにその下に生きる人々を分け隔てなく照らしているのだろうけど、だからといって、全ての人がその星の美しさを等しく感じられるわけではない。世の中には生まれつき目の見えない人や、毎日生きることに必死で夜空を見上げる余裕のない人も、たくさんいる。

たとえ同じ星の下に生まれようとも、この世界は、悲しいくらいに不平等だ。

けれど、せめて今だけは、そんな悲しい現実なんて忘れてしまいたかった。

だって今夜だけはわたしも、そうした理不尽とはまるで無縁な、普通の家の子どもになれているから。いや、普通どころか、とても恵まれた子どもに。

それはたった一日限りの、時間限定の幻ではあるけれど。

「シンデレラって、こんな気分だったんだろうなあ……」

生クリームを固くしすぎたせいで、ややデコレーションが歪《いびつ》になってしまったショートケーキを食べながら、呟く。何か説明を求められると思ったけれど、同じくケーキを食べていた渡辺さんは、その手を止めてからこちらに視線を向けた。

「明日になれば、全てがなかったことになるからか」

「人の心を簡単に読まないでください、怖いです」

「シンデレラという言葉に、それ以外の意味なんてないだろう」

渡辺さんは皮肉っぽく返しつつも、その口許に薄い笑みを浮かべる。

「でも、よく考えたらシンデレラじゃないかも。王子様なんてどこにもいないし。それどころか、目の前にいるおじさんは、誘拐犯の極悪人だし」

「現実は厳しいな」

本当にね。

ローストターキーも食べて、ローストビーフもシチューもカルパッチョも全部食べて、おまけに最後にケーキも食べて、いよいよもう何も入らなくなる。冷凍庫の中でハーゲンダッツが呼んでいる気がするけど、今は耳を塞ぐしかない。

「余ったものは、詰めないといけないな」

渡辺さんが、余った料理を大きなタッパーに手際よく詰めていく。食べきれないほど並んでいた料理が、次々に空っぽになる。楽しかったクリスマスもこれで終わりなんだと考えると、胸の奥がぎゅっと締め付けられるようだ。

「悲しい」

思わず、そんなあまりにもストレートな感情が口からこぼれる。下手すると、またもや目から涙まで溢れそうだったけど、それはなんとか堪えた。

「まだ九時なのに」

十二時を過ぎてないのに、魔法が解けてしまった。言わないけど。そんなこと。

「案外、可愛らしいことを言うものだ」

渡辺さんはやっぱり人の心を勝手に読んで、そんな意地悪を言う。

「何事にも終わりはある。それにシンデレラが本当の幸せを摑んだのは、魔法が解けたあとだ」

「それはガラスの靴があったからです。わたしの足にあったのは、鎖付きの足枷だけです」

「まあ、それもそうか。可哀想に」

「納得しないでください」

誰のせいでこんなことになっているのかと言おうとしたけれど、わたしが今まで楽しいクリスマスを過ごせなかったのは、別に渡辺さんのせいではない。わたしのせいでもないけれど。なので、せいぜい膨れることしかできなかった。

「そもそも、こんな真冬にガラスの靴は冷たすぎる。一瞬で凍傷になってしまうぞ」

「そういう現実的な問題じゃないんです」

異を唱える。

「ふむ」

すると渡辺さんは、そんな妙な返事をひとつしてから手にしていたタッパーをテーブルに置いて、そのまま二階へと上がっていってしまった。

「……渡辺さん？」

今、何か変なことを口にしてしまっただろうかと、焦る。

けれどさすがに考えすぎだったようで、渡辺さんはすぐに二階から降りてきて、わたしは胸を撫で下ろした。

ただ、その安堵も束の間のことだった。

見れば、渡辺さんはひと抱えほどある平たい箱を手に持っていた。

しかもその箱は、鮮やかな赤色の包装紙でラッピングされ、その上から金色のリボンまでかけられていた。要するに、どこからどう見ても、誰かへのプレゼントだった。

だから。

それは、つまり。

「ガラスの靴でなくて申し訳ないが」

渡辺さんは無表情とともに、そんな、全然面白くもないことを言って、手にしていたプレゼントを、わたしへと差し出す。

「あ、あれ？　え？」

綺麗な赤い箱が目の前にある。呂律《ろれつ》が、急に回らなくなる。

「わ、わたしに、ですか……？」

「他に誰がいるんだ？」

それは、前にも聞いた一言だった。

「さあ、どうぞ」

促され、手を差し出す。びっくりするくらい、指が震えている。

「あ、ありがとうございます」

乾いていた唇を口の中で湿らせて、なんとかお礼を口にする。受け取った赤い箱は、それほど重たくはなかった。

「開けても、いいんですか」

「勿論」

渡辺さんは椅子に座り、ゆったりと頷く。

プレゼントのリボンを解く。箱の裏で包装紙を留めていた「Merry Christmas」と書かれた金色のシールを慎重に剝がし、細心の注意を払ってラッピングを外す。現れたのは、わたしでもわかる有名なブランドのロゴが記された、白い箱だった。

緊張と共に箱を開ける。

中には、降ったばかりの新雪のような、大きな白い布が入っていた。

「……マフラーだ」

それは、とっても上品な白色をした、マフラーだった。

おそるおそる、手に取る。わたしのボロボロのマフラーの倍くらい大きい。それに、今までわたしが触ったどんな布地よりも、細やかだった。指先で触れるだけですごく気持ちがいい。

これはたぶん、カシミヤというやつだ。

「こ、こんなもの、本当にもらっていいんですか？　これ、絶対すごく高いものですよね？」

「値段など気にする必要はない」

渡辺さんはそう返しながら、かすかに表情を暗くする。

「むしろ、受け取ってくれるだろうか。誘拐犯からのプレゼントなど、薄気味悪くはないか」

「そんなこと、全然ないです！」

声を大にして、渡辺さんの言葉を否定する。そんなこと、言わないでほしい。こんな素敵なプレゼントが、薄気味悪いだなんて、あるはずもないのに。

「本当に嬉しいです。ありがとうございます。一生、大事にします」

「一生とは、また大げさな」

「そんなことないです。全然。大げさじゃや、ないです」

大げさなことなんて、何ひとつない。

だってもう、本当に、頭がどうにかなりそうだった。

嬉しくって、嬉しくって。

高価なプレゼントをもらえたからではなく、そうではなくて、これほど誰かに大切にされたことが、なかったから。それが嬉しくて、仕方がなかった。

その夜、わたしは小さな子どもみたいに、もらったマフラーを枕元に置いて、その表面を撫でながら眠った。

ガラスの靴なんて、必要なかった。

鎖のついた足枷は、マフラーへと変わったのだ。


翌朝。木曜日。

目を覚ますと、枕元のマフラーは眠りにつく前と何も変わることなくそこにあった。クリスマスという名のとびきりの魔法が解けて、白いマフラーが使い古したバスタオルや雑巾《ぞうきん》に変わっていなくて本気で安心した。

布団から出て、朝日が差し込むダイニングに目を向ける。そこには、いつも通りセーターとスラックス姿の渡辺さんがいた。

「起こしてしまったか。まだ早いから、もう少し寝ていていい」

言われて、時計を見れば朝の六時半だった。どうやら今日は寝坊することなく起きられたようだ。

「今から朝のお祈りですか」

「そうだ」

「なら、起きます。わたしも一緒にやります」

「一緒に？」

渡辺さんの訝しむ声を無視して、わたしは超スピードでトイレに行って顔を洗って髪を梳《と》かして、歯も磨いた。寝て起きてもまだお腹がいっぱいなことを除けば体調はばっちりだ。鏡に映るわたしの顔色は、なかなかよかった。

部屋に戻ると、机の上に水の入ったグラスが置いてあった。

「起きたらまずは水を飲みなさい。それと、おはよう」

「はい、おはようございます」

確かに喉はとても渇いていた。グラスの中の水を半分ほど一気に飲むと、ようやく身体が寝起きから活動モードにきちんと切り替わる感じがした。

「ああ、今日はここに座るといい」

わたしがいつも座っている席に腰を下ろすと、渡辺さんは立ち上がって言った。

「でもそこは、渡辺さんの場所じゃあ」

「いいんだ。この時間は、ここが特等席だ」

特等席だなんて言われては、拒否する理由もない。引かれた椅子に、改めて座り直す。

途端、眩《まぶ》しさに目を細めた。

見上げれば、ちょうど正面にある小さな天窓から、まっすぐわたしに向かって朝日が降り注いでいた。部屋の中は既に暖房でしっかりと温められているけれど、降り注ぐ太陽の光による暖かさは、それとはまた違うぬくもりがあった。

「あったかくて明るくて、気持ちいい」

今度は眩しさからではなく、心地よさから目を細める。閉じた目蓋の向こうから降り注ぐ朝日を感じていると、起きたばかりの身体を光で洗い流すような気分だった。

ひとしきり朝日を堪能したあと目を開くと、渡辺さんはわたしの右前の席で指を組んでいた。机の上には革製のカバーのつけられた聖書があるけれど、ファスナーは閉められたままだ。

「朝のお祈りって、何をしたらいいんですか」

「当然、祈ればいい」

それはわかっているけど。

「特別なお祈りの作法とかあるんですか。聖書を読んでからとか。最後にアーメンって言ったりするんですよね？」

「今日は、そんなことは考えなくていい。ただ目を閉じて、心を落ち着かせて、主に祈りたいことを、伝えたいことを想いなさい。声に出すのが恥ずかしければ心の中だけで構わない。自分を偽らず、言葉を飾らず、好きなように祈るといい」

言葉を飾らず、好きなように、祈るだけ。

それなら、わたしにもできそうだ。

「では、祈ろう」

短く言って、渡辺さんは目を閉じる。わたしは、渡辺さんの横顔を少しだけ見つめてから、お祈りの姿勢を取って、目を閉じた。

神様に祈りたいこと、伝えたいことか。

正直、こんなにも熱心に毎日お祈りをする渡辺さんには申し訳ないけれど、わたしはやっぱり、神様なんていないと思う。

いや。

正確には、少し違うかも。

神様は、いるかもしれない。神様をいないと否定する根拠は、わたしにはない。自分の目に見えることだけを信じるのは、傲慢《ごうまん》なことだ。

けれど、それでもわたしは、祈りなんて何の意味もない行為だと思ってしまう。

だって、神様に祈っただけで本当に何もかも上手くいくなら、世の中に悲しいことはひとつも起きないはずだ。

この広い世界には、あらゆる人々の幸せを心から願って祈り続けている人が大勢いるはずだし、長い歴史の中では、そういう心優しい人たちが無数にいたはずだ。

でも、この世界は今も悲しいことや苦しいことで溢れている。

毎日、世界のどこかで誰かが病気や事故で死んでいる。生きる苦しみに耐えられずに自ら命を絶ってしまう人がいる。昔に比べたら少なくはなっているけれど、戦争も内乱も永遠になくならない。

『アンネの日記』という本がある。

わたしと同じくらいの歳の女の子のアンネが、第二次世界大戦中に隠れ家と呼ばれる場所で書き続けた、希望と、勇気と、平和への祈りで溢れた日記。誰もが知る世界的なベストセラーで、わたしの一番好きだった本。彼女とわたしの置かれている環境は全然違う。でも、彼女の明るく前向きな言葉に、わたしはあの狭く冷たい部屋の中で、何度となく励まされた。

日記の中で、アンネはこんな言葉を残していた。

もしも神様の思し召しで生きることが許されるなら、わたしはおかあさんよりもりっぱな生き方をしてみせます。つまらない人間で一生を終わりはしません。

アンネの言葉は、わたしにとって救いだった。

わたしも彼女みたいに、希望を捨てることなく、理不尽な苦しみや辱めに負けて全てを諦めることなく、前を向いて生きたいと願った。強くしぶとく生きて、ろくでなしのお父さんやお母さんよりもずっと立派になって、ざまあみろと言ってやりたかった。生まれの不運なんて全部覆《くつがえ》してやると、本気で思った。

でも、アンネは死んだ。彼女は死んでしまった。

長生きなんて微塵もできなかった。ナチスに見つかり、不衛生な収容所でチフスに苦しんで、死んでしまった。ほんの十五歳でだ。

結局、アンネの祈りは神様には通じなかった。

神様は沈黙する。これまでずっとそうしてきたように、たぶん、これから先もずっと。

だから、わたしは神様には何も頼らないし、祈らない。

でも。

矛盾しているようだけど、だからこそ一度、体験してみたかった。

布団の中から何度も眺めた、この明るくて静かで、気持ちよさそうな場所に飛び込んでみれば、そんなひねくれた感情が少しでも変わるかもしれないと思ったから。

目を閉じたまま、耳を澄ます。

すぐそばにいる、渡辺さんの呼吸音がかすかに聞こえる。

……静かだ。

ここは静かで、いいところだ。

でも、それだけだ。

わたしたち以外、ここには誰もいないじゃないか。

目蓋を開く。渡辺さんは、まだ目を閉じて静かに祈りを捧げている。

何を祈っているのかな。今日の身代金の受け渡しが上手くいくようにとか、そんなところだろうか。

馬鹿だな。渡辺さんのくせに、本当に馬鹿だ。

祈りなんて、藁なのに。

心の弱い人が、ありもしない救いを求めて必死に掴もうとする、藁なのに。


お祈りを終えたあとは、いつもどおり朝食の時間になった。

けれどわたしも渡辺さんも昨晩の過食でお腹がまるで空いていなかったので、今朝はスープで済ませることとなった。とはいえ、渡辺さんが十分とかけずに作った玉ねぎとベーコンのスープは、お腹にも優しい落ち着く味わいがあった。

朝食を食べ終えると、制服に着替えるよう言われた。

「もうここには戻ってこないから、忘れ物をしないように」

その言葉に、胸の奥が少し疼《うず》く。

「この家で着ていた服は、必要なら全て持っていくといい」

「じゃあ、ありがたく貰います」

「ああ、そうしなさい」

渡辺さんは頷き、居間の時計を見る。その視線を追ってわたしも時計に目をやれば、時刻は間もなく八時になるところだった。

「三十分後に出るから、そのつもりで。私もまだ、少し準備がある」

言って、渡辺さんは一人二階に上がっていく。

三十分後と言われても、わたしがすることなど、部屋着から制服に着替えるだけだった。

着心地の良い服を脱いで、ハンガーにかけっぱなしにしていた制服に袖を通すと、いよいよこの家ともお別れなのだと実感する。

着ていた服は全部、服を受け取ったときに入っていた紙袋にしまった。マフラーの入っていた箱と包装紙とリボンも大事にしまった。何ひとつとして、捨てたくはなかった。

使い古したボロボロのマフラーはリュックに入れて、もらったばかりのカシミヤのマフラーを首に巻いた。真っ白のマフラーに顔を埋めると、それだけのことで幸せな気持ちで胸がいっぱいになった。

しばらくして、渡辺さんが二階から降りてくる。セーターは脱いだようで、仕事に行くときの格好と同じく背広を着ていた。

「もう出られるか？」

「はい」

「それはよかった。もう少しだけ待っていてくれ」

言ってから、渡辺さんは冷蔵庫を開ける。水でも飲むのかと思ったら、渡辺さんは冷蔵庫の中からタッパーを次々に取り出して、机に並べていく。タッパーの中には、昨日の料理の残りが詰められている。

そのあと、今度はキッチンの下の戸棚から大きな保冷バッグを取り出すと、タッパーをどんどん中に詰めていった。

「何してるんですか」

「この中に入れておけば、丸一日は保《も》つはずだ」

渡辺さんは、そんな返事になっていないことを口にしながら再び冷蔵庫を開く。

「お昼に外で食べるんですか？」

「いや、食べない。これも私の家にあっても仕方がないから、きみが持って帰るといい」

なんだそれ。

「あの、今から身代金のやり取りをするんですよね？」

「それは関係ないことだ」

……全然、関係あると思うけど。

最終的に渡辺さんは、タッパーの他にも、冷凍庫にあったハーゲンダッツの残りやサーモンまで無理やりに保冷バッグに押し込んでいた。バッグの中の食料だけで、わたし一人なら一週間は生き延びられそうだ。

「よし、では行こうか」

　保冷バッグを手に持ちながら、渡辺さんは部屋を出る。わたしもリュックを背負い、紙袋を持って立ち上がる。

「電気は消しますか?」

「ああ、そうだな。一応、消しておいてくれ」

　言われて、部屋の入口にある照明のスイッチに手を伸ばす。

　最後に、家の中を眺める。

　広い居間はずっとカーテンが閉め切られたままで、一度たりとも外の景色を見ることはなかった。この数日間、ほとんどの時間をこの居間で過ごしたから何だか既に奇妙な愛着がある。

　居間の最奥では、いつの間にか元の位置に戻されたクリスマスツリーが、今もイルミネーションをゆったりと点滅させている。

　隣接するダイニングでは、渡辺さんと二人で美味しい料理を何度も食べた。風邪を引いたときは雑炊を作ってもらった。言い争いもした。ケーキを作って、ターキーを焼いて、クリスマスを祝った。とびきりのプレゼントも貰った。ほんの数日だけなのに、一生の思い出がここにはいくつもある。

「素敵な家」

　そう。

ここは本当に、素敵な家。

明日から、この場所はどうなってしまうのだろう。渡辺さんがちゃんとこれからもここで暮らしてくれるなら、それが一番いい。でもきっと、そうはならないんだろうな。

スイッチを操作して全ての照明を消す。家の中が、一気に暗くなる。

でも、完全な暗闇にはならない。

頭上にある小さな窓から、今朝も変わらず白い光が降り注いでいるから。

こんなにも、美しく。こんなにも、哀しいのに。

「どうした？」

車庫へと続く下り階段から、渡辺さんが呼びかける。わたしはなんでもないとかぶりを振って、一週間生活を続けた場所を早足で後にした。

短い階段を降り、車庫へと出る。

車庫は強烈な寒さで、吐息がすぐに白くなる。一週間ぶりの北海道の寒さはやっぱり強烈だけれど、こうして一瞬味わうだけなら、刺激的で心地よいくらいだ。

車庫には、この家に連れてこられたときと同じ白い車が停まっている。渡辺さんは持っていた保冷バッグを後部座席に載せた。わたしも紙袋とリュックをそこに載せてから、渡辺さんに言われるまでもなく自分で助手席に乗り込む。続いて渡辺さんも運転席に座った。

渡辺さんが運転席から小さなリモコンを操作すると、車庫のシャッターが自動で開き始めた。

幸いにも雪は降っていなかった。

事前に暖房を入れていたのか、車の中は十分暖かかった。わたしは首に巻いたマフラーはそのままにしてコートを脱いだ。

「シートベルトを」

言われて、シートベルトに手を伸ばす。渡辺さんはわたしがシートベルトを着けたのを確認すると、ゆっくりと車を発進させた。

窓越しに振り返り、出てきたばかりの家に目を向ける。

下半分は煉瓦調、上半分は白壁の、少し大きな西洋風の家。周囲には民家もたくさんある。みんな、自分の家のすぐ近くで、中学生が一週間も監禁されていたなんて、夢にも思わないだろう。クリスマスのお祝いまでしたんだよと、大きな声で叫んでやりたい。

「それで、今からどこに行くんですか」

視線を前へと戻して、訊く。備え付けのカーナビはあるけれど、見たところ行き先は設定されていなかった。

「どこに行くと思う」

「近くの交番に、謝りに行くのが一番いいと思います」

すぐさま答えた。

「誘拐なんて、全部冗談でしたって言いましょう。わたしも一緒に謝りますから」

「なるほど。では、交番の前だけは絶対に通らないようにしないとな」

わりと真剣に言ったつもりだったが、渡辺さんには冗談だと思われたらしい。

「正解は海だ。今から、海に行く」

「海？」

「そうだ」

渡辺さんは目の端でこちらを見ながら、にやりと笑った。

「今から海に行って、釣りをする」

＊

誘拐犯からの連絡を待っていた。

時刻は既に午前十時を過ぎた。早朝と指定された犯人からの電話は、まだ来ない。

現在、指揮本部で待機を続ける二十人近い刑事たちは、一人の例外もなく朝の五時からここにいる。そのため既に刑事たちのほとんどが、その顔に大なり小なり疲労の色を浮かべている。私も、きっと似たような顔をしているだろう。例外は、漆原部長と相良くらいのものだ。

車座《くるまざ》になっている刑事たちの中心には、徹人と沙都子の二人がいる。この数日で刑事たちに囲まれる状態にも慣れたのか、二人は椅子に座ったまま完全に目を閉じている。我が子が誘拐された親の態度とは到底思えないが、もはや驚かない。

そんな彼らの弛緩《しかん》しきった様子から、眠気を移されないようにと頬を軽く叩いていたときのこと。

「おや」

暢気な声は、徹人と沙都子と同じく車座の中心にいる漆原部長のものだった。

見ると部長は、徹人のスマートフォンを手にしていた。

「電話ではなく、メールですね。読みます」

部長が短く言う。

その場にいた全員が、息を潜め耳を澄ました。

「徹人と沙都子の二人を、石狩市樽川《たるかわ》まで連れて来い。身代金を忘れるな。とのことです」

「石狩だっ！」

直後、部長の傍らにいた高木課長が、水を得た魚《うお》のように勢いよく立ち上がり、叫んだ。

「待機中の者全員に連絡を入れろ！　事前の計画通りにすぐに動け！」

高木課長が声を張り上げるなか、私と相良も即座に立ち上がる。

「それでは、手筈通りにお二人を連れて向かいます」

課長と部長、どちらともに向けて言う。

「何かあれば逐一本部に連絡を入れろ。だが、現場での判断はお前の責任だぞ、進藤」

高木課長が厳しい声で告げる。

対照的に、部長は平静を保ったまま、言う。

「人質の安全が最優先です。どんな手段を使ってでも、沙耶さんを守りなさい」

どんな手段を使ってでも、か。

その言葉を自らに言い聞かせるよう、私はひと呼吸を置く。

「心得ております」

「そうか。ならいい」

私の返答を聞いて、漆原部長は私の肩を二度叩いた。途端、ジャケットの下に吊るしてある拳銃《けんじゅう》が、重さを増したような気がした。

刑事になって、気づけば二十年以上が経つ。

幸い、人に向けて銃を撃ったことは、まだ一度もない。


刑事たちの多くが指揮本部を足早に飛び出していくなか、私はその渦中《かちゅう》で呆然としていた徹人と沙都子に声をかけた。

「さあ、お二人とも行きましょう」

「あ、ああ……」

困惑した様子で生返事をしてから、徹人はすぐそばに置いてあったバッグをひどく大事そうに抱きかかえた。中には、身代金の二千万が入っている。

本部前のロータリーには、既に相良が車を回していた。

私たちが乗り込むと、相良は勢いよくアクセルを踏み込んで車を発進させた。

「石狩まで、サイレンを鳴らして飛ばせば三十分ですが」

「いや、サイレンは今はいい」

犯人からの時間指定があるならやむを得ないが、そうでないならばわざわざこちらの存在を犯人側に強烈にアピールする必要はない。

後部座席に座る徹人と沙都子を見る。身代金の受け渡しを間近に控えた今、さすがに二人からも緊迫した雰囲気が感じられる。

「お二人は、樽川という地名には何か覚えはありますか」

二人は同時に首を横に振る。

「聞いたこともないですよ、そんなところ」

「私もありません」

「では、石狩市にはよく行かれますか？」

その問いには、徹人だけが答えた。

「現場の仕事で、数回程度なら。でも、別に知り合いなんて一人もいませんよ」

「なるほど、よくわかりました」

車は、国道二三一号を北へと飛ばす。幸いにも道が空いていたこともあり、相良は容赦なく法定速度を超えた速さで石狩へと車を急がせた。

予定通り、道警本部を出てから三十分ほどで車は石狩市に入った。

「樽川まで、ここから十分もかかりませんね」

運転席の相良が、ナビに一瞥を向けながらそう口にしたときのことだった。

「うわっ！」

突如、後部座席の徹人が大声を上げた。

「電話だ、今度は電話がかかってきた！」

徹人が、スマートフォンの画面をこちらに見せる。向けられた画面には確かに、先ほどショートメールを送ってきた番号からの呼び出し画面が表示されていた。

「相良君、一旦、車を停めて」

指示を受けて、相良が車をすぐさま路肩に寄せる。

「ど、どうしたらいい？　出てもいいのかっ？」

「落ち着いて」

スマートフォンを手に慌てふためく徹人を宥める。

「スピーカーフォンで出てください。犯人からはきっと何らかの指示があるはずです。必要であれば私も話します。あと、会話はできるだけゆっくり」

指示すると、徹人は動揺しつつも頷き、通話開始の表示をタップした。

「……もしもし？」

手にしたスマートフォンに向けて、徹人が窺うように言う。

五秒ほどの間を置いて、声は返ってきた。

『有乃徹人か』

男の声だった。低く、落ち着き払った、大人の声だ。

ボイスチェンジャーなども使っていない。少なくとも、十代などではないだろう。風の強い場所にいるのか、ウィンドノイズがかなり大きい。

「あ、ああ。そうだ。俺が徹人だ。沙耶の父親だ」

『今そこにお前を含めて誰がいる？　そして、どこにいる』

徹人が助けを求めるようにこちらを見る。

私は急いで手帳を開き「正直に」と書いて、徹人に示した。

「お、俺と、嫁と、それに刑事が二人いる。車の中だ」

『車の場所は』

「もう、樽川の近くだ」

徹人が戸惑いの声を上げる。私はカーナビに表示されていた樽川四条という地名を指先で叩いて徹人に知らせる。

「せ、正確に？」

『正確にどこだ』

「樽川四条だ！　ここは、樽川四条らしい」

伝えるも、すぐに返事はなかった。

犯人が黙ると、ウィンドノイズが更に強くなる。そのノイズの向こうで、かすかではあるが潮騒のような音も聞こえる。犯人は、海の近くか。もし船で逃げる準備をしているとしたら、それはとんでもなく面倒なことになる。

『石狩旧港、第二ヤード』

そして刑事の嫌な予感というのは、残念なことに往々にして的中するものだ。

『そこに防波堤がある。お前たちが今いる場所から五キロも離れていない。このまま電話を切らずに、五分以内に来い。お前たちの車以外が防波堤に近づいたら、有乃沙耶はすぐに殺す。五分以内に姿を見せなかった場合も、同様にすぐ殺す。急げ。一秒たりとも待たないぞ』

誘拐犯の冷静極まりない声を聞いて、私は大声で言った。

「相良君、急いで！　サイレンも鳴らして！」

相良がパトランプを起動し、けたたましいサイレンが響き渡るなか車は急発進する。慣性で身体がシートへと思い切り押し付けられ、肺が痛んだ。

石狩旧港第二ヤードは、カーナビの地図を多少縮小するとすぐに現れた。指定された防波堤もある。道に迷うことさえなければ、ここから三分もかからないはずだ。

車両に搭載された警察無線を使い、指揮本部に急ぎ連絡を入れる。

「特捜一〇一から指揮本部」

反応は即座に返ってきた。

『指揮本部です。どうぞ』

無線特有のノイズ混じりの声ではあったが、おそらく相手は漆原部長だろう。

「犯人から受け渡しの指示あり、現在急行中です。場所は石狩旧港第二ヤード、現時刻より五分以内にとのこと。なお単独での接触の指定ありですので、周辺の車両を港に接近させないでください。繰り返します、石狩旧港第二ヤード周辺に、車両を接近させないでください」

矢継ぎ早に報告する。反応は早かった。

『了解、全車両に通達しておきます。どうぞ』

「特捜一〇一、以上」

無線を切る。

だが、以上と告げたにも拘らず、更に返答があった。

『速やかに人質を救出し、再度状況を報告してください。以上』

……簡単に言ってくれる。

無線の向こうで、部長が静かに笑っているのが目に浮かぶようだ。


樽川の街を大急ぎで走るうち、北側に石狩港が見えた。

金網のフェンスの向こうに、大量のコンテナや、堆《うずたか》く積まれた廃棄物が見える。それらを右手に車は埠頭《ふとう》線を北西へと突き進む。カーナビの地図を見ると、石狩旧港第二ヤードはその埠頭線の最果てに位置していた。

途中から、道路の舗装がなくなり砂利道《じゃりみち》になる。普段はほとんど使われていないコンテナヤードなのだろうか。タイヤが砂利を踏みしめる音が響き、車内も大きく揺れる。

ただ、それも長くは続かなかった。

「見えました、防波堤です」

砂利道を抜け、比較的開けた場所に出た瞬間に相良が言った。私も数秒遅れて、防波堤の存在を目視で確認する。一見、人影はない。ただ、防波堤からやや離れたところに白のセダンが一台だけ停車していた。明らかに、長期間放置されたものではない。

ひょっとすると犯人はあの中かと目を凝らそうとした、そのときだった。

「船だ。船に誰かいます」

車を停車させた相良が、はるか遠くに焦点を合わせるよう、目を細めながら言った。

「背の高い男が一人。それに、女の子も」

私も防波堤の先端の、さらにその先へと視線を向ける。しかしどれだけ目を凝らせども、私の衰えた視力では百メートル以上ある防波堤の先にいる人物を確認することはできなかった。

それに、どうやらその必要もないらしい。

『私だ』

徹人が手にしていたスマホから、再び男の低い声が届く。

『車を降りろ。徹人と沙都子の二人は、身代金を持って防波堤の先端まで来い。刑事二人も、そこで待機せずに一緒に来るんだ。ただ、絶対に二人よりも前に出るな。銃にも手をかけるな。揺れる船上にいる私を、人質を避けて正確に狙えるほど銃の扱いに慣れてなどいないだろう』

淡々とした指示には無駄がなく、異様な落ち着きがあった。理知的ですらある。

「わかった、全て言う通りにする」

犯人にそう伝えたところで、通話は一方的に切れた。

徹人と沙都子に目を向ける。

「行きましょう」

犯人の指示に従い、四人全員が車を出る。途端、冷たい海風が頬を撫でる。海の様子を確認するが、波は荒れてはいないようだ。

身代金の入ったバッグは徹人が持ち、そのすぐ横に沙都子が並ぶ。

「さあ、進んで。ゆっくり」

そう促す。二人は、不安げな眼差しをこちらに寄越してから、防波堤の先へと怖々とした足取りで向かっていく。私と相良は、犯人の指示の通り、目の前の二人と数メートルの間隔を維持しながら、彼らの背を追った。

防波堤は、車を降りた位置からまっすぐ海へと延びる。吹き抜ける海風はそれほど強くない。いつの間にか降り始めていた雪も、素直に下へと落ちていく。

防波堤の先に、小型の船が浮かんでいる。

相良が先ほど言っていた通り、船には背の高い男が一人、それに中学生くらいの少女も一人いた。男は少女の背後に立ち、彼女の首に腕を回している。

男の手には、拳銃らしきものが握られている。無意識に、ジャケットの上から自分の左脇のあたりをひと撫でする。刑事としての日々の中で、いつしか身体の一部になっていたはずのショルダーホルスターが、今は異様なほど重たい。

「沙耶さんです、間違いありません」

防波堤を半分ほど進んだところで、相良が小声で私に伝える。更に十秒ほど歩いてようやく私も、船の上にいる少女が、事前に写真で顔を確認していた沙耶本人であるとわかった。

ただ、沙耶の背後にいる男の顔には、見覚えはない。おそらくは私と同世代だろう。やや落ち窪んだ眼窩《がんか》に潜む瞳には、厳しさと暗さが滲んでいる。

「相良君、あの男が誰かわかるか」

歩きながら、隣の相良に小声で尋ねる。

「いえ、わかりません」

相良はそう返しつつも、記憶を呼び起こすように片手を頭の横に添える。

「ですが、どこかで、かすかにあの顔に見覚えが……」

「指名手配犯か？」

「いえ、それは違います」

相良は明確に否定する。

「実際に面と向かって事情聴取はしていないけれど、捜査資料の中で顔だけは見ているはずなのです。中学校の教員の誰かか？　いいや、違う。もっと、事件に関係のない人物だと勝手に決めつけてしまっていた人間だ……ああ、くそ、絶対に見たはずなのにっ！」

相良がこれほど取り乱すのは珍しい。ただ、彼女を責めることはできない。私も彼女と同じ資料を必ず見ているはずだが、船の上に立つ精悍《せいかん》な男には全く見覚えがない。

既に関係も希薄らしい徹人と沙都子の親族ではないし、二人の職場の関係者でもない。そのあたりの人物の顔は、私も全員完璧に把握している。勿論、高坂東中学校や新さっぽろ児童相談所で、実際に目にした者たちでもない。

一体、誰なんだ。

あそこに立っている男は、何者なんだ。

何故、あの男は貧しい家の少女を誘拐して、身代金を奪おうとしているんだ。

*

防波堤に、お父さんとお母さんが立っている。一週間ぶりに目にする二人は、なんだか疲れた顔をしていて、いつもよりも老けて見えた。

「沙耶、無事か！」

わたしと目が合うと、お父さんは意外にも安否を尋ねるようにそう叫んだ。

その手には、黒いバッグを持っている。もしかして、ちゃんと身代金を用意してきたのだろうか。あのろくでもない人が、わたしのために、二千万円なんて大金を。

わたしが立つ小さな船は、波に煽《あお》られるたびに結構な大きさで揺れる。船に乗る直前、渡辺さんは今日はそれほど波も高くないと言っていたけれど、気を抜いたら普通に転んでしまいそうだ。

わたしの背後には渡辺さんが立っている。わたしの首に片腕を回し、もう一方の手で鈍色《にびいろ》に輝く拳銃を握っている。

「バッグの中身は、身代金で間違いないな?」

手にした拳銃の銃口をバッグに向けながら、渡辺さんは声を張る。拳銃を向けられたお父さんとお母さんは、遠目から見てもわかるほどに動揺していた。

「そ、そうだ。この中に、二千万入ってる!」

……すごい。

本当に、二千万なんて大金、用意できたんだ。

「これからどうすればいい!」

「では、まず中から札束をひとつだけ取り出せ。そのとき、バッグの中を見るな」

渡辺さんは拳銃をお父さんに向けたまま、そんな奇妙な命令をする。

「わ、わかった。わかったから、銃をこっちに向けないでくれ!」

お父さんは、指示された通りに目線をバッグから大きく外しながら、中から札束らしきものをひとつ取り出した。

「よし。その札束を、こちらに向かって投げろ」

「な、投げる? ここからかっ?」

驚きのあまり、お父さんの声が裏返る。

防波堤の先からわたしたちがいる船までは、十メートル近くある。確かに放り投げて届かない距離ではないと思うけれど、失敗したときのことを考えると相当に勇気がいる行為だ。

「十秒以内に投げろ! 十! 九!」

「ちょ、ちょっと、これどうしたらいいんですか！」

容赦なくカウントダウンを始める渡辺さんを前に、お父さんは慌てて後ろへと振り返り、そこにいた背広姿の男女二人組に助けを求めた。間違いなく、警察の人だろう。

「五！　四！　三！」

「待て！　わかった、投げる！　投げるから！」

警察の人たちとの会話は距離が遠くて聞こえなかったが、決断は早かった。

「今すぐ投げるから、ちょっと待ってくれ！」

カウントダウンを制止するよう言って、お父さんは手にしていたバッグを地面に置く。

それから数秒ほど躊躇《ちゅうちょ》していたけれど、いよいよ覚悟を決めたのか、お父さんは腕を大きく後ろに引くと、勢いよく札束を投げた。

意外にも、お父さんのコントロールはかなりよかった。放物線を描くように飛んできた札束は、渡辺さんがわたしの首に回していた手を一瞬伸ばすだけで摑むことができた。

そうして札束を手にすると、渡辺さんは束の真ん中あたりからおもむろにお札を一枚抜き出して、曇った空へと掲げた。

「……透かしもあるな。本物のようだ」

「すごい」

小声で渡辺さんが言うので、わたしも真似して小さな声で返す。

「お父さんが、そんな、わたしのために本当にこんな大金を用意してくれるだなんて」

「いいや、私はまだ信じていない」

それはどういう意味かとわたしが尋ねる前に、渡辺さんは再びお父さんに目を向ける。

「有乃徹人！」

不意に渡辺さんが、お父さんの名前を口にする。

「今度は、身代金をバッグから全て出して地面に置くんだ」

指示してから、渡辺さんはお父さんの隣で立ち尽くしていたお母さんにも拳銃を向ける。

「そして、有乃沙都子。目の前にあるペットボトルを手に取れ」

ペットボトル？

渡辺さんの発言を聞いてわたしも初めて、防波堤の先端に五百ミリリットルサイズのペットボトルが横たわっていることに気がついた。ただのゴミかと思ったけれど、ペットボトルの中には薄いオレンジ色の液体が入っている。

「こ、これですか……？」

怯えきった声で、お母さんが目の前のペットボトルを指差す。

「そうだ。早く拾え」

厳しい声で急かされ、お母さんはあたふたとペットボトルを拾い上げる。その横で、お父さんはバッグの中のお金を取り出して地面に置いている。

「これで全部だ！」

お父さんが叫ぶ。お父さんの足元には、小さなお札の山が出来ている。

人生で初めて目にする、二千万円という大金。正確には千九百万円だけど。でも、そんなとんでもない額のわりに、お札の山はすごく小さい。たったあれだけの紙切れがわたしの命と同価値なのだと思うと、少しだけ悲しい気がした。

「おい、これでいいのか。まさかこれ全部そっちに投げろと言うんじゃないだろうな！」

「違う」

渡辺さんは、短く言った。

「燃やすんだ」

一瞬。

渡辺さんが何を言っているのか、全くわからなかった。

「ペットボトルの中身はガソリンだ。底にマッチもつけてある。札束にそのガソリンをかけて全て燃やし尽くせ。それで娘は返してやる。燃やせなければ、娘は殺す」

渡辺さんはわたしの首に回した腕に少し力を込めてから、手にしていた銃を、わたしのこめかみに添えた。

「ちなみに、私はそれを見届けたらこの銃で死ぬ。だからその借金を私が肩代わりすることはできない。さあ、娘の命が本当に惜しければ今すぐその大金を手放してみろ。三分だけ、夫婦で相談する時間をくれてやろう」

最後に渡辺さんは、そんな映画の悪役みたいなことを言ってから、わたしに銃を突きつけたまま、小声で囁いた。

「いいか、よく見ておくんだ」

＊

理解が追いつかない。

あらゆる状況を想定していたはずなのに、いま目の前で起きていること、これから起こるであろうことに対して、的確な判断を下すことができない。

身代金を燃やす？　ガソリン？　あの男は、何故、そんなことをしようとするのか。

「刑事さん、どうするんですかこれ！」

徹人が振り返り、大声で助けを求めてくる。情けない顔だ。自分で考えることを、もはや完全に放棄してしまっている。

「これ、燃やしていいんですか？　でも、燃やしたらあいつ死ぬって言ってますよ！　あいつが死んだらこの借金ってどうなるんですか？」

混乱する徹人越しに、私は船の上の男に向かって叫ぶ。

「何故、金を燃やす必要がある！」

「金を燃やせば娘は助かる、それだけだ！　これ以上は何も答えない！」

男が叫び返す。

遠目からでも、はっきりとわかる。船上の男の顔つきには、一切の揺らぎがない。あれは自《や》棄《け》を起こしてもいなければ、狂気に侵されているわけでもない。あの男の原動力は、意志と理性だ。あれはもはや、その場限りの説得や交渉でどうにかなる相手ではない。

「燃やすしかないのでは？」

迷いなくそう口にしたのは、相良だった。彼女の目にもまた、強い意志が宿っている。

「燃やせばあの男が死ぬでしょうが、燃やさなければ沙耶さんが殺される。であれば、迷うことなどないでしょう。人質の安全こそが第一のはずです」

「いや、でも」

遮るように、徹人が言葉を引き継ぐ。

「金を燃やしたところで、沙耶が本当に助かるかどうかもわからないのに……」

「ですが、燃やさなければ確実に沙耶さんは殺されます」

「け、けどよ……そんなこと言ったって、二千万なんて、普通に考えて燃やせるわけないだろ。なんとか、なんとかなんねえのかよ！」

半ば錯乱状態の徹人を前にして、思う。

何故なんだ。どうしてこの男は、これほどまでに自分の娘を愛せない？

この男と同じく年頃の娘を持つ者として、その思考がまるで理解できない。呆れ果てるあまり、もはや彼のために労力を割くことすら、馬鹿馬鹿しいと思えてしまうほどだ。

ただ、そんな薄情な私とは異なる者がいた。

「この大馬鹿野郎が！」

凜々しい罵声が、冬の海に響く。

相良は徹人へと両腕を伸ばし、彼の胸ぐらを両手で強く摑む。

「二千万がなんだ」

彼女は、女性の細腕によるものとは思えない力で徹人の襟《えり》を締め上げると、鼻先がぶつかるほどの距離から凄まじい剣幕《けんまく》で叫んだ。

「娘の命に比べれば安いものだと思えずに、お前はそれでも人の親か！」

更に相良は、彼女の激怒に怯える徹人と、ペットボトルを手にしたまま身じろぎひとつできなくなっていた沙都子とを、それぞれ強く睨みつける。

「あなたたちは、あの男に試されているんだ。あなたたちがまっとうな親なのかを。今ここで我が子の命と引き換えに、二千万の借金を背負うことができる人間なのかどうかを」

少しの迷いもなく、相良が言い放つ。目の醒める想いだった。

そうだ。確かに、全て彼女の言う通りだ。

船の上にいる男の行動原理は、決して複雑ではない。何故、そんなことを望むのかまではわからないが、それでも、あの男の望みそのものは、あまりにも明白だ。

あの男は今、徹人と沙都子の二人を試している。人の親となる資格を伴っていない彼らに、子を育てる者としての覚悟があるのかを。

誘拐という最悪の悪事に手を染め、更には自らの命を懸けてまで。

「相良君、落ち着いて」

激情のあまり肩で息をする相良を宥め、彼女を徹人から引き離す。

「部下が失礼致しました」

非礼を詫びつつも、私は徹人と沙都子に向けて明確に告げる。

「ですが、彼女の言う通りです。燃やしましょう、それしかない」

確かに、身代金を大人しく燃やしたところで沙耶の無事が確実なものになるとは限らない。しかしたとえそうであっても、この金を惜しんだがために、何の罪もない少女が無残に撃ち殺されることなど、絶対にあってはいけない。

「残り二分だ！」

船の上から、男が声を張り上げる。対して私も、犯人に聞こえるよう声量を上げる。

「さあ、早くガソリンをかけて！」

私の言葉を受け、沙都子は困惑しながらも手にしていたペットボトルの蓋を開け、札束の山にガソリンを撒き始める。途端、潮の香りを無理やり押しのけて、揮発したガソリンの強烈な臭いが一気に漂う。

「も、燃やすのはあんたがやってよ」

ガソリンを撒き終えたあと、沙都子はペットボトルの底に張り付いていたブックマッチを取り外すと、それを徹人に押し付けた。

「なんでだよ、最後までお前がやれ！」

「私は今ガソリンが手についたから危ないの！　あんたなら、マッチの扱いだって慣れてるでしょう？」

見れば確かに、沙都子の手にはガソリンがいくらか付着している。ガソリンの引火性を考えれば、火をつけるのは徹人のほうが適任だ。

「じゃ、じゃあ刑事さんが燃やしてくれよ！　俺にだって無理だよ。あんな大金に、自分から火をつけるなんて」

「徹人と沙都子以外の人間が火をつけることは許さない！」

私が拒否を突きつけるよりも早くに、男が制止をかける。

「残り一分だ、それ以上は待たない！　これは脅しではないぞ！」

船の男は、大声で徹人に選択を迫る。

「急いで！」

私も叫び、促す。

徹人は苦渋に満ちた表情を浮かべながら、マッチを一本取り外し、側薬《そくやく》で擦る。手が震えているのか、一度では上手く火は点かなかった。二度目でようやく、点火に成功する。

「沙都子さん、あなたは離れて」

相良が言って、沙都子を自分の背後に立たせる。

その相良の背中越しに、沙都子が言った。

「あ、あんたが火をつけて燃やすんだから、私はもう関係ないからね」

最後の最後に、そんなとんでもないことを。

「燃やしたら、全部あんたの借金だ、私は関係ない！」

「沙都子、てめえ……ふざけんなよ！」

火の点いたマッチを手にしたまま、徹人が激昂する。

「ふざけてなんかない。全部、あんたが悪いんだ！　元はと言えば、あんたがよく考えもせずに産もうだなんて言ったから！　私は本当は子どもなんていらなかったのに」

「何年前の話をしてんだ、最後に決めたのはお前だろうが！」

「私の身体のことを私が決めて何が悪いのよ。ほら、早く燃やしなさいよ。あの子のこと今まで散々殴ってきたんだから、それでちょうどいい罪滅ぼしに――」

その先の言葉を言い切る前に、相良が沙都子の顔を容赦なく殴った。停職ものの行為だが、あと数秒遅ければ私が殴っていただろう。

「沙都子、お前、あとで絶対に殺してやるからな！」

「残り十秒だ！」

船の男が再び叫び、私も声を張り上げる。

「時間がない！　早く燃やせ！」

「も、燃やすさ……本当に燃やすからな！」

意を決したように徹人は言って、火のついたマッチを大きく振り上げる。

そして。

目の前にある薄汚れた札束めがけて、その小さな炎を。

徹人は、投げなかった。

「で、できねえ……」

くぐもった声を上げながら、徹人がその場で跪《ひざまず》く。

「やっぱり、俺にはできねえよ……」

持っていたマッチは徹人の指を離れ、防波堤の上へと音もなく落ちる。薄く積もっていた雪に触れると、瞬く間に炎は消えた。

「時間切れだ」

船の上の男が、無慈悲に告げる。

直後、男が大きく腕を振り上げた。

私はジャケットの下に手を伸ばし、拳銃を掴む。

*

時間切れだ、と。

渡辺さんが冷たい声で言うのを聞いて、わたしは目を閉じる。

……なんだあ。

やっぱり、期待なんかするんじゃなかったな。

でもまあ。

このまま渡辺さんの腕の中で死ねるなら、死に方としてはまだマシなほうかな。

なんてことを思いながら、わたしはただ自分の意識が途切れるのを待っていたのだけれど。

銃声が耳に届くよりも先に、前のほうでボンッと大きな爆発音がした。

「あ、あああぁ！」

それから、誰かが発狂するような声も。

目蓋を開く。

見れば防波堤の先で、大きな炎が黒煙と共に上がっていた。

叫び声は、お父さんのものだった。お父さんは燃え盛るお金に近づこうとしているのか、刑事さん二人に羽交い締めにされている。

「もしかして今、お金を撃ったんですか？」

「いいや、撃っていない」

渡辺さんはあっさりとした調子で答える。

「そもそも銃で撃ったところで、ガソリンに引火させることはできない」

「え、そうなんですか？　じゃあ、あのお金はどうしてあんなに燃えて……」

「見ていなかったのか？　単に、火のついたライターを札束めがけて投げただけだ」

「ライター？」

「そうだ。予備はいくつか持ってきていたが、一発で燃やすことができてよかった」

「どうして？」

「どうしてとは？　燃やさないと、きみが助からないだろう？」

そう返しながら、渡辺さんはわたしの首に回していた腕を外した。

「そうじゃなくて、なんで、わたしを殺さなかったんですか？　お父さん、お金を燃やさなかったのに」

「そうだな、きみの言うことも確かにわかるが」

渡辺さんが、燃え盛る炎に目を向ける。

「きみの父親も、母親も、燃やさなかった。だが私は燃やした。それで十分じゃないか」

何がどう十分なのかは、わたしには全然わからない。

ふと、渡辺さんが手にしたままの拳銃に目が行く。

「その銃は、本物なんですか？」

「だとしたら、どうする？」

渡辺さんは、手にした銃を軽く掲げる。

「まさか、今からでも彼らを撃ちたいのか」

「違います。わたしのことを撃ってください」

「なぜ？」

「いや、なぜって」

渡辺さんの返答に、わたしは声に怒りを孕ませながら、告げる。

「そんなこと、わざわざ言わなくてもわかるでしょう？」

地獄みたいな光景を見た。

自分の両親が、わたしという存在を全否定する瞬間を見てしまった。

両親から愛されていないことなんて、わかりきっていた。十二分に理解して、受け入れていたつもりだった。それでも、いざその事実をこうしてまざまざと突きつけられると、もう、生き続けることは、あまりにも辛かった。

「元から望まれていない子どもだったみたいだし、もういいんです」

燃え盛る炎は黒煙を上げながら、更に勢いを増していく。あれではもう消火することなどできないだろう。お父さんは地面に這いつくばり頭を抱え、お母さんも糸の切れた人形みたいに膝をついたまま、ぴくりとも動かない。

「そうだな。本当に酷いものを見た」

同意するように言って、渡辺さんは船の縁《へり》に腰掛ける。

「ただ、申し訳ないがこれはモデルガンなんだ。ほら」

言いながら、渡辺さんが拳銃を空に向かって撃つ。パスパスという乾いた音と一緒に、小粒なグリーンピースよりも更に小さな弾が、どこかへ飛んでいった。

「嘘つき」

「ああ、そうだ。私は嘘つきなんだ。最初から嘘つきだっただろう？」

渡辺さんは何の役にも立たないモデルガンをコートにしまうと、防波堤の上にいる警察の人たちに向けて、大声で言った。

「自首する！」

そう告げる渡辺さんの顔は、どこか晴れやかですらあった。

「船のエンジンが壊れているんだ、悪いがここまで迎えに来てくれ！」

渡辺さんはそれだけ伝えると、船の上に仰向けに横になった。

「エンジン、壊れてるんですか？」

「いいや、正常そのものだ」

渡辺さんはにやりと笑う。

「そう言っておけば、向こうから来てくれるだろう。私は少し、疲れた」

「そんな、疲れただなんて……」

渡辺さんらしくない投げやりな言い草に困惑する。なんでそんな、一人だけ肩の荷が降りたような、清々しい顔をしているんだ。そんなのはずるい。わたしはこんなにも哀しいのに。

「わたしはこれから、どうしたらいいんですか」

「何も心配しなくていい」

渡辺さんは曇り空を見上げたまま、穏やかな口ぶりで言う。

「今回の件で、きみの両親が保護者として甚だ不適切であることは、警察の目にも明らかになったはずだ。であれば、きみがあの両親と暮らすことは、きっともうない」

言われて、驚く。

「最初から、それが狙いだったんですか？　そのために、わたしを誘拐したんですか？」

「さあ、どうだか」

「はぐらかさないでください！」

声を荒らげ、必死に訴える。

渡辺さんはそんなわたしに一瞥を向けてから、ゆっくりと起き上がる。それからコートの内側に手を入れると、そこから白い封筒を取り出した。

「これを渡しておこう」

押し付けられ、訳もわからず受け取る。

「すぐにポケットにしまうんだ。警察に気づかれると、きっと面倒だ」

「面倒？」

「いいから、早く」

急かされ、とりあえず封筒をダッフルコートの内ポケットにしまう。封筒は思ったよりも厚みがあった。たぶん、中にかなりの枚数の書類が入っている。

「なんですか、これ」

「私の貯金や家を、全てきみに譲渡するための書類だ」

いつもの静かな声で、渡辺さんは事も無げに言う。

「信頼できる弁護士の名刺も入れておいた。何もかも落ち着いたら、その人のところに行きなさい。色々な手続きを手伝ってくれる。家も売り払えば、燃やした二千万よりはいくらか多くなるはずだ。祖父から相続した古い家だが、土地は広いからきっと欲しい人間はいる」

「な、何を言ってるんですか……？」

「なに、今回の迷惑料とでも思ってくれ。無駄遣いはせず、大切に使いなさい。中学生には大金だが、きみなら大丈夫だろう」

「だから、さっきから何を言ってるんですか！」

無駄遣いとか、大切に使えとか。

そんな、意味不明なことを、さっきから、この人は。

「受け取れません、こんなもの。いらないです」

「いいや、きみにこそ必要なものだ」

渡辺さんは、諭すように言う。

「これからのことが、心配なのだろう？　確かに、金さえあれば何の心配もなく心安らかに暮らしていけるとは言わない。しかし先立つものがあるというのは、生きていくうえで間違いなく心強いものだ。金銭に余裕のない暮らしの辛さや苦しみは、きみならよくわかるはずだ」

「それは、そうですけど……」

けれど、いくら迷惑料だなんていっても、貯金とか家とか、こんな大事なものをこの人から与えてもらう理由なんて。

それにその資格だって、わたしには、本当はありはしないのに。

「……渡辺さん」

思わず、呼びかける。

　この数日の間で、その名前を一体どれだけ口にしただろう。それが本名かどうかも、実際はわからない。

　でも、わたしはこの人の色んなことを知っている。

　背は高くて、声は低くて、彫りが深いせいで顔は少しだけ怖くて。

　頭が良くて、料理が本当に上手で、家が大きくて、部屋着はいつも綺麗なセーターとスラックスで。お酒は飲まなくて、煙草も吸わなくて。神様の存在を信じている、優しい人。

　こんなにもたくさん、この人のことを、知っているのに。

　そのつもりでいるのに。

「ねえ、教えてよ」

　本当は。

　この人のことなんて、何ひとつとして、知らない。

「あなたは一体、誰……？」

　涙が溢れ、情けなく声が上擦る。

　慈しむような眼差しが、わたしを見ている。

　遠くから、大きなエンジン音が聞こえた。

　振り向き見れば、港からこの船よりもふた回りは大きな船が近づいて来ていた。あの船は、わたしからこの人を連れ去ってしまう船だ。聞かなければいけないことは、まだたくさんあるのに。できればこれからも、この人と一緒にいたいと思うのに。

けれど。

わたしのそんな願いは、祈りは、やっぱり天に届くことなんてなかった。

「お別れだ、沙耶」

目の前の優しい人が、穏やかに微笑む。

「これからもずっと、きみのことを祈っている」

エピローグ

はじめは、渡辺君の悪趣味な冗談だと思った。

カウンセリングの資料として彼から受け取った書類に「有乃沙耶」という名前が記されていたのを見たときは。

同姓同名の別人の可能性を信じたかったが、ありふれているとは言えないその名前に加えて、現在彼女が中学二年生であることからも、この有乃沙耶という少女が私の知る有乃沙耶その人であることは、もはや疑いようがなかった。


二〇〇九年。

当時の私は大学を卒業し、生まれ故郷である留米にある総合病院の産婦人科にて医師として働いていた。まだ三十を過ぎたばかりの、後期臨床《りんしょう》研修を終えて間もない新米医師だった。

留米総合病院は、総合病院と名乗ってはいるが決して大きな病院ではなかった。私が所属する産婦人科など、私以外には神田《かんだ》先生というベテランの女性医師が一人いるだけだった。けれど、年間通じて数十人しか子どもが生まれない留米では、産婦人科医は二人もいれば十分すぎる。事実、神田先生も私という後進がやってきたことで、あまりにも気の早い早期退職を考えていたくらいだった。

私には、二つ歳の離れた好美《よしみ》という姉がいた。彼女も私と同じく、大学進学をきっかけに実家のある留米を離れたにも拘らず、結婚を機に再び地元へと舞い戻っていた。

その好美は、非常に間の悪いことに……というと、姉相手とはいえ失礼だが、私が留米で働き始めるのとほとんど同時に妊娠した。

留米には、私が勤める総合病院以外に産婦人科のある病院はなかった。小さな助産院こそあったものの、その評判はあまりよくなく、医師としても身内としても、そこでの出産は勧めなかった。

結局、好美は悩みに悩んだあげく、私の働く病院での出産を決断した。

正直、医師にあるまじき考えだとは重々承知しているが、私だって実の姉の出産に関わることなど、本当は嫌だった。

ただ、幸いにも好美の担当には神田先生がついてくれたので、検診等であれ私が姉の腹部に触診することすらほとんどなかった。

「あんた、わたしの出産の日は休んでいいからね」

病院で顔を合わせるたびに、姉は冗談交じりにそんな軽口を言っていた。

「もしあんたに見られるようなことがあったら、出るものも出なくなりそうだ」

非常に幸いなことに、その当時うちの病院に通う妊婦のなかに、好美と同じ時期の出産を予定している者はいなかった。いくら留米で生まれる子どもが少ないと言っても、複数の妊婦の出産予定が重なることはままある。そうなると神田先生の担当する妊婦の出産を私がいきなり任されることもあるのだが、今回に限っては、そうした心配はなかった。

また、姉の経過も極めて良好だった。

それもあり、出産予定の二週間前に、神田先生に函館《はこだて》での二泊三日の急な出張予定が入ったときも、私は特にそれを不安に思ってもいなかった。

「橋口《はしぐち》君、本当に大丈夫？　別に、今から断ってもいいのよ」

出張の前日、楽観的に構える私とは対照的に、神田先生は私のことを随分と心配してくれていた。

「ありがとうございます、先生。ですが、私一人で大丈夫です。近々に出産予定の方が何人もいるならまだしも、今は姉だけですから」

「それはそうだけど……お姉さんが急に産気づいても、対応できる？」

「喜んでとは言いませんが」

苦笑する。

「姉は嫌がるでしょうが、緊急のときは文句を言うなとは前々から何度も伝えてあります。ですから、どうぞご心配なく」

結局、神田先生は私のその言葉を信用して、函館へと出立した。

不適切な判断だったとは、今も思わない。実際問題、いくら身内相手とはいえ妊婦一人にもまともに対応できない産婦人科医など、半人前ですらない。

ただ、姉の経過を見る限り、このタイミングで問題などそうそう起きないだろうと高《たか》を括っていたのは、事実だった。

だがトラブルとは、往々にしてそうした甘えに引き寄せられる。

医師としての経験の浅い当時の私には、それがまだ感覚として理解できていなかった。


神田先生が函館へと旅立った翌日。

私は、総合病院内の小児科と産婦人科を兼ねた当直医を任されていたのだが、深夜遅くに姉から私の個人用の携帯電話に連絡があった。

『ごめん。急に産気づいちゃったかも……』

電話越しに聞こえる姉の声は、いつもの気丈さに不安が取って代わっていた。

正直、よりにもよってこのタイミングでと頭を抱えたが、だからといって姉になんとか耐えろと言えるはずもない。

「正幸《まさゆき》さんはいる？」

姉の夫、つまりは私にとって義兄にあたる正幸は夜勤のある仕事をしていた。正幸が不在なら、すぐに救急車を手配しなくてはならない。

『うん、いるよ。夜勤じゃなくてラッキーだったね。そっちに今から行っても大丈夫？』

「ああ、大丈夫。焦るだろうけど、安全運転でと正幸さんにも伝えて」

『はいはい、ありがとう。それじゃあまた後でね』

空元気だろうが、好美は最後には陽気に振る舞って電話を切った。

神田先生が不在であることは、あえて電話では伝えなかった。伝えたところで不安にさせるだけなのだから、病院に到着してからで十分だ。

同じく夜勤中だった助産師と看護師に、もうすぐ姉が来るから分娩の準備をと伝えようとした、その矢先のこと。

「橋口先生、ＥＲ（救急外来）からです」

急患を知らせる電話を受けていたらしい看護師が、受話器を手にしたまま私のもとへと駆け寄ってきた。

「申し訳ありませんが、もうすぐ姉がここに来ます。おそらくそのまま分娩になりますので、その急患は別の科に回してもらってください」

てっきり、私は小児科か内科あたりの急患がこちらに回ってきたのかと思ったが、電話を手にした看護師は、深刻な表情ですぐに首を横に振った。

「先生、産婦人科以外では無理です。産科手術の要請なんです」

その言葉に、私は耳を疑った。

「大山田町《おおやまだまち》にある助産院からです。あちらで一カ月後に出産予定だった方の陣痛が急に始まったそうで、二時間前から分娩を開始していたようです。ただ、予想以上に胎児が降りてこず、母子ともに心拍数の低下も見られるようで……」

「それで、今さら助けを求めてきたのか」

助産院では自然分娩以外の医療行為はできないから、緊急時にこちらに連絡してくるのは仕方がないことだが。

「なぜ、今までに一度でもいいから診察にこなかったんだ！」

もし、産科手術の可能性がわずかでもありそうな妊婦が市内にいると事前に知っていたら、神田先生も出張などには行かなかっただろう。

「どうしますか、先生。他をあたってもらいますか」

大山田町は、留米の中心地からやや離れた山間《やまあい》にある小さな町だ。

もしうちで受け入れられないとなると、手術のできる産婦人科を求め、山道を何十分も走り他市まで行かないといけない。既に心拍数の低下が見られるのであれば、それはあまりにも危険な行為だ。もはや、受け入れない選択肢は存在しなかった。

それから間もなくして、義兄の正幸が病院に好美を連れてやってきた。

痛みに耐える好美の額には脂汗が浮いている。陣痛の間隔も短くなってきているのだろう。すぐに分娩室まで運ぶ。

「ごめん、姉さん。今から母子ともに命に危険がある妊婦さんが救急で運び込まれてくる。たぶんかなりバタバタする」

初めての出産でさぞ不安だろう好美に、そんなことを伝えなければいけないのは本当に胸が痛かった。

「ああ、そうなの？　そりゃあ、なんともついてない」

「それに、神田先生も不在なんだ。だから、僕が担当するしかない」

「はあぁぁ？」

脂汗で前髪を額に張り付かせながら、好美は声を裏返した。

正直、ふざけるんじゃないと罵られると思った。

ただ、そうはならなかった。

「はあ……でも、一番しんどいのはあんたか」

好美は自分を納得させるようにそう言うと、彼女らしい覇気に満ちた目で私を睨んだ。

「あんた、頑張んなよ。死なせたら駄目だよ。そのお母さんも、赤ちゃんもさ」

「……ああ、大丈夫。任せて」

そんなやり取りから数分後には、大山田町の助産院から救急車が到着し、急患の妊婦が運び込まれた。

ストレッチャーに乗せられ運ばれてきた妊婦は、既に呼びかけにも反応せず、ひと目で非常に危険な状態であるとわかった。内科や小児科にも応援の連絡をしたが、産科手術の協力を頼める医師は、不運にも手が空いていなかった。

助産院からは高齢の助産師と看護師が付き添いとして来ていたが、聞けば二人とも自然分娩以外の経験はないに等しかった。

私はこの場にいる唯一の医師として、全ての決断を自分で下さなくてはならなかった。

「では助産師さんは、姉の——佐々木《ささき》好美さんの分娩を手伝ってください」

これは本来、決して許される行為ではなかった。助産師とはいえ、病院所属の者ではない人間に患者を任せるなど、あってはならないことだ。

だが手術に私が集中しなければならない以上、それが最善手《さいぜんしゅ》だった。

そこからは、目の前の命をひとつとして失うまいと、必死の想いだった。

吸引分娩を要する妊婦を手術室に運びすぐさま会陰切開を行うと、彼女は意識を取り戻し、痛みと混乱から大声を上げて暴れ始めた。それでも吸引分娩はなんとか成功し、母子ともにひとまず命の危機から脱することができた。

新生児には、生まれてすぐにネームバンドをつけるのだが、急患としてやってきたこの子のネームバンドは、当然ながらうちの病院にはなかった。

「間違いがないよう、足にこの子の名前を書いておいてください」

目の前にいた助産院所属の看護師を摑まえて、そう頼む。

「お子さんのお名前はまだ決まってないみたいなので、苗字でいいですか？」

「構いません。お願いします」

それからすぐに分娩室へと移動し、好美の出産を手伝った。

早期前期破水こそあったものの、幸いにもこちらは胎児の状態に大きな問題は見られず、私が分娩を手伝い始めて三十分ほどで、無事に子どもを取り上げることができた。こちらは事前にネームバンドを用意してあったので、すぐさまそれを手首に巻きつけた。

二つの新しい命が無事誕生したことに、その場にいた者たちからは歓声が上がった。

私も同じく歓喜の声を上げたかったが、二連続での分娩、しかも片方は吸引分娩という大役を終えて、もはや全ての体力を使い果たしていた。

その後、小児科の先生がヘルプに駆けつけてくれたのだが、そのときの私はどうやら相当にひどい顔をしていたらしい。先輩医師である彼は私を見るや否や術後の処置やフォローを全て引き受け、私にはひとまず休息を取るように告げた。

できることならば最後まで母子のそばにいたかったが、実の姉の出産と慣れない吸引分娩を併行して終えた私には、もはやその気遣いを断る気力はなく、医局に戻るとそのままソファに倒れ込み、すぐさま気を失った。


二組の母子はその後の経過も良好で、産後一週間程でどちらも無事に退院した。

吸引分娩を行った妊婦とその娘とは、その後に二度ほど検診を行い多少の話もしたが、それ以降はもう会うことはなかった。

一方、好美の娘――つまりは私にとっての姪とは、定期検診だけではなくプライベートでも何度となく顔を見る機会があり、私も彼女の成長を我が子のことのように喜んでいた。

その姪が、一歳を迎えたばかりの正月でのことだった。

留米の実家に親族が集まって賑わうなか、部屋の角で一人楽しく酒を飲んでいると、出し抜けに好美がこちらへと近づいてきた。

「これ、あんたにあげるよ」

「なんだ、お年玉でもくれるのか？　どうもありがとう」

「なんでよ。医者なんだしあんたがわたしにくれる立場でしょう？　これよ、これ」

好美は訳のわからないことを言いつつも、一枚の写真をこちらへと寄越す。

それは神田先生不在のなか、満身創痍《まんしんそうい》になりながらも二人の新生児を取り上げた、あの過酷な夜が明けた翌朝の写真だった。写真の中の私は、情けないくらい疲れ切った顔をしながらも、生まれたばかりの姪をその手に抱いて、なんとも嬉しそうに微笑んでいた。

「ね、いい写真でしょう？」

言って、好美が顔を綻ばせる。素直に頷く。

「ああ、そうだな。確かにいい写真だ。ありがとう、大事にするよ」

礼を言ってから、写真を改めて眺める。

そしてふと、気になった。

写真の中、姪の小さな腕に、ピンク色のバンドが装着されている。私の病院で使われている新生児用のネームバンド。それ自体は、何もおかしくはない。あの日、姪が生まれてすぐに私が取り付けた。その記憶もある。

ただ、気になったのはそのネームバンドではなく、姪の右足だった。

よく見れば、やや不鮮明ではあるものの、姪の右足には確かに彼女の名前が書かれている。

私はあの日、生まれたばかりの姪の足に名前など書かなかった。看護師にも助産師にも、そんな指示は出していない。姪には、彼女用のネームバンドがあったからだ。それなのになぜ、写真の中の彼女の足には、こうして名前が記されているのか。

嫌な予感がした。

随分と回っていたはずの酔いが一瞬にして醒めるほどの、猛烈に嫌な予感が。

目の前のこの写真は、もしかすると取り返しのつかない医療ミスの存在を明確に示しているのではないかと考えて、歯の根も合わなくなりそうだった。

あり得ないことだ。普通に考えれば、絶対にあり得ないことだ。

見間違えたというのか？　あの場にいた、誰かが。

いくら横書きであったとはいえ、吸引分娩で生まれた子の苗字である「有乃」の二文字と、姪の名前である「郁《かおる》」の一文字を。


あの夜、院内には確かに二人の新生児が存在していた。

私の姉である佐々木好美から生まれた、佐々木郁。

それと、救急で運ばれてきた有乃沙都子から生まれた、有乃沙耶。

沙都子から生まれた沙耶――その瞬間はまだ名前はなかったが――彼女の足には助産院所属の看護師によって、すぐに「有乃」という苗字が書かれた。

確かに「有乃」と「郁」の文字の造りは、横書きであれば非常に似ている。新生児の足という書きにくい場所に書けば、両者を読み間違えることもあるだろう。

とはいえ姪の郁に関しては、生まれてすぐに「佐々木郁」とフルネームの入ったネームバンドがつけられた。間違いなく、私がこの手でつけた。

だから沙耶と郁の二人を取り違えることなど、たとえ二人の名前に似通ったところがあってもあり得ないはずだ。

ただ、たとえばの話。

もし新生児室かどこかで、何かの拍子に郁の手首からバンドが一瞬外れてしまったとして。それに気づきバンドをつけ直そうとした誰かが、沙耶の足に横書きで書かれていた「有乃」の文字を「郁」だと読み間違え、郁の名前が書かれたバンドを沙耶につけてしまったとしたら。

その状態で、その日のうちに用意されたであろう沙耶用のバンドが、バンドのついていない新生児に——つまりは郁に、装着されたとしたら。

馬鹿げた話だ。

そんなこと、あるはずがない。

確かにあの日、新生児の取り違えが発生する条件は揃っていたのかもしれない。だがしかし、それだけのことだ。とてつもない偶然と、信じられないようなミスが連続して起きて初めて成立する、机上の空論でしかない。ゆえにこの不安は、私の中にある医療ミスに対するある種の強迫観念だと、そう自分に言い聞かせた。

だからこそ、私は自身の考えを誰とも共有することなく、好美と郁の毛髪を密かに採取し、遺伝子鑑定にかけた。

結果、彼女らに親子関係がないと突き付けられたときは、医療ミスが原因で自ら命を絶ったとされる先人たちの気持ちが、嫌というほどによくわかった。

伝えなければいけなかった。

佐々木郁として生を享《う》けるべきだった子どもが、有乃沙耶として生きている。

その事実を少しでもはやく好美や義兄に伝えなければいけないと、頭ではわかっていた。

その後も、私は医師として我が子の誕生を涙ながらに喜ぶ者たちを、幾度となく目にした。そのたび、罪悪感と後悔が押し寄せ、気が狂いそうだった。

しかし、それでも言えなかった。

真実など、伝えられるはずもなかった。

愛する我が子が、実は血の繋がっていない赤の他人であると、そんなことは微塵も考えていない姉夫婦に伝えることなど、できるはずもなかった。

病院に残されたカルテを頼りに、有乃沙耶の両親が住むアパートに行ったこともあった。だが彼らは既にどこかに引っ越しており、その行方を知ることはできなかった。

いや、あらゆる手段を尽くせば、彼らを見つけることは決して不可能ではなかっただろう。ただそれを実行する気力も覚悟も、私にはなかったのだ。当時の私は、有乃の両親と連絡が取れなかったことを、内心で喜んだくらいだった。

結局、私は留米の病院をたった三年で、体調不良を理由に辞職した。

神田先生はひどく残念がったけれど、それでも私を責めたりはしなかった。きっと私の様子が日ごとにおかしくなっていたことに、彼女も気づいていただろう。

それは、姉夫婦も同じだったと思う。

好美も義兄も、私が突然病院を辞めたことを心配しながらも、その理由について踏み込んでは訊いてこなかった。優しい人たちだった。

それから二年ほど私はただ無為に生きたが、研修医時代の友人の紹介で、札幌で新しく立ち上げることになった児童相談所の嘱託医として働くことになった。

児童心理は全くもって専門ではなかったし、待遇も良いとは言えなかったが、子どもたちのために働いているという事実だけで、なんとか生き延びていた。今まで歯牙《しが》にもかけなかった神の存在を信じ、祈りを捧げるようになったのもこの頃からだった。

だからこそ、有乃沙耶の名を留米から遠く離れた札幌で再び目にしたとき、私は神から試練を与えられたのだと思った。自らの罪から目を逸らすことを決して許さない神の厳しさに恐怖した。ただ同時に、私はこの瞬間のためだけに生かされ続けていたのだとも、思った。

もし、彼女が本当に劣悪な家庭環境の中で生き続け、あまつさえ命の危険すら感じているのであれば、私は自分の命に替えてでも彼女を救いたかった。

だが、沙耶は約束したカウンセリングには現れなかった。

同じ児相に勤める児童福祉司の渡辺君は、カウンセリングに来ないことには児相では何の対応もできないと言った。彼の言うことは間違いではなかった。児相から彼女の自宅に電話をかけることはできなかった。その電話が、彼女の両親を徒《いたずら》に刺激しないとも限らないからだ。あまりにも、リスクが高すぎた。

ただ、だからといって私がそれで納得するはずもなかった。

幸いにも、沙耶の通う中学はわかっていた。私はフルタイムで勤務する人間ではなかったから、沙耶がカウンセリングに来なかった翌日には、すぐさま彼女が通う中学校付近で張り込みをすることができた。

とはいえ、私が沙耶について知ることなど、高坂東中学校に通う二年生であるということだけだった。顔も背の高さも髪型も、何ひとつとして知らない。そんな状態で彼女を特定できるかは、正直かなり不安だった。

だが、下校時間となり、校門前が生徒たちで溢れるなか、友人を連れることもなくたった一人で帰路に就いていたとある少女を目にし、私は、心底から驚愕した。

彼女は、薄ら寒くなるほどに、よく似ていた。

私の記憶の中にある、中学生だった頃の姉の姿に。彼女が有乃沙耶であることは、もはや私の目には疑いようがなかった。

すぐにでも、彼女に全てを打ち明けるべきだと思った。そうすれば、彼女を苦しみから救い出せるのではないかと、そんな安易な考えのもと車から飛び出しかけた。

ただ、既のところで私は思い留まった。何の考えもなしに彼女に全てを打ち明けたとして、どうにもならないと気づいて。

彼女が真実を知ったとて、それなら今すぐにでも本当の両親のもとへ帰ろう、などとなるはずもない。それにたとえ血縁が存在せずとも、法律的に彼女の両親は紛れもなく有乃徹人と沙都子だった。

児童相談所の嘱託医として十年近く働くなかで、虐待を理由に両親から子どもを保護する難しさは、嫌というほどに知っていた。

明確に両親から虐げられているにも拘らず、様々な要因から児相での保護がなかなかできずに歯痒《はがゆ》い想いをしたことも、一度や二度ではない。沙耶に迫る身の危険の、その真偽を正確に判断できないからこそ、彼女を迅速に保護するには、もはや個人で動くしかなかった。

また可能であるならば、沙耶の両親が彼女を真っ当に愛しているのかどうかも、明らかにしたかった。

沙耶の両親が彼女を正しく愛しているのであれば不幸な誤解を解き、もしもそうでないのであれば、その事実を白日のもとに晒さなくてはいけなかった。

そのために私は、卑劣極まりない誘拐犯となった。

取り調べの中で、郁と沙耶の件については何ひとつとして話さなかった。

沙耶を誘拐した理由も、単に行き過ぎた正義感によるものだと説明し、それ以上は一切語らなかった。私の口から真実を語ることは、もはや彼女の——いや、彼女たちのためにならないと思った。

だが、もし彼女たちが望むのならば、私は喜んで絞首台にも乗れた。我が身など、もはやどうでもよかった。二人の少女が幸せに生きることだけを、ただ塀の中で願い、祈り続けた。

刑務所での生活は、不自由ではあったが不愉快ではなかった。できることなら、このまま塀の中で一生を終えてしまっても全く構わなかったのだが、残念ながらそれは叶わなかった。私は身代金目的での未成年誘拐という重罪を犯したにも拘らず、たったの五年で釈放されることとなった。

刑務官からも、こんなことは異例中の異例だと聞かされていた。更に、私自身が頑として希望しなかったために実現はしなかったが、仮釈放の話もかなり早いうちからあったとも聞いた。理由については何も知らない。その説明を受けることを、私が拒み続けたから。

出所当日。

いつも通り、規則正しく朝七時に薄い味付けの朝食を食べたあと、簡単な出所式が行われた。

その日に出所するのは、私一人だけだった。

長年にわたる刑務作業の報奨金精算などの手続きが終わると、私は五年間世話になった刑務官の何人かに挨拶を告げてから、重厚な鉄扉を通って刑務所のロビーへと出た。

「賢《けんじ》二郎《ろう》」

不意に、名前を呼ばれる。

誰かに下の名前で呼ばれるのは、随分と久しぶりだった。

振り向き見ると、好美が私を待っていた。彼女が私を迎えに来ることは事前に知らされていたので、驚きはなかった。刑務所にいる間、面会は断り続けていたこともあり、好美の顔を見るのは刑務所に入って以来のことだった。

好美は、五年ぶりの弟との再会に思わず涙を堪える、というふうではまるでなく、妙に不機嫌そうにも見えた。

「姉さん、久しぶり。少し痩せたんじゃないか？」

そう言うと、好美は呆れ顔で盛大な溜息を吐いた。

「あんたね、そんなさ、久しぶりに実家に帰ってきたみたいな反応すんのやめてくれる？　あんた、五年も刑務所にいたんだよ」

「そうだな」

「何がそうだな、だ！」

好美は眉尻を吊り上げる。

「五年間、面会も全部拒否し続けて、手紙のひとつもよこさないでさ。戻ってきたら、絶対にぶん殴ってやろうと思ってたのに……それなのに、あんた」

好美は目許を隠すように、額に手を当てる。

「あんたなんで、そんな悲しそうな顔してんだよ。そんな顔されたら、殴れるものも、殴れないじゃないか」

「……姉さん」

好美の肩に手をやる。幼い頃から私のほうが背は高かったが、久しぶりに触れた姉は、記憶の中の姉よりもひどく小さく感じられた。

「大丈夫、悲しくなんてないよ。嬉しいに、決まっているじゃないか」

白々しいことを口にしていると、自分でも思う。だが、不出来な弟を見捨てない、あるいは見捨てることのできない心優しき姉を、これ以上、心配させたくはなかった。

「嬉しいよ、姉さんにこうして会えて。元気そうで本当によかった。正幸さんと郁も、元気にしてるかい」

「元気だよ。みんな元気さ。郁だってもう大学生だよ」

そうか。郁はもう、大学生なのか。

彼女の健やかな成長は、叔父として何よりも喜ばしい。

だがしかし、彼女のことをこうして想うだけで、いまだに胸の奥に言葉にできない澱《おり》のようなものが積もっていくのも、また事実だ。

再会した好美の反応を見る限り、彼女はおそらく今も、郁が自分の本当の娘ではないことを知らないのだろう。

「とりあえず、落ち着くまではうちで生活するんだよ」

私は満期出所であり、身元引受人は必要ない。ゆえに出所後の行動についてはほぼ制限はなかったが、このまま行方をくらまして好美を悲しませることはしたくなかった。

とはいえ、好美の家で長々と厄介になるつもりもない。五十手前の元凶悪犯罪者ではアルバイトを見つけることすら困難を極めるだろうが、明日からでも仕事は探すつもりだった。最低限の収入源を確保できたら、早々に好美のもとを去りたかった。

「急にいなくなったりしたら、許さないからね」

不意に好美が言う。考えていたことが表情に表れていたかと、少し焦る。

「大丈夫だよ。そんなことはしないから」

「信用ならないんだよ。あんたの大丈夫は」

何が気に入らないのかはわからないが、好美は吐き捨てるように言って、私の胸を拳で一度だけ叩いた。

「父さんと母さんにも、ちゃんと謝るんだよ。二人とも、なんとかボケもせず、今もあんたのこと待ってるんだよ」

「ああ、わかってる」

「いいや、わかってないよ。あんたなんかに、何がわかるっていうのさ！」

憤然とした様子で、好美は私を睨みつける。

「本当に、大変だったんだから。あんたが捕まって、色んな人にあることないこと言われて、一度は留米を離れようともしたんだ。ただ、あの人たちは留米で生まれ育った人たちだから、最後まで留米で生きようって決めて、恥ずかしい想いもたくさんして、それなのにあんたのこと見捨てないで、今も待ってんだよ」

好美の悲痛な声を耳にして、年老いた両親の顔がはっきりと脳裏に浮かぶ。浮かんで、胸を押しつぶされそうになる。

「……すまない」

勿論、想像しなかったわけではない。

私が卑劣な誘拐を行えば、それが世間に公表されれば、家族や親戚がどれほど肩身の狭い想いをするかは、わかっていた。今さら言葉になどできはしないが、私は家族を心から愛している。誘拐を実行する直前にも、彼らの存在がどれほど私を押し留めたか。だがそれでも、私はやらなくてはいけなかったのだ。

「最後に手続きがあるみたいだから、ちょっとここで待ってて」

溢れる嗚咽《おえつ》を抑えながら、好美が言う。

「ああ、わかった」

「絶対に、そこから動かないで。何があっても逃げるな」

「わかってるよ。逃げないさ」

そこまで念押しして好美もようやく納得したのか、足早にロビーを出ていった。

広いロビーを、ゆったりと見渡す。

ロビーの前面は大きなガラス張りで、実に開放的な雰囲気だ。照明は控えめにも拘らず、窓から差し込む陽の光だけで、十分に明るい。刑期を終えた人間が、この場所から再出発しようと思える、そんな気持ちの良い造りだ。

ただ、私はこれから第二の人生を歩もうなどとは思わない。再出発の必要もない。誰に迷惑をかけることもなく、ただ静かに老いて死ぬことができればいい。それだけが、私の望みの全てだった。

そんな後ろ暗いことを、長年の刑務所生活で鈍りきった頭で考えていただろうか。

「渡辺さん」

と、どこか懐かしい声が背後から聞こえても、それが自分に対する呼びかけであるとは、すぐには気がつかなかった。

「橋口さん」

もう一度、今度は本名で呼ばれる。

誰が、とは考えなかった。

できることなら、このまま振り返ることなく去りたかった。

だが、彼女が今この場所に存在する意味を、その覚悟を考えれば、そんな無責任なことはできるはずもなかった。

意を決し、振り返る。

そこには、私の記憶の中にある姿よりも遥かに大人びた可憐な少女が——いや、もはや少女と呼ぶことすら失礼にあたるだろう、可憐な女性がいた。好美と面影が重なるところがあるものの、よほど意識しなければ気づかない程度だ。

目が合うと、彼女は端整な目を細めて笑った。その笑みは、五年前に少女だった彼女が私に見せてくれたものと、少しも変わりなかった。

「やあ、沙耶さん」

なんとか、それだけ口にする。

沙耶は軽く目を見開いてから、困ったように微笑む。

「あまり驚かれないんですね」

「いや、驚いているよ、とてもね。二度と会わないと思っていた」

身勝手に感極まり、声が震えかけた。

「でも、元気そうでよかった」

「ええ、元気です……本当に」

そう返す沙耶の白い頬に、静かに涙が伝う。彼女の涙に、私も誘われそうになる。静かに呼吸を整えて、なんとか堪える。

「少し痩せたんじゃないか。ちゃんと食べているか？」

「久しぶりに会って最初に訊くことがそれですか？」

涙の筋を指先で払いながら、彼女は控えめに笑う。

「毎日、お腹いっぱい食べていますよ。それに、大学にだって通えています」

「それは素晴らしいことだ」

「全部、本当にあなたのおかげです」

かぶりを振る。

「そんなことは、冗談でも口にしてほしくはない」

返すと、今度は沙耶が首を横に振った。

「五年間、ずっと待っていたんです」

唇をわななかせ、沙耶は言う。

「渡辺さんに――違う、橋口さんに話したいことが、たくさんあるんです。言いたいことも、聞きたいことも、それに怒りたいことも、本当にたくさん。でも、何よりもまず、ずっと、あなたにお礼が言いたかった」

嗚咽の隙間を縫うように、沙耶は必死に言い募る。

「あなたは、私を救ってくれたのに」

「それは違う」

明確に否定する。

「私は、きみのことを救ってなどいない」

沙耶がそう感じていることは、ありがたいことだ。だがそれでも、その言葉を素直に受け入れてしまえるほど、私とて厚顔無恥な人間ではないつもりだ。

「私は自分の犯した罪を、ほんの少し清算しただけだ。あなたに憎まれこそすれ、感謝される謂《いわ》れはない。それでは、単なるマッチポンプだ」

「でもその罪は、あなた一人だけのものじゃないはずでしょう?」

沙耶は引き下がらず、毅然とした眼差しで私を見据え、言った。

「取り違えが起きたのは、不幸な事故です」

思わず、天を仰ぐ。

続く私の声は、どうしようもなく掠《かす》れていた。

「やはり、知っているか」

「はい」

沙耶は頷く。

「好美さんも、知っています。それに正幸さんも……当然、郁だって」

彼女が私の目の前に現れた時点で覚悟はしていたことだが、確かな事実としてそう口にされると、衝撃のあまりに目眩《めまい》すらしそうだった。

また、沙耶が郁の名前をひどく気安く呼ぶことにも、驚く。郁のことをそのように呼べるのは、二人の間に既に浅からぬ関係が築かれているからだろう。それは沙耶にとっても、郁にとっても、決して簡単なことではなかったはずだ。

「すごいな、姉さんは。気づいていないと思っていた」

先ほどの会話の中では、そんな素振り、おくびにも出していなかったのに。

沙耶や郁と同じくらい彼女だって……いや、ある意味で彼女が誰よりも、辛く、苦しい想いをしたはずなのに。

涙が出る。実に情けないことだ。

私が涙を流すことなど、決して許されないはずなのに。

多くの人たちを不幸にしたのだ。沙耶や郁や、好美だけではない。私が一方的に断罪した徹人と沙都子ですら、本来は被害者なのだ。

何度も罪を重ねた。許されざる罪を。

それなのに、私は、何故。

「どうして、私はまだ、のうのうと生きているんだ」

恥ずかしかった。この場に自分がいることが。

結局、私には勇気がなかったのだ。

五年前のあの日、最低限の責務を果たしたあと、死ぬことなどいくらでもできた。それなのに私は大人しく逮捕され、刑務所に入り、いつしか自分を許してしまっていた。どこまでも腑抜けていたのだ。

涙を払う。

まだ、間に合うだろうか。

今ならばまだ、この老いかけた命も多少の贖《あがな》いになるだろうか。

もしそうであるならば、すぐにでも。

「生きてほしいからだよ」

突然、少女の声がした。

五年前、ほんの数日間だけ、私のような人間に生きる喜びを与えてくれた少女の声が、目の前の彼女の口から聞こえた。

「みんなが、渡辺さんに生きてほしいと思っているからだよ。私も、郁も、好美さんも、正幸さんも。それにきっと、あなたが信じる神様だって。だから渡辺さんも、そんな悲しいこと言わないで、自分のことを少しは許してあげてよ。渡辺さんが認めなくても、あなたが私を、私たちを助けてくれたのは、事実なんだよ」

「……私たち？」

「そうだよ。だって助けられたのは、一人だけではなかったんだから」

沙耶はそんな不可解なことを言ってから、自身の胸に手を添える。

「あなたが間違えたから、私は――佐々木郁は、有乃沙耶になってしまった。でも、だからこそあなたは私をあの家から救ってくれた。もしあなたが何も間違えなかったら、たしかに有乃沙耶は有乃沙耶のままだったけれど、きっと誰もあの家に手を差し伸べなかった。本当の有乃沙耶は、誰にも知られず、冷たい海に沈められていたかもしれない」

確かに、ないとは言えない。

そのような悲しい結末も、存在していたかもしれないが。

「それに私はあの日……あの夜釣りの日、両親を殺そうとしていたんです」

「え？」

予想外の告白に、私は目を瞠る。

「渡辺さんが前日に私を拐《さら》っていなければ、私は確実に人殺しになっていました。未遂では終わらなかったと思います。理不尽に殺されるくらいなら、いっそ殺し返してやろうと本気で思っていました。そうやって逃げずに戦うことこそが強さだと、信じていたから。

児童相談所に電話したのも、保護してもらえたらそれに越したことはない程度には思っていましたが、本当はそうして虐待の相談を事前にしておけば、いざというときに私に有利な証言をしてくれるはずだと、そんなことまで考えていたんです」

自らの罪を吐露《とろ》するかのような沙耶の言葉を耳にして、腑に落ちる。

なるほど、そうだったか。

正直、不思議ではあったのだ。

彼女と私の関わりは、ほんの数日の間でしかなかったが、私は沙耶が賢く、また強い少女だと知った。その彼女なら、両親の虐待から自力で逃げ出すことは、困難ではあっても不可能ではなかったのではと、ずっと考えていた。

「でも、そんなものは、強さでもなんでもなかった。今はそれがよくわかります。渡辺さんが、そう教えてくれたから」

「……教えていない、そんなことは」

「言葉で教えてもらったわけではないから」

沙耶は、緩やかにかぶりを振る。

「渡辺さん、あなたは弱い人です。弱い人だから、自分の罪から目を逸らした」

彼女の突然の指摘に、ひどく動揺する。ただそれは、確かに事実だ。

「ああ、その通りだ」

「でも、弱さのない人なんてどこにもいないでしょう？」

彼女は告げる。

「もし自分が強いと考える人がいたら、それは傲慢か無知のどちらかだと思います。他人の苦しみや悲しみを理解せず、あるいは理解できていると勘違いして、苦しみに耐えられない人たちや、悲しみのなか何かに縋ってしまう人たちを嘲笑う。それこそが自分の弱さだとも気づかないで。あの頃の私が、そうだったように。

けれど自分の弱さを知る人は、その弱さに向き合おうとするから祈るのでしょう？　渡辺さんが、そうであったように」

彼女の言葉を前にして、私は奥歯を嚙みしめる。

許されることなら、耳を強く塞ぎたかった。彼女の寄り添うような想いに、簡単に救われるわけにはいかなかった。

「それでも私は、自分を許せはしない」

頑なだと言われても、それだけはどうしても私にはできそうにない。

だが、そんな私をほとんど睨むようにしながら、沙耶は言った。

「じゃあ、それでもいいよ。許さなくても、いい」

少女のような、少し拗ねた声で。

彼女は私の穢れた手を取る。

「でも、約束は守ってよ」

「約束？」

「そんなことも忘れたの？」

彼女は手にした私の両手を無理やりに動かして、指を組ませる。そして、私の目を確かに見つめながら、言った。

「これからもずっと、わたしのことを祈ってくれるって言った」

……ああ。

そうか、そうだった。

忘れていた、そんな約束。

彼女のために祈ることなど、もはやあまりにも、当たり前すぎて。

「だからこれからも一生懸命生きて、約束をずっと守って」

私の両手を握りしめたまま、沙耶は再び泣く。

私も一緒になって泣きたいくらいだったが、ほとんど号泣するような彼女を前にしては、もはや彼女の涙が引くのを待つことしかできなかった。

そうだな、祈ろう。今までそうしてきたように、これからも。

この命が尽きて、祈りの声が消えるまで、ずっと。

生きようと思えた。

いや、生きられると思えた。

そのためならば。

罪を償うためにではなく、許しを得るためでもなく。

自分の愛する者たちの幸福を願い、祈り続ける、ただそれだけのために。

参考文献

『聖書　新改訳』日本聖書刊行会　一九七〇年
『沈黙』遠藤周作著　新潮文庫　一九八一年
『異邦人』カミュ著　窪田啓作訳　新潮文庫　一九五四年
『アンネの日記　増補新訂版』アンネ・フランク著　深町眞理子訳　文藝春秋　二〇〇三年

本作品は書き下ろしです。
原稿枚数612枚（400字詰め）。

八重野統摩 やえの・とうま

一九八八年、北海道札幌市出身。二〇一二年『還りの会で言ってやる』(メディアワークス文庫)でデビュー。二〇一九年『ペンギンは空を見上げる』(東京創元社)で坪田譲治文学賞を受賞。他の作品に『ナイフを胸に抱きしめて』(新潮社)などがある。

同じ星の下に

二〇二三年一〇月五日 第一刷発行

著者 八重野統摩
発行人 見城徹
編集人 志儀保博
発行所 株式会社 幻冬舎
〒一五一-〇〇五一 東京都渋谷区千駄ヶ谷四-九-七
電話:〇三(五四一一)六二一一〈編集〉
〇三(五四一一)六二二二〈営業〉
公式HP:https://www.gentosha.co.jp/
印刷・製本所 株式会社 光邦

Printed in Japan ISBN978-4-344-04186-8 C0093
この本に関するご意見・ご感想は、
下記アンケートフォームからお寄せください。
https://www.gentosha.co.jp/e/